The Bad-Ass Librarians of Timbuktu: And Their Race to Save the World's Most Precious Manuscripts

Joshua Hammer

廷巴克图

[美] 约书亚·哈默 —————— 著
吴娟娟 —————— 译

文匯出版社

新经典文化股份有限公司
www.readinglife.com
出　品

献给

考杜拉，麦克斯，尼科和汤姆

目录

序幕

当车子接近城南门时，他在四轮驱动车的前座上紧张不安。清晨时分，粉红的柔光笼罩着沙漠，在柏油路的前方出现了一个用一对汽油桶绑上绳索制成的临时检查站，旁边赫然站着两名持枪的警卫。这两个蓄着胡须、戴着头巾的瘦子将 AK-47 自动步枪扛在肩上。深呼吸，他告诉自己，要保持微笑，态度要恭敬。他已经被“伊斯兰警察”拘捕过一次了，那一次，他被拉到临时法庭上接受讯问，并被威胁要受到伊斯兰教法的惩罚。他费尽九牛二虎之力——很侥幸——说服了他们释放自己，但他不敢奢望第二次还会这么幸运了。

他朝后车厢瞥了一眼。被毯子盖着的，是五个上锁的大箱子，每个箱子里都藏满宝藏：上百卷精美绝伦的手稿，其中有些诞生于 15 到 16 世纪廷巴克图 * 的黄金时代。这些手稿是由那个时代最

* 廷巴克图（Timbuktu），西非马里历史最悠久的古城，始建于公元 11 世纪，现通行的名称为通布图（Tombouctou）。

为熟练的抄写员制作的华丽作品，封面包覆着镶有半宝石的山羊皮，脆弱的纸页上布满不同颜色的细密书法和复杂的几何图案。四个月前，“伊斯兰马格里布基地组织”（Al-Qaeda in the Islamic Maghreb）* 占领了这个国家的北部地区，曾多次在电视和广播中发誓要尊重、保护这些手稿，但城里几乎没有什么人相信他们的话。极端分子已经宣誓要对任何挑战“纯粹伊斯兰社会”愿景的人与物发起圣战，而这些手工艺品——包括逻辑学、占星术和医学方面的论述，以及赞颂的乐曲和浪漫的情诗——体现了五百年来的人间喜乐。它们赞美感性和世俗情感，承载着明确的信息，即人类和真主一样都有能力创造美。它们极具颠覆性。还有成千上万卷这样的手稿藏在廷巴克图城中被认为安全的民宅里，现在，他和他的几名队员正在展开手稿拯救行动。

司机将车停在路障前。这两名马格里布“基地”组织的武装分子紧紧盯着车内。

“愿真主赐予你平安。”他努力保持镇静。这两个小伙子很年轻，应该只有十几岁，但他们的双眼了无生气，表情流露出信徒的严肃和狂热。

“你们要去哪里？”

---

* 马格里布是非洲西北部地区，泛指阿尔及利亚、利比亚、摩洛哥、突尼斯等国涵盖的领土。“伊斯兰马格里布基地组织”，前身为“萨拉菲斯特宣教与战斗组织”（Salafist Group for Preaching and Combat，简称 GSPC），起源于阿尔及利亚。2006年，“萨拉菲斯特宣教与战斗组织”与由本·拉登领导的“基地”组织（Al-Qaeda）结盟，成为后者在北非的分支机构，后更名为“伊斯兰马格里布基地组织”。本书将由本·拉登领导的总组织称为“基地”组织，将“伊斯兰马格里布基地组织”简称为马格里布“基地”组织。

“巴马科。”他说。那是位于南部的首都。

他们围着车子，并且盯向后座。

他们默不作声，挥了挥手，示意他离开。

他松了一口气。但是，前方还有六百英里。

伟大智慧继承人

初识廷巴克图的神秘宝藏时，阿卜杜勒·卡迪尔·海达拉还是个孩子。海达拉的家位于廷巴克图城里最古老的桑科雷街区。在桑科雷的大院子里，年幼的海达拉常听父亲低声细语地提起这些宝藏，生怕泄露了家族的秘密一般。那时，许多来自非洲萨赫勒地区*——那块从大西洋一直延伸到红海的辽阔而干旱的地带——的年轻学习者，纷纷来到这里，在海达拉父亲开办的传统学堂里学习数学、科学、占星术、法理学、阿拉伯语和《古兰经》。这所学堂实际上是由海达拉家宅院的门厅改造而成。三小时一节的课，一共三节，从拂晓上到傍晚，中间有短暂休息。海达拉学堂的这种模式可以一直追溯到 16 世纪非常兴盛的非正式大学，当时，廷巴克图作为学术中心盛极一时。在廷巴克图的这座房子里，一扇沉重的橡木门后有一间储藏室，里面排列着上了锁的锡制箱子，箱子里收藏

---

* 萨赫勒地区（Sahel）是撒哈拉沙漠南部和中部苏丹草原地区之间的一条横贯非洲的狭长走廊，从西部大西洋一直伸延到东部非洲之角。

着成千上万的手稿。海达拉隐隐意识到这些手稿的重要性，但对它们知之甚少。

海达拉的父亲有时会在储藏室里翻翻找找，然后从家族收藏里拿出一卷手稿——或是一册关于 12 世纪早期以来伊斯兰教法理学的著作；或是一卷 13 世纪的《古兰经》，记录在用羚羊皮制成的纸上；或是另一种 12 世纪的圣书，手掌般大小，镌刻在鱼皮上，装饰的金箔小叶流光溢彩，繁杂的马格里布体 * 都被照亮了。但海达拉父亲最引以为豪的，是少校亚历山大·戈登·莱恩的旅行日志原稿。莱恩是苏格兰人，是第一位穿越的黎波里和撒哈拉沙漠到达廷巴克图的欧洲探险家。1826 年，莱恩离开廷巴克图不久，就遭到阿拉伯游牧民护卫队的背叛、抢劫和谋杀。莱恩被害几年后，一名抄写员在这位探险者的游记纸上记下了阿拉伯语法入门——这是个手稿循环使用的早期实例。当父亲将学生们聚集在他周围时，海达拉的目光往往会掠过父亲的肩膀，好奇地凝视着这皱巴巴的手卷。随着时间的流逝，他慢慢了解手稿的历史，也学会如何保护手稿。海达拉会说马里桑海部落的语言桑海语——桑海部落主要定居在尼日尔河的北部，他在学校又学习了法语，即马里前殖民者的语言。而自孩童时代，他就自学了阿拉伯语，阅读流畅，对手稿的兴趣也日渐浓厚。

那时，也就是 20 世纪 60 年代晚期至 70 年代早期，廷巴克图与外界连通的方式只有两种。一是河船，当尼日尔河水位高涨

---

* 马格里布体 (Maghrebi script)，10 世纪流行于非洲西北部的马格里布和伊比利亚半岛安达卢斯地区的一种书用字体，曾被视为北非地区抄写《古兰经》的标准体。

时，河面上会排满船只；二是一周一次的国有航空公司航班，飞往四百四十海里外的马里首都巴马科。海达拉在十二个兄弟姐妹中排第六，年幼的他几乎没有意识到这座城镇的孤立和隔绝。他和兄弟姐妹以及朋友们一起，在那条连接廷巴克图西缘和尼日尔河的五英里长的运河里钓鱼、游泳。呈回旋镖状的尼日尔河是非洲第三长河，发源于几内亚高原，逶迤千余英里流经马里，形成众多湖泊和河滩，在廷巴克图下方曲折向东，再流经尼日尔和尼日利亚，注入几内亚湾。廷巴克图最热闹的地方便是这条运河，孩子们聚在这里玩闹，妇女们售卖着各种物品，商人们划着独木舟，舟里载满了从尼日尔河附近的农场里收购的瓜果蔬菜。这里也不禁让人联想起过去的血腥事件：1893 年圣诞日，图阿雷格部落埋伏在芦苇遮掩的河岸，袭击并杀死了从尼日尔划船而上的两名法国军官和十八名非洲水手。

海达拉和小伙伴们的脚步遍布桑科雷的每个角落。桑科雷犹如迷宫一般，到处是布满沙土的街巷，巷子里林立着苏菲派*圣人的神龛，以及始建于 14 世纪的桑科雷清真寺——一座倾斜的泥金字塔，用一束束棕榈棍嵌在黏土中做成固定的脚手架。他们在清真寺前的沙地上踢足球，攀爬郁郁葱葱的芒果树。那时，廷巴克图的芒果树数量众多。后来，随着沙漠化向南部推进，许多芒果树逐渐枯萎、死掉，运河也渐渐干涸，被沙土填满。那时鲜有车辆，没有游客，也没有来自外界的纷扰。数十年后，海达拉回想起那

* 苏菲派，伊斯兰神秘主义派别的总称，亦称苏菲主义，盛行于摩洛哥和多数北非地区。该教派主张苦行禁欲，虔诚礼拜，与世隔绝。

时的生活状态，可以说是无忧无虑，心满意足。

阿卜杜勒·卡迪尔·海达拉的父亲穆罕默德·“满玛”·海达拉[*]虔诚、博学、富有冒险精神，深刻地影响着他的儿子。19 世纪 90 年代末，满玛·海达拉出生于廷巴克图以东一百一十五英里尼日尔河左岸一个叫作邦巴的小村庄。他成年时，马里还未全部落入法国的控制之中。当时的马里被称为法属西苏丹，由不同的族群组成，地域辽阔，从南边靠近几内亚和塞内加尔的森林和草原一路延伸，经过北部干旱贫瘠的荒地，一直到达阿尔及利亚边境。撒哈拉沙漠中极为独立的游牧民族图阿雷格人曾进行武装反抗，骑着骆驼从沙丘中冲出，用长矛和利剑伏击殖民军队。直到 1916 年，图阿雷格人才完全被法国殖民者征服。满玛·海达拉在法属殖民学校掌握了阅读和写作后，就开始旅行和做研究的生活。他没什么钱，但还是能够让骆驼商队免费载他一程。而且他又有学问，沿途随意讲点学，如讲解《古兰经》或其他知识，就可以挣些钱养活自己。

十七岁时，他游历至廷巴克图沿河往东两百英里的古代帝国都城加奥[**]，以及沙漠绿洲阿劳安——这个围墙环绕的城镇拥有众多学者，又是古代盐商穿越撒哈拉沙漠的必经之地，因而闻名遐迩。怀着对知识的渴求以及了解世界的愿望，他游历过索科托，当时是 19 世纪强盛的伊斯兰王国的所在地，即现在的尼日利亚；拜访过亚历山大和开罗；到过位于白尼罗河与青尼罗河[***]交汇处的苏丹

---

* 因其昵称为“满玛”，多被人唤作“满玛·海达拉”。

** 加奥（Gao），建于 7 世纪，马里东部城市，位于尼日尔河东岸，撒哈拉沙漠南缘。

*** 青尼罗河和白尼罗河是尼罗河的两大支流，它们在苏丹喀土穆汇合后始称尼罗河。

首都喀土穆，也到过喀土穆的姊妹城市乌姆杜尔曼*。就在乌姆杜尔曼城的河对面，英军少将霍雷肖·赫伯特·基钦纳指挥军队于1895年击败由伊斯兰复兴运动者和反殖民主义者组成的“救世主”武装势力，并在苏丹建立英国的统治。

在外游历十余年后，满玛·海达拉回到故乡。此时的他学问渊博，被邦巴的学者们任命为城镇的“卡迪”，即伊斯兰教法官，负责协调财产纠纷，掌管结婚和离婚事宜。他从苏丹、埃及、尼日利亚和乍得等地带回了泥金装饰手抄本的《古兰经》和其他手稿，丰富了邦巴城中的家族图书馆，这个图书馆里的书是他的祖辈自16世纪就开始收藏起来的。满玛·海达拉最后定居在廷巴克图，在那里创办了一所学堂，并通过从事谷物、牲畜交易挣钱，购买土地。他留下了自己解读星象的手稿和廷巴克图各族的族谱。该地区的学者常聚在他家，当地人也常去他家聆听经伊斯兰学者传述的“法特瓦”，即伊斯兰教令。

1964年，也就是马里脱离法国统治、获得独立的第四年，来自巴黎的联合国教科文组织代表团聚集在廷巴克图。联合国教科文组织的历史学家们阅读了两位旅行家伊本·白图泰和哈桑·穆罕默德·瓦赞·扎亚提**有关廷巴克图的文字记载。伊本·白图泰也许是中世纪最伟大的旅行家，他在14世纪上半叶就访遍了现在属

---

* 喀土穆市由三个隔河相望的姊妹城市组成：喀土穆本市、乌姆杜尔曼（恩图曼）和北喀土穆，青、白尼罗河上的两座大桥把三个城镇联结在一起，呈“品”字形状，同我国武汉三镇类似。

** 原文为 Hassan Mohammed Al Wazzan Al Zayati，但更普遍的叫法应为哈桑·伊本·穆罕默德·瓦赞·法西（al-Hasan ibn Muhammad al-Wazzan al-Fasi），本书遵循原文叫法。

于马里的区域。扎亚提在16世纪被罗马教皇软禁，以利奥·阿非利加努斯为笔名进行创作。两位旅行家都描述了以廷巴克图为中心的盛极一时的手稿创作与书籍收藏文化。欧洲历史学家和哲学家一直认为非洲人是没有历史的文盲，然而廷巴克图收藏的手稿证明事实恰恰相反——当欧洲的大部分地区仍深陷中世纪泥淖时，一个复杂又自由的社会已在撒哈拉以南的地区兴起。1591年摩洛哥征服廷巴克图，手稿创作与书籍收藏的文化被迫转为地下活动，但18世纪时又得以兴盛繁荣，只是在法国长达七十年的殖民统治下再次消失。收藏家们将手卷埋藏在地洞和隐秘的柜子，或是储藏室里。联合国教科文组织的专家们决定建立一个收藏中心，恢复该地区丢失的遗产，重现廷巴克图当日的繁华，并向世界证明：撒哈拉以南的非洲曾创造了无数杰作。教科文组织曾召集名人显要，鼓励收藏者们从隐藏之地拿出手卷。

九年之后，年过七旬的满玛·海达拉开始为艾哈迈德·巴巴伊斯兰高级研究院工作。研究院是教科文组织在廷巴克图创立的，并受科威特和沙特阿拉伯统治家族的资助。满玛·海达拉将十五册手稿借给艾哈迈德·巴巴研究院做第一次的公开展览。之后，他在城里挨家挨户敲门走访，试着劝说其他收藏家将秘藏的手稿捐赠出来。后来，阿卜杜勒·卡迪尔·海达拉回忆道，满玛·海达拉参与的这场伟大的教育活动遭受到来自各方的怀疑和不解。这项工作激发了阿卜杜勒·卡迪尔·海达拉的兴趣，但他没有想过要追随父亲的脚步。在他看来，这是份没什么前途的工作。

1981年，满玛·海达拉在久病之后过世，享年八十五岁。当时，阿卜杜勒·卡迪尔·海达拉年仅十七岁。镇上重要的人物以及负责分配遗产的官员召开了一次海达拉家族会议。在位于廷巴克图桑科雷的家族宅院里，阿卜杜勒·卡迪尔·海达拉，他的母亲、众多兄弟姐妹，以及未能出席会议的几个兄弟姐妹的代表们挤凑在前厅，聆听满玛·海达拉留下的遗愿。老海达拉的遗产包括邦巴的土地、众多牲畜、经营谷物挣来的一大笔钱，以及收藏的大量手稿——其中有五千卷收藏在廷巴克图，大约八倍之多的其他手稿则收藏在邦巴的祖居。遗产执行人将老海达拉的生意、牲畜、房产、钱财全都分给了阿卜杜勒·卡迪尔·海达拉及其兄弟姐妹。之后，遵循桑海部族的悠久传统，遗嘱执行人宣布，满玛·海达拉指定了一个继承人作为家族图书馆的管理人。他环顾了一下房间。各兄弟姐妹往前倾了倾身体，翘首以待。

“阿卜杜勒·卡迪尔·海达拉，”遗嘱执行人宣布道，“这个人就是你。”

海达拉沉默了，这个消息让他很吃惊。虽然在十二个兄弟姐妹中，他学习最为勤奋，能流利地阅读和书写阿拉伯语，长久以来也展现出了对手稿的着迷，但他还是无法想象父亲竟然把照看手稿这样的重任交给自己这样一个年轻人。遗嘱执行人一条条列举着海达拉的责任和义务。他说：“你无权赠送手稿，也无权出售手稿。你的义务是保存和保护好它们。”海达拉不确定这个新的角色到底意味着什么，并对自己能否胜任这份工作感到担心。这个负担很重，这是他唯一清楚的。

1984 年，海达拉的母亲在生病五个月后逝世。母亲的逝世深刻地影响着他。跟纪律严明的满玛·海达拉相比，母亲温暖而慈爱。六岁的时候，阿卜杜勒·卡迪尔·海达拉就因与邻近的男孩打架而恶名在外。父亲为了管束他，便将他送到了撒哈拉深处的伊斯兰学校去学习。那所学校是一个非常简朴的营地，位于廷巴克图往北一百五十英里的地方。多年以后，海达拉常满怀感情地描述母亲在院子里的炊火旁劳作，给他做香喷喷的米饭、古斯米*和其他好吃的，并将食物装进一个篮子里，好让他的长途奔波轻松一些，也为长达一个月的古兰经课程提供食物。当母亲准备的美食吃完了，年幼的海达拉就拒绝吃饭，负责的族长会恼怒地用船将他送回廷巴克图的父母身边。

海达拉母亲的葬礼后不久，艾哈迈德·巴巴研究院的主任来到海达拉的家里，向他表达敬意。“我需要你来见我。”他对海达拉说，但并没有说明原因。一个月之后，海达拉没有出现。他仍沉浸在失去母亲的痛苦之中，完全忘记了主任的这一请求。主任派遣他的司机来到海达拉家里。“请跟我来。”司机说。

马哈茂德·祖伯主任在艾哈迈德·巴巴研究院欢迎了海达拉。研究院是一座石灰岩砌成的四方院子，摩尔风格**的拱形门廊环绕着平铺着沙子的庭院，庭院里栽着枣椰树和沙漠刺槐。祖伯只有三十岁左右，就已经被公认为北非学识最为渊博的学者之一。他最初在廷巴克图的一所法语－阿拉伯语双语高中当老师。后来在

---

* 古斯米(couscous)，又意译为蒸粗麦粉，由粗面粉加工而成，形状和颜色都像小米。是一种源自马格里布柏柏尔人的食物。

** 摩尔式建筑特色包括装饰繁复的拱顶、亮丽釉彩的青花瓷砖，以及阿拉伯文或者几何图形的装饰。在开放空间中，通常会有喷泉或水道。

马里政府奖学金的资助下，到埃及开罗的爱资哈尔大学——世界最富盛誉的伊斯兰学术中心——深造，之后在巴黎索邦大学获得了西非历史方向的博士学位。祖伯博士论文的研究对象正是艾哈迈德·巴巴。艾哈迈德·巴巴是廷巴克图黄金时代著名的知识分子，于1591年被摩洛哥入侵者逮捕，并被当成奴隶运往马拉喀什。1973年被选为艾哈迈德·巴巴研究院的主任时，祖伯才二十来岁。他从科威特和伊拉克募捐到数万美元，用来建设研究院的总部大楼。随后，他从零开始，建成了档案馆——最初只有从满玛·海达拉的藏书里借来的十五卷手稿。

祖伯来自马里的富拉尼族，该部族传统上都是农牧民，沿着夹在廷巴克图和加奥中间的尼日尔河湾定居。祖伯身形瘦小，温文尔雅。他轻轻地抓着海达拉的手臂，带领海达拉穿过院子，走进他的办公室。“你看，”祖伯说道，“我们一直和你的父亲合作。他在收集手稿、教育民众理解手稿这些方面做了很多了不起的工作。我希望你也能来参与我们的工作。”

“谢谢，但是我真的不想加入。”海达拉回答。他正在考虑从商，或许追随父亲从事牲口和谷物的贸易事业。他想挣大钱，多年后他这样解释。他很确定，自己最不想做的事情，就是整天在图书馆里忙忙碌碌，或是为某个图书馆工作。

几个月后，主任再一次派他的司机到海达拉的家里，将海达拉叫到研究院。“你必须来，”主任说，“我要训练你。你身上责任重大。”

海达拉再一次嘟囔着表达了对这个邀请的感激之情，但还是礼貌地拒绝了。

“你可是伟大知识传统的保管者啊！”祖伯坚持不懈。

该机构正面临着难题，主任告诉海达拉。过去十年，由八个搜寻员组成的团队开始了寻找手稿的一百项独立任务，十年来，他们在四驱车队的护卫下不停地穿越丛林，总共才收集到两千五百卷作品——平均每天不足一卷。之前法国殖民军队在该地区盗窃手稿长达数十年之久，手稿所有者们因此更加小心地保护着他们的藏品，对政府机构产生了深深的不信任。艾哈迈德·巴巴研究院那些搜寻员的出现让收藏者们时刻警觉，提防自家的传家宝被偷走。“每当他们的车辆开进村落，村民们都会非常恐惧，将所有手稿都藏起来。”祖伯看着海达拉的眼睛，对他说，“我想，如果你能来为我们工作，对于我们搜集手稿肯定会有帮助。这会是一个挑战，但我相信你能做到。”

廷巴克图黄金时代

1509年，来自格拉纳达一个穆斯林贵族家庭的学生哈桑·穆罕默德·瓦赞·扎亚提同叔叔一起来到廷巴克图（摩尔人被驱逐出西班牙之后，他们一家便定居在非斯*）。扎亚提当时仅十六岁，他的叔叔是摩洛哥的外交官。在这里，他们见识到了廷巴克图作为商业与文化中心的活力。1526年，扎亚提以笔名利奥·阿非利加努斯写下了经典旅行著作《非洲及非洲重要事物的历史和描述》(*The History and Description of Africa and of the Notable Things Therein Contained*)。在该书中，他描绘了廷巴克图堆满世界各地货物的市场，塞满欧洲织物的织布店，以及一座雄伟的石灰岩宫殿，里面住着“廷巴克图富甲一方的国王，他拥有数不胜数的金杯银盏、金权杖，有些重达一千三百磅”。

扎亚提对他在廷巴克图感受到的学术氛围感到惊讶。当时，廷巴克图这座城市的人口约为十万，而约四分之一都是从诸如阿

* 非斯(Fez)，摩洛哥著名的四大古城之一。

拉伯半岛一样遥远的地方前来的学生，只为师从桑海帝国的大师们学习律法、文学和科学。国王阿斯基亚·穆罕默德·杜尔将土地分赠给学者们，给他们提供财政支持，并邀请建筑师到廷巴克图建立清真寺和宫殿。桑科雷大学——一个由众多清真寺和私家宅院组成的松散联盟，就在这时发展成为该城一百八十所学术机构中最负盛名的一所。一句在当时流传甚广的苏丹谚语这样说道："盐来自北方，黄金来自南方，白银源自白人的国度，但神的教诲和智慧的珍宝却只能在廷巴克图找到。"根据写于 17 世纪的关于廷巴克图历史的著作《廷巴克图编年史》（*Tariq al Fattash*）记载，廷巴克图的学术繁盛，声名远播，以至于当一位小有名气的突尼斯教授来到桑科雷大学担任讲师时，很快意识到自己并不能胜任该职位，并退隐至非斯，在那里度过了十四年时光。

最让扎亚提印象深刻的，是他观察到廷巴克图市场上的手稿交易十分兴盛。这些手稿均由布料纸制成，售卖手稿的商人穿越沙漠来到廷巴克图，他们大部分来自摩洛哥、突尼斯、利比亚和阿尔及利亚等地。用布料造纸的技术从中国和中亚传过来后，便在这些地方生根发芽、蓬勃发展。到 12 世纪末期，非斯城共有四百七十二家造纸作坊，所制作的纸张一路出口至南边的萨赫勒地区，往北一直输出至马略卡岛和安达卢西亚*。更高级的意大利纸张在地中海港口如开罗和的黎波里等地转运后，很快就渗透到马格里布地区，那是北非靠近埃及西部的一带，"马格里布"来源于阿拉伯语的"日落"（有些意大利牌子的纸张因为印有基督教十字

* 马略卡岛和安达卢西亚都位于如今的西班牙。

架的水印，很难在伊斯兰市场上销售）。当扎亚提来到廷巴克图的时候，纸张多半是从威尼斯进口的——典型的水印标志就是三个新月 *——也就是从现在的利比亚地区转运过来的。工匠们从沙漠中的植物和矿物中提取墨汁和染料，从山羊和绵羊身上获得羊皮来做成封面。但是，当时北非的人们并不知道如何进行装订，因此只好将没有编号的散落书页装在皮革材质的夹子中，再用丝带或绳子绑起来。扎亚提发现贩卖手稿的利润要远比售卖其他商品的高。

在扎亚提访问廷巴克图四百年以前，撒哈拉沙漠里戴着头巾、四处放牧的图阿雷格族部落中有一队人马，每年夏天都会一如既往地从遍布盐碱与沙丘的贫瘠之地迁徙到南边一百五十英里之处、靠近尼日尔河畔的绿色平原。他们待的地方蚊虫为患，癞蛤蟆成堆，腐烂的草堆散发着恶臭，让人忍无可忍。于是，他们挑选出重要的物件，赶着骆驼、牛羊来到他们发现的更宜居的地方，这里位于他们原来的居住地北边几英里处，是一处由尼日尔河支流的季节性洪水冲积而成的平原，一口浅井可以提供干净甜美的饮用水。当 9 月份他们往北迁徙的时候，将大件行李留给一个叫作巴克图（Bouctou）的图阿雷格族女人保管——巴克图是大肚脐女人的意思。越来越多的人听闻了这个骆驼和独木舟汇聚的友好之地。第二年，其他游牧民问他们要去哪里。“廷－巴克图（Tin-bouctou）。”他们如此回答，意指前往巴克图女士的水井处。

* 在伊斯兰教中，新月代表一种新生力量，一般作为伊斯兰的标志。

在接下来的数百年里，廷巴克图从原本只有几个帐篷和泥砖屋组成的河岸聚居点发展成了一个世界枢纽和两种文化的碰撞地带——沙漠文化和河流文化不断扩大，相互交流。农民、渔民、被称为贝拉（bellas）的图阿雷格族黑奴、他们的图阿雷格贵族主人，以及阿拉伯和柏柏尔族 * 商人都来到这里并安顿下来，他们都是为了逃离衰落中的加纳王朝（位于现在的毛里塔尼亚南部和马里西部）一位泛灵论 ** 暴君的统治。骆驼大篷车队载满盐、蜜枣、珠宝、马格里布香料、熏香、欧洲纺织品和其他从像英格兰一样遥远的地方运来的货物，历经数周穿越撒哈拉沙漠，来到廷巴克图。在尼日尔河上，船只往北航行，为廷巴克图这个位于尼日尔河最高弯曲处的城镇带来丰富的丛林和草原产品：奴隶、黄金、象牙、棉花、可可豆、蜂蜜、几内亚香料，以及乳木果油产品，一种从非洲牛油果树的果实中提取出的象牙色油脂。商人、中间商、君主从主要货币——黄金中获得了财富。曼萨·穆萨，也被称为穆萨一世，是当时马里帝国的国王，他统治的地域包括几乎瓦解的加纳王朝的领地和现在的几内亚与马里北部的广大领土。他在 1324 年从廷巴克图前往麦加朝圣，带着数千名穿着丝绸衣服的奴隶和八十头骆驼，每头骆驼各自载着三百磅的金砂。“国王在开罗大施恩惠，”当时的一位阿拉伯历史学家写道，“每一位宫廷贵胄和拥有王室职

---

* 柏柏尔族，又叫柏柏人和柏尔柏尔人，是非洲西北部一个说闪－含语系柏柏尔语族的部落民族，名字词源来自拉丁语中的“barbari”（野蛮人）。他们主要集中在摩洛哥和阿尔及利亚。

** 泛灵论（animism），又名万物有灵论，认为天下万物皆有灵魂或自然精神，控制并影响其他自然现象。

位的官员都得到一大堆黄金作为礼物。”他还补充说，国王在开罗停留期间送出的黄金之多，让那里的黄金市场在十多年间都一直保持低迷的状态。

14 世纪末期，廷巴克图开始成为该地区学术与文化的中心。曼萨·穆萨从他的朝圣之旅带回一位西班牙安达卢西亚地区的著名诗人，并从开罗邀请来一位杰出的建筑师设计廷巴克图最壮丽的清真寺，也就是津加里贝尔大清真寺。1375 年，这座城市出现在马略卡犹太制图师亚伯拉罕·克雷斯克所制作的欧洲地图上，这幅地图是专门为法国国王查理五世绘制的，因而凸显了廷巴克图这座城市的重要性。但是，这股知识与文化发展的热潮并没有持续下去。1468 年，军阀桑尼·阿里和他的军队准备攻击廷巴克图。桑尼·阿里出生于加奥，一座位于廷巴克图以东大约两百英里的尼日尔河港口。其家族首领自 14 世纪 30 年代就开始了对加奥地区的统治，但是桑尼·阿里的野心更大。伊斯兰史料将他描写成杰出的军事战略家，善于骑兵作战的骑术高手，同时也是泛灵论的亲身实践者。他反对伊斯兰教，擅长施行法术、利用护身符和动物的身体来祈福和占卜，他也是一个狂热的奴隶主，一个没有安全感的统治者。在刚占领廷巴克图的时候，他表明欢迎学者们前来廷巴克图，但后来又坚信这些学者在策反，因而拒绝他们来到廷巴克图。一名廷巴克图的历史学家宣称：“桑尼·阿里是个大暴君，是个十恶不赦之徒……他杀人无数，只有真主才清楚他究竟杀了多少人。”“他压迫学者和圣人，杀害他们，污蔑他们，羞辱他们。他在这座城市里犯下滔天罪行，纵火焚烧，劫掠并屠杀大量平民。”

最后他建立了一个王国——桑海帝国，其版图沿着尼日尔河延绵两千多英里。

桑尼·阿里在他的统治期间没有遇到可以与之一较高下的对手。但在 1492 年他逝世后，一场血腥战役发生了。一位四十九岁的虔诚的穆斯林将军——据说是桑尼·阿里的外甥——穆罕默德·杜尔组建了一支军队，并于 1493 年 4 月在加奥附近打败桑尼·阿里的儿子领导的军队。历史在廷巴克图不断重演，暴力镇压的噩梦结束之后，迎来了开放和宽容的黄金时代。穆罕默德·杜尔宣布自己成为桑海帝国的新领导者，并在前往麦加朝圣之后，将自己的王号改为阿斯基亚·穆罕默德·杜尔王朝，带来了延续一百年的和平与繁荣。

尽管桑尼·阿里不断迫害伊斯兰学者，但在阿斯基亚·穆罕默德成为廷巴克图的统治者并开始巩固他的政权之时，这座城市的文学传统已经深入人心。外来的访问学者从开罗、科尔多瓦以及更远的地方带来伊斯兰学术经典，如《古兰经》《圣训》（即先知穆罕默德的言行汇编）、苏菲教派释疑以及马利基法学派的著作等。马利基法学是萨赫勒的主要法律制度，以突尼斯的凯鲁万大清真寺为中心。人们对这样的作品的渴望激发了家庭手抄作坊的兴盛。抄写员为教授和富有的主顾精心制作了进口书籍的复写本。他们在廷巴克图小巷的工作坊里肩并肩地工作，最高产的抄写员也需要一到两个月才能完成一本书——每天平均抄写一百五十行——并接受金块或砂金作为回报。这些抄写员会聘请校对，校对员会小心翼翼地逐字核实阿拉伯字母，以此获得一定比例的佣金。每一处“科洛芬”(colophon)——希腊语中的“最后一笔”，也就是每部作品的结尾部分，记录着手稿抄写的起止日期、抄写地点以及抄写员、校对者和第三经手人的姓名——这名经手人负责将一些通常不在阿拉伯文手稿中体现的“短元音”标记出来。委托做这项工作的经手人也经常会被提及。抄写员还会制作所谓的“阿贾米”手稿，即将多种当地语言翻译成阿拉伯文，如图阿雷格族的塔玛舍克语、富拉尼语、豪萨语、班巴拉语和索宁克语。

尽管致力于宗教学术研究，但在廷巴克图扎根的伊斯兰教从来都不是非常严苛。利奥·阿非利加努斯（扎亚提）写道，许多居民“大半个晚上都在街道上唱歌跳舞”。一个旅行者指出，廷巴克图的大部分居民没有遵守斋月的斋戒规定，他们饮酒，对伊斯兰教法的遵守仅限于割礼和周五的清真寺祈祷。廷巴克图的伊玛目*和普通民众都乐意接受世俗的观念，其中许多观点是被温和派伊斯兰学者从开罗带到撒哈拉沙漠的——比起廷巴克图，开罗更为国际化。随着时间的推移，抄写员们扩大了他们的业务范围。他们开始抄写代数学、三角法、物理学、化学和天文学等学术报告。他们将最伟大的希腊学者托勒密、亚里士多德、柏拉图和“医学之父”希波克拉底的著作，还有11世纪的波斯哲学家、学者阿维森纳撰写的数十篇关于伦理学、逻辑学、医学和药理学的手稿，翻译成阿拉伯语。抄写员甚至复制了一位安达卢西亚学者创

* 伊玛目（Imam），意为领拜人，引申为学者、领袖、表率、楷模、祈祷主持人，也可理解为伊斯兰法学权威。

作于 11 世纪中叶的长达二十八卷的阿拉伯语辞典《木卡姆》(*The Mukham*)。还有一部由 9 世纪伊拉克语言学家和文学史学家哈利勒·伊本·艾哈迈德创作的诗歌赏析作品，则使用了复杂的圆形图表来描述阿拉伯诗歌的韵律模式。

廷巴克图当地也涌现出许多伟大的原创著作，科学家、历史学家、哲学家和诗歌创作者纷纷涌现。诗歌选集的内容包罗万象：从先知的预言到浪漫爱情故事，甚至还有写绿茶这种平凡物件的题材。《苏丹史籍》(*Tariq Al Sudan*) 共三十八个章节，是对桑海国王统治下的尼日尔中部平民生活进行的无可比拟的历史记载，以丰富的细节描述了贸易路线、战斗、敌军入侵和城市里的日常生活，例如以兴建于 13 世纪的大清真寺而著名的杰内市。“杰内富裕而繁荣，人口分布密集，几乎每天都有大小的集市。据说在那片土地上有七千零七十七个村庄，彼此隔得很近。”这位作者观察到，“如果该地的苏丹*想将住在德博湖（杰内北部的一个湖泊，由尼日尔河流域季节性洪水灌入而成）的人传唤至杰内，苏丹的信使只需上城门那里大叫那个人的名字，人们将信息从一个村传到另外一个村，随即就会到达那个人耳朵里，然后他就动身来到苏丹的面前。”

廷巴克图的法律专家们汇编了大量的伊斯兰教法学书籍，即费格赫（fikh)，一些文章洞察到廷巴克图社会进步的一面。“我已经研读过你的问题并进行了仔细的思考。”其中许多手稿都以这句

* 此处的苏丹（sultan）是伊斯兰教中的头衔，是部分伊斯兰教君主国的元首称谓，具有绝对统治权，既是最高统治者，也是整个国家的宗教领袖。

话开头，然后再给出相应的伊斯兰教法上的裁决，从继承权的分配到剥夺婚床上的性特权等。一份裁决支持一名妇女不与丈夫同床的决定，因为男人也常行使同一种权利。另一份裁决是篇冗长的讨论，探讨施舍的义务，即天课*，宣称接受来自盗贼和压迫者的施舍形同教唆他们犯罪，并且认为任何有基本盈余的人，不只是贵族，都应该承担施舍给予的义务。

廷巴克图的天文学家还研究了恒星的运动及其与季节的关系，并在书稿中配有精心制作的天文图。他们根据复杂的数学计算，在书稿中画出了精准的行星运行轨迹图。天文学家教导读者如何使用日晷，或根据日晷的阴影投射边缘来确定一日五次的伊斯兰祈祷时间；如何使用球形三角法来计算朝拜的方向；还提出太阳系以地球为中心的论据；测试了计算闰年的公式；绘制出了月球围绕地球运转的月宿，以追踪夜晚时间、农历和季节流逝。他们记录了一系列天文现象，其中包括 1593 年的一次流星雨："在 991 年的赖哲卜月**，午夜过后，流星四处飞舞，天际仿佛被火海点燃——东西南北都一片明晃晃。"一位天文学家写道："流星将午夜照亮成了白天，人们变得紧张不安。这种景象一直持续到天亮之后。"

廷巴克图的医师们还发布了营养知识的说明，描述沙漠植物

---

* 天课（zakat），伊斯兰宗教术语，伊斯兰五大宗教信条之一。伊斯兰教法规定，凡有合法收入的穆斯林家庭，须抽取家庭年收入的 2.5% 用于赈济穷人或需要救助的人。又称"济贫税"。

** 991 年、赖哲卜月（Rajab，问候月）均源自伊斯兰历。公元 639 年，伊斯兰教第二任哈里发欧麦尔为纪念先知穆罕默德于 622 年率穆斯林由麦加迁徙到麦地那，决定把该年定为伊斯兰教历纪元。赖哲卜月为伊斯兰历的第七个月，亦是第二个圣月，禁止打斗。

的治疗功效。他们提到药草能帮助妇女减轻分娩的痛苦，用蟾蜍肉来治疗毒蛇咬伤，用混有黄油的黑豹粪便来缓解烫伤的痛苦；伦理学家就一夫多妻制、借贷和奴隶制等议题进行了辩论；还有咒语和法术大全、占星术、算命、黑魔法，通过召唤灵魂来揭示未知的秘密，用土占术、水占术（将石头扔进水里，依靠涟漪来判断未来），以及其他一些让廷巴克图未来的圣战分子占领者尤为深恶痛绝的神秘主题。

其中最令人大开眼界的一卷手稿叫作《男女行房私密手册》，教导男性如何激起情欲、治疗不孕症，以及如何让冷淡的妻子心回意转。在当时的西方对女性性行为等知识几乎一无所知的时候，这份类似于“高潮指南”的手稿里面竟然提供了一些让男女双方性乐趣最大化的技巧。“喝牛奶，或者将牛角烧成粉末，与食物或饮料混合在一起服用，都能增强性能力。”手稿中这样建议，“那些性活动更频繁，且想要享受更多性高潮的男人，则必须服用用公牛睾丸做成的粉末。如果一个男人出现阳痿等情况，可以取公鸡的右脚趾，将其燃烧后用烟熏自己，他就会得到治愈。”这份手稿中还提到很多奇特的药水和治疗方式，其中有些是泛灵论人士采用的方法，在当地已经流传数千年。这份手稿里宣称：“将晒干的蜥蜴睾丸制成粉末，加入蜂蜜，让男性服用，可以大幅度地提升他们的欲望和满足感。”同时，这份手稿声称，伊斯兰教是允许享受性快感的，甚至建议将祈祷作为延长勃起和增强性高潮的一种手段。该手稿继续写道：“为让阴茎更加坚挺，享受性的乐趣，丈夫必须吟诵以下《古兰经》经文，‘安拉将你从软弱无力中创造出来，从软弱中创造了力量’，必须继续吟唱‘哦，穆罕默德，哦，你们这些不信者’，直到最后。”该作者建议要每天吟诵上述经文，连续一周，而且吟诵的时候，旁边要放上七片泡过水的合欢树叶子，并在行房之前将水喝下。吟诵《古兰经》的经文，以提高人们的性乐趣，可以看出宗教已经深入到廷巴克图人的日常生活之中，以及这里伊斯兰教徒的大胆作风。后来几个世纪中占领了廷巴克图的狂热分子们认为这样一种吟诵方式是对《古兰经》的亵渎，是大不敬之举。

廷巴克图手稿的美学价值可以与其内容主旨相媲美。抄写员们会各种不同且复杂的书法字体：西非传统的豪萨文，以粗笔画为显著标志；来自波斯的库菲体，有着夸张的横线和棱角分明的字母，弯曲和倾斜，好像在真主面前俯首一样；还有最受欢迎的马格里布体，其特点是圆形、碗形的字母和广泛使用的曲线和圆圈。传统的中东书法家一般使用一整条芦苇枝，将其削尖，因此写出来的字母非常干脆，有着坚硬的边缘线，与之不同的是，马格里布抄写员则用钝刀将芦苇切成厚条，两端钝而圆，因而写出的字更加圆润、柔和和容易辨认，对许多人来说，也更加赏心悦目。还有书法家使用当地的灌木树枝或鸟的羽毛做成的笔来书写。

他们一般使用由木炭或阿拉伯树胶制成的标准黑色墨水，再加入各种土壤的颜色——黄色来自俗称雌黄的硫化物，在热液矿脉*、火山喷口和温泉中可以找到这种矿物质，这种物质以前在罗

* 热液矿脉是指由与侵入岩浆活动有联系的上升溶液而形成的一种热液矿产。

马帝国和古代中国被作为箭尖的毒药；深红色则来源于朱砂，或者从一种叫作胭脂虫的蚧壳虫中提取，胭脂虫会分泌出一种红酸来吓唬捕食者，把这种红酸混入铝或钙盐之中，就可以当颜料使用。绘图者还加入了其他原料，如利用胶质物让字体更加明亮，或者利用铁锈让图文不褪色。最精美的手稿中还一页接一页地装饰着金箔图案，通常是将22K金打成薄片，再小心地压在书页上。

由于《古兰经》中不鼓励人类形象的出现，手稿艺术家只能用与书法相同色调的几何图案填充页边的空白处，或者用这些图案打破文本块。那些错综复杂、缠绕交织、不断重复的阿拉伯式花纹——树叶、藤蔓、棕榈叶和花朵——让人一看就联想到大马士革大清真寺和格拉纳达城的阿尔罕布拉宫，这些图案传达了在真主的国度里无边的恩惠和无限之感。那些像万花筒一样千变万化的钻石、八角形、星形和其他几何形状则表现了平衡和对称。有些图案是模仿了中东或柏柏尔族地毯的图案——长方形里面充斥着奶油色、红色和绿色的同心圆，装饰着环形的花瓣、圆圈和抽象的毛笔字体。手稿的四边代表了生存的基本要素——火、水、土、空气——而圆圈则象征着物质世界。在《古兰经》的手稿中有一页精确地描摹出摩洛哥阿特拉斯山区一种名叫曾莫拉地毯的图案；另一种图案外围是长方形，里面是对角线和曲曲折折的线，这种图案和伯格蓝非尼布——在马里地区非常普遍的一种泥染布图案极其相似，由棉布缝制而成。偶尔，抄写员们也会采用现实的图像，使文本活跃起来，如用钢笔细致描画出来的清真寺、中世纪的弦乐器、山脉、撒哈拉沙漠中有着闪闪发光的水池和椰枣树的绿洲，而那些镶嵌着琥珀、绿松石和白银的皮革封面则是由山羊、绵羊或骆驼的皮制成。

廷巴克图城里学者云集，在众多人才中有一位特别突出，他就是艾哈迈德·巴巴·马苏菲·廷巴克提，一个学识渊博却性情古怪的黑人。1556年，他出生于撒哈拉沙漠的阿劳安这片盐矿丰富的绿洲，以其聪明才智和郁郁不乐的外表为众人熟知。因为他经常涂抹黑色的眼影，同时又穿着一身黑色的衣服，别人纷纷给他取绰号为“苏丹尼”（像苏丹一样）或“黑人”。那些赞赏他的人则称他为“时代的珍珠”。他为桑科雷大学图书馆编写了六十本书——包括一本空前绝后的天文学专著（以诗歌的形式撰写而成）、关于《古兰经》和《圣训》的评论，以及一本非常详尽的北非马利基苏菲教派学者的传记大辞典。

在《论烟草的合法性》一书中，他思考了吸烟的道德问题，并在书中回应了廷巴克图一项禁止吸烟的宗教运动。也许是受到了商业考量的影响，艾哈迈德·巴巴非常坚定地认为，抽烟既不刺激也不会让人上瘾，因而是可以接受的。他还提出了一种解决方案，主张对话、宽容和谅解。他最为著名的手稿是《艾哈迈德·巴巴有关摩洛哥蓄奴答问》，即《上升的梯子》。在书中，他提出，自由是人类最基本的权利，但在一些伊斯兰教法规定的稀有场合中除外。在这方面，他提倡怜悯和同情：“真主下令，无论奴隶是否黑人，他都应该受到人性化的待遇。”他继续写道：“人们必须同情他们的厄运，不要对他们施以残忍惩罚，因为光是成为一个人的主人，将另外一个人当成奴隶，就已经让人很是痛心。奴役他人是与暴力和强权统治密不可分的，特别是针对那些被迫从家乡来到遥远地方的奴隶。”

在廷巴克图的黄金时代，如果说有一种倒行逆施的思想，产生了很恶劣的影响，破坏了城市形象的话，那就是对待犹太人的主流态度。公元1世纪，数千名犹太人被罗马人从巴勒斯坦地区驱逐出去后，来到马格里布安顿下来。15世纪时，尽管伊斯兰教已经成为该地区的主要宗教流派，但犹太人还是可以正常从事食盐贸易等活动，被摩洛哥的统治者封为“苏丹王国的商人”，而且还以希伯来文撰写了该地区最杰出的一些手稿。但到了1495年，犹太人脆弱的地位就非常清晰了。那一年，一名叫作穆罕默德·马格希利的激进主义学者，也是一个狂热的反犹太传教士，不满犹太人取得的重要经济地位，于是策划摧毁位于撒哈拉盐路上的图瓦特绿洲（也就是现在的阿尔及利亚）的犹太教堂，并将犹太人从城里驱逐出去。“起来，杀死犹太人。”马格希利在发动对犹太人的攻击后这样写道。当时也正值阿斯基亚·穆罕默德国王掌权后不久开始巩固权力之际。“犹太人无疑是反抗穆罕默德国王最为激烈的敌人。”在执政早期，阿斯基亚·穆罕默德国王赴麦加朝圣时，在开罗遇到了一位温和派的埃及学者，学者向国王进言要容忍其境内的非穆斯林人士。但遇到激进的马格希利后，国王的立场完全变了。他听从马格希利的建议，将加奥的犹太人和桑海帝国的官员都囚禁起来，并下令将他们从他的领土上驱逐出去。后来，来自廷巴克图的使节造访他在加奥的行宫——一座庞大的围篱式建筑，在此受国王接见之前，来访者必须将灰土撒在头上——劝说他要仁慈一点，他对犹太人的态度才稍稍缓和下来。

两种伊斯兰意识形态的针锋相对——一种开放、包容，另一种则僵化、暴力——将在接下来长达五个世纪的时间里困扰着廷巴克图。以国王阿斯基亚·穆罕默德为例，他是一个复杂的人，一方面鼓励在世俗观念和伊斯兰价值观之间取得平衡，另一方面又表现出对非穆斯林人民的不宽容，这两种倾向似乎都体现在一个人身上。“穆罕默德国王坚定地与犹太人为敌，”利奥·阿非利加努斯观察到，“他不希望任何一个犹太人住在他的领土上。如果他知道北非商人……跟犹太人做生意，就会没收他们的商品。”

1591 年，就在利奥·阿非利加努斯记录下廷巴克图的文学与知识繁荣的八十二年之后，廷巴克图的黄金时代戛然而止。摩洛哥苏丹要求桑海帝国的最后一位独立国王阿斯基亚·伊沙克二世将塔阿扎*的撒哈拉盐矿交给摩洛哥。国王拒绝了这个要求。于是，四万两千名摩洛哥士兵、共计一万匹马和骆驼横跨一千七百英里沙漠，将廷巴克图包围起来。他们配备了大炮和火绳枪——发明于 15 世纪的一种威力强大的火枪，需用支架发射，而对面的抵抗者却是对机械化战争一无所知的人：一万名拿着弓箭的桑海步兵和一万八千名持长矛的骑兵。阿斯基亚·伊沙克二世在逃亡中被杀害，他的弟弟继位后宣誓效忠摩洛哥苏丹。

艾哈迈德·巴巴与其他学者一起，鼓动民众抵抗入侵者。为了

* 塔阿扎（Taghaza），撒哈拉沙漠北缘的产盐区，同时也是商品贸易的集散地。

报复，摩洛哥军队突袭了桑科雷清真寺，将艾哈迈德·巴巴的图书馆洗劫一空，并将他戴上镣铐，关了起来。“你们为什么要攻打廷巴克图？”他这样质问着。与数十位廷巴克图的学者一道，艾哈迈德·巴巴被押着走上了跨越撒哈拉沙漠的艰苦旅程，途中他被铁链绊住，从骆驼上掉下来，摔断了一条腿。“跟你们一样，我们都是穆斯林，我们应该像兄弟般彼此友爱。”趁着与摩洛哥苏丹见面的机会，巴巴满腔痛苦地抱怨他最为珍贵的手稿遭到破坏。“相比我其他的朋友，我的图书馆规模已经是最小的了，”他说，并拒绝在国王面前卑躬屈膝，“你的士兵从我的图书馆里掳走了一千六百卷手稿。”在这之后，他在马拉喀什的监狱里被囚禁了两年。其他学者则被流放至沃尔特河*盆地、加纳和科特迪瓦北部——廷巴克图作为世界学术之都的繁荣盛世也就此告一段落。

但廷巴克图这座城市在学术方面的努力从未消失。1660 年，摩洛哥国王放弃了对廷巴克图的直接统治，管辖权最初落入了图阿雷格人——主宰撒哈拉沙漠的柏柏尔部落——手里。他们人高马大，肤色较浅，裹着靛青色的长袍，头戴五英尺长的蓝色或白色棉布，将脸整个蒙住，只露出两只眼睛。在始于 17 世纪中期的《苏丹史籍》里有这样的记载：“他们是撒哈拉的流浪者，居无定所的游牧民族。”他们也是能写会读的民族，廷巴克图城里的部分手稿就是用提非纳文（Tifinagh）写成，这是一种由柏柏尔族人发明并在撒哈拉地区广泛流传、如今已有两千多年历史的文字。在摩洛哥人占领期间，城里的学术活动渐次衰退，但一群叫作凯尔·苏

* 沃尔特河，又称“伏塔河”，是西非的河流，加纳的主要饮用水源。

克的图阿雷格族隐士——也被称为智者——继续保持了这种学术传统。

19 世纪初期及中期，来自尼日尔河三角洲的苏菲派改革分子发起了“剑之圣战”，蔓延至廷巴克图。圣战分子杀害异教徒领袖，禁止烟草、酒类和音乐，开设伊斯兰学校或古兰经学校，要求男人和女人在学校和公众场合完全隔离，以伊斯兰教严厉禁止浮夸作风等为由，将杰内大清真寺强行关闭，查封和捣毁那些被认为令人不能专心敬拜真主的手稿。极端分子掠夺了廷巴克图所有图书馆，也闯入民宅去搜索并捣毁手稿。

圣战分子的行动让廷巴克图的藏书家谨慎万分，但并没有打消他们继续从事手稿收集与交易的热情。1853 年，德国探险家海因里希·巴尔特历经千辛万苦穿越撒哈拉大沙漠，到达廷巴克图。他在书里这样写道：“廷巴克图稍有学识的人，也常常为自己能写出几句《古兰经》的经文而引以为豪，他们全都如饥似渴地想求得几张残破的手稿，我很高兴自己仍有能力提供这样一些小礼品。”圣战分子捣毁了不少手稿收藏，但这位德国人很是欣赏一本到处是折页的希波克拉底著作的阿拉伯语译本。他还找到了一本写于 17 世纪 50 年代、异常珍贵的、有关桑海帝国的《苏丹史籍》。“我很幸运能见识到桑海帝国自发轫到 1640 年的完整历史。”他在自传《中北非旅行与发现》中这样写道。

紧接着，1879 年，法属苏丹总督路易·费代尔布宣布包括塞内加尔和尼日尔河在内的领土将成为建立“一个新印度的基础”，并从那里一路延伸至红海。1883 年，法国占领了当时最为繁荣的奴隶交易中心巴马科。1894 年 2 月 12 日，约瑟夫·塞泽尔·霞飞上校率领一支陆军军队，在行军四十九天、穿越了五百英里的沙漠之后，占领了廷巴克图，随后建立了城防工事，将马里撒哈拉带入法国殖民时代。

在法国军队抵达之后，法国记者费利克斯·迪布瓦也到达了廷巴克图。他发现几乎不可能说服这座城市的藏书家拿出他们的藏书。“他们害怕我会像圣战者一样行为狠毒。”他在《神秘的廷巴克图》（*Timbuctoo the Mysterious*）一书里这样写道。当他登门拜访廷巴克图知识分子家庭的时候，他们才逐渐向他敞开心扉。“这些手稿中既有诗歌和极富想象力的作品，也不乏独一无二的阿拉伯文学作品。”他观察到，“关于摩洛哥、突尼斯和埃及的历史和地理作品在廷巴克图也为人熟知（伊本·白图泰常被引用），从纯科学的角度探究天文学和医学的书籍也很多。”廷巴克图的藏书家仍然致力于“热切搜寻那些还没找到的手稿，如果穷得买不起原稿，他们就会买手抄本或者自己手抄一份”。迪布瓦特别提到：“他们的收藏……从七百本到两千本不等，而且……当这些藏书家分享他们最珍贵的手稿时，你能感受到他们发自内心的喜悦。”

然而，随着法国人在北边大肆巩固他们的控制，自由贸易与书籍交易的日子也结束了。士兵们和访问学者将手稿偷走并带回法国，在那里它们最终成为大学和政府对外展出的藏品，其中包括巴黎的国家图书馆。三本在廷巴克图找到的《苏丹史籍》被送到巴黎，由奥克塔夫·乌达翻译成法文，并于 1900 年得以出版。人们将手稿藏在马里的各个角落，它们被放进皮袋子里，藏在后院或者花园里挖的洞里，或者藏在沙漠中废弃的洞穴中，或者用泥土将图书馆的门给糊起来，将宝藏掩藏其中。在新的殖民统治下，法语成为马里学校教授的主要语言。因此，在廷巴克图和其他几个城镇里，几代人都没有学过阿拉伯语，使得这些手稿逐渐丧失存在的意义。

这些曾在图书馆、市场或者是家里被自豪地陈列展示的记载历史、诗歌、医学和天文学的书籍，变得日益稀少，渐渐销声匿迹。伟大的写作传统也几乎被完全遗忘了。“也许将来会有非洲历史可以教与学。但是目前没有。”1963 年，在一次 BBC 的采访中，英国历史学家休 · 特雷弗 – 罗珀这样表示，“非洲只有欧洲的历史。其余的均是一片黑暗。”

手稿搜集之旅

1984年秋天，阿卜杜勒·卡迪尔·海达拉开始在艾哈迈德·巴巴研究院担任手稿搜集员。研究院的主任祖伯教导海达拉如何接触并鼓励那些手稿所有者。祖伯说，最重要的一点，是在最开始不要提及艾哈迈德·巴巴研究院，因为，经过法国殖民占领的创伤后，人们仍然非常害怕与政府有牵连的组织。“你就说你是杰出学者满玛·海达拉的儿子。”祖伯建议道，“你必须慢慢来，最后才提到手稿的事情。”他接着说：“可不能惹他们生气，也尽量不要让他们紧张。要有耐心。你可能不得不多去几次。”

祖伯有位老朋友，是世界著名的廷巴克图文学遗产专家约翰·亨威克，他也是研究埃及、尼日利亚和加纳地区手稿传统的学者。在祖伯的邀请下，他在廷巴克图停留了大约一个月，为海达拉上了一堂手稿历史的速成课。

约翰·亨威克1936年出生于英格兰萨默塞特郡，矛矛起义*时期，他在肯尼亚的英军部队里服役，接着转入哈尔格萨的索马里兰**巡查队，随后在伦敦大学亚非学院学习阿拉伯语。20世纪60年代中期，亨威克在尼日利亚伊巴丹大学教书，那时他第一次接触到廷巴克图的手稿，并着手翻译了关于桑海帝国历史的原始手稿，在接下来的二十五年里，他还远赴马里、塞内加尔、几内亚、加纳、科特迪瓦、布基纳法索和尼日尔，搜集了上万份阿拉伯文手稿的具体信息，如标题、所在地等。亨威克还在芝加哥西北大学设立了非洲伊斯兰思想研究中心，该中心是全球公认最重要的阿拉伯文手稿研究学术机构。

在廷巴克图，亨威克和海达拉每天都会在祖伯的家里或者研究院的会议室里见面，并且一坐就是好几个小时，讨论手稿的来源和保存方法，以及马里境内最有可能找到手稿的地区。在接受了亨威克的指导之后，海达拉前往摩洛哥首都拉巴特和巴马科参加了联合国教科文组织的手稿保护研讨会，学习如何按手稿的年份、作者身份和设计来评估价值。该培训课程持续了八个月。

刚开始搜寻手稿时，海达拉拜访了廷巴克图最显赫的十二户人家。数百年以来，这十二个家族一直主导着该地区的手稿收藏。海达拉小心翼翼地敲开门，介绍自己，并进行一些轻快的谈话。有时，海达拉甚至需要反复拜访两三次，才能谨慎地提到手稿这

---

* 矛矛起义（Mau-Mau rebellion），是指1952至1960年在肯尼亚爆发的矛矛党人反抗英国人统治的武装起义。

** 索马里兰位于非洲之角索马里的西北部，曾被英国统治。

一话题。但每次得到的回复都是一样的。“就你？”手稿收藏者常常会摆出一副不屑一顾的样子，摇着手让海达拉离开。“你以为你是谁？小毛孩一个！”他们往往对海达拉嗤之以鼻，取笑他太年轻、不经世故，甚至也会嘲笑他在廷巴克图的社会阶层中不那么显赫的家族背景。“你竟然胆敢和我谈手稿？”这样反复几个星期后，他放弃了，没能成功说服他们交出几份手稿。

之后，他扩宽了搜寻的范围。首次航行去廷巴克图之外的地方时，海达拉搭乘着一艘既载客又运货的铺满木板的机动平底渔船，沿着尼日尔河顺流而下。他的目的地是距廷巴克图以东一百英里的古尔马加鲁斯，这个小镇是桑海帝国鼎盛时期的文化中心。海达拉遇见了很多人，他们都对古尔马加鲁斯赞不绝口，将其称为诗人、科学家、宗教领袖的汇聚地。那里的世袭酋长——穆罕默德·哈纳菲，曾是海达拉父亲的朋友，海达拉因此得以知晓，数百年来，这个小镇保藏着无比珍贵的手稿。

之前，那支“寻宝队”驾驶着两三辆政府部门配置的丰田陆地巡洋舰——一行八人，扛着摄像机、缩微胶片机和发电机，喧嚷地轰隆着进了村子，村民们受到了恐吓。海达拉很清楚这一点，于是他便孤身前往，穿着朴素，随身就带了一个小背包，包里装着用来购买手稿的几千美金。他心想，穿着这么朴素，强盗们应该不会看中他。的确，事实证明他是对的。

船长驾驶着小船一路而下，沿途经过沙滩和低矮的沙丘，除了一片片干燥的草地，偶尔出现的金合欢树，几乎没有其他植被——当尼日尔河弯曲着往东流经马里中部的半荒漠地区时，这些就是典型的尼日尔河沿岸景观了。舷缘上边有用帆布制成的船顶，刚好为海达拉挡住了灼热的阳光。沿途，海达拉遇见了桑海渔民的独木舟。这些渔民是博佐人，他们居住在盒状的泥屋中，泥屋在橄榄绿的水域旁排成一线。“他们是居住在这些定居地的唯一人口，分布在城镇的不同地方。可以说，博佐人依旧完全属于这条河流。”法国记者、历史学家费利克斯·迪布瓦这样写道。他在法国统治马里时曾遍访该地区。1895 年，他一路沿河顺流而行三百英里，经由殖民城镇塞古到达廷巴克图，其间他仔细观察并研究所经之处的河流亚文化。迪布瓦所见之景与海达拉途中所遇所见并无二致。“我看到他们正准备出发去捕获大猎物（鳄鱼和海牛），”迪布瓦继续写道，“独木舟悄悄前进着，几乎没有什么动静，直到船头那机敏警觉的渔民发现了一头正在睡觉的鳄鱼，或者几条长着胡须的大鱼在微风与碧水之间打着盹儿，这时，只见船头那个光着膀子的渔民敏捷地移动身体，做好准备，右臂就位，对准目标快速扔下鱼叉。这些大猎物根本来不及反应，就被鱼叉击中了。”

经过两天一夜的旅行，海达拉到达了古尔马加鲁斯镇。一到镇里，海达拉就迫不及待地来到河边，穿过铺满沙土的小巷，寻找当地的世袭酋长哈纳菲，并告诉他自己是满玛·海达拉的儿子。他们一起喝了茶，那晚，海达拉住在酋长家。第二天一大早，几盏茶过后，海达拉和盘托出了他此行的真正使命。

海达拉跟哈纳菲酋长保证，艾哈迈德·巴巴研究院会将所有手稿进行登记，捐献者可以随时追踪、查看手稿的情况。他再三强调，手稿捐献者会得到丰厚的补偿。酋长回应说他自己并没有收藏任何手稿，但很乐意给予他力所能及的帮助。“你先待在这儿，不要到镇子里去。”哈纳菲酋长说道，“我会先去清真寺，跟那里的手稿拥有者说清楚。”

村民们带着手稿,陆陆续续赶了过来。一些手稿保存得很完好，而部分手稿因年代久远很容易破损，海达拉一打开，一些手稿就脱页了。他小心翼翼地翻动着书页，一言不发。他用专家的眼光审视着这些手稿，从手稿的历史、来源地、书页边缘处的装饰以及金叶的数量等方面衡量它们的价值。最终，他购买了二百五十卷手稿，将它们全部装在一艘平底小船中，并沿河而上返回廷巴克图。

接下来的几个月中，海达拉又两次往返古尔马加鲁斯，再次购买了二百五十卷手稿。渐渐地,他对自己的说服技能越来越自信，对自己衡量、评价手稿的能力也越加肯定。然而，在他第四次拜访古尔马加鲁斯时，手稿拥有者不再来售卖手稿了，而且没有任何预兆和解释。

“没人跟我说话，人们都在躲着我。究竟发生什么了？”海达拉问酋长。

“我也摸不着头脑。”哈纳菲酋长这样回答说。

又过了一个星期。当海达拉在街上碰到当地人时，他们就悄悄避开。终于，有一天，海达拉在市场上碰到一个熟人，后者没有躲避海达拉，而是告诉他古尔马加鲁斯镇的一位负责看护当地文化财产的官员正在四处打探他的消息，并说官员非常生气。

海达拉找到了这位官员，并做了自我介绍。但是，官员拒绝与海达拉握手。“你给我们造成了很多麻烦。每个人都认为你购买手稿是为了挣钱。你的所作所为让大家都不开心。”

海达拉试图解释他收集手稿的目的，但是并没有什么用。这位官员在当地具有非凡的影响力，他已经成功地说服镇里的人们不要与海达拉合作。“要注意，保护好自己的手稿，不要理那个家伙。”官员对当地的人们这样说，“我们对这个家伙的底细一无所知，我们也不知道他的目的。”海达拉在镇里又待了几天，在前三次拜访中，他共收集到五百卷手稿，然而这次旅行却是意想不到的结果——他空手而归，沮丧无比。只要有一个人持怀疑态度，海达拉想要获取人们信任的努力都会大打折扣。

然而，持怀疑态度的人无处不在。他顺河而下到达他祖籍所在之地邦巴；沿着尼日尔河往东一直到加奥，加奥是桑海帝国的古老首都，距离廷巴克图以东两百余英里。在加奥，他找到了伊斯兰教的教法官——卡迪，即一个城市中最有学问的人之一。教法官热忱地欢迎了海达拉，并邀请他就坐。他们谈了手稿，以及马里的文化遗产。海达拉谨慎地提出艾哈迈德·巴巴研究院这一话题，并说他来这儿是为了说服教法官将其手稿有偿地捐献出来，以丰富手稿的收藏。教法官的态度瞬间改变了。

“谁带你来的？”教法官严肃地质问道。

“我读了很多书，从中了解到您的家族世代以来都是学者和知识分子，并珍藏了很多古老的手稿。”

“没有，没有，没有。”教法官连连否定。海达拉知道他没说真话——因为据可靠消息，教法官在他家房子的一间密室里藏着珍宝般的手稿——尽管如此，海达拉还是束手无策。海达拉被教法官指着鼻子骂是“强盗”，并被扫地出门。

离开加奥后，海达拉骑着骆驼，沿着一条历史悠久的道路，一路往北一百五十英里，经过五天的旅行，到达了处于撒哈拉腹地、曾经盛极一时的食盐贸易集散地阿劳安，这里也是艾哈迈德·巴巴的诞生之地。五百年以前，这里既是伊斯兰文化的中心，也是食盐贸易的汇聚地。海达拉从撒哈拉人那里打听到，这里藏着许多重要的手稿——包括苏格兰探险家莱恩收集的手卷，莱恩被杀后，这些手卷曾被阿拉伯游牧人偷走。海达拉尚不习惯骑着骆驼旅行，当骆驼摇晃着爬上六十英寸高且长着青草的沙丘，或是哐当一下从沙丘的另一面滑下来的时候，海达拉都会紧紧地抓住鞍子，生怕从骆驼背上摔下来。他小心地骑着骆驼经过密布带刺灌木的山谷，越往北，灌木就越稀疏。渐渐地，如波浪一般翻滚着的沙地消失了，取而代之的是一片起伏缓和、没有植被覆盖的荒漠高原。不远之处是塔阿扎的废墟，这座传奇之城给中世纪的旅行者带来无尽的灵感，激发他们天马行空的瑰丽想象。“正如所有的墙壁、支柱和屋顶一样，塔阿扎这座城市的城墙也是由盐堆砌而成的。”中世纪的波斯地图绘制大师扎卡利亚·伊本·穆罕默德·卡兹维尼这样写道。他的描述是基于一位目击者的证词，在这之前不久，这位目击者刚好到访这片绿洲。“门也是由盐块做成的，只不过为了防止出现裂缝，人们用一层皮革将盐块包裹起来……城镇周围就是一个盐池……那里的动物一旦死了，就会被扔进沙漠里，然后变成了盐。”虽然阿劳安这个四十年来滴雨未下、摇摇欲坠的村庄并未转变成盐，但它却在艰难时世中变得破败不堪。那里人口稀少，只有二百来人，人们以煎炸的蝗虫为主食，对外来者充满敌意。“他是个危险人物，他要手稿究竟有何目的？”人们对海达拉的到来议论纷纷，“也许他想要毁掉手稿。也许他想给我们带来新的宗教信仰。”

应许之地转眼之间给了海达拉当头一棒，让他失望、沮丧。在尼日尔河畔的马亚口，一位村民带海达拉见了一位据说是珍稀手稿的拥有者。海达拉发现他一直守护着一只上了锁的箱子，而且死活不愿意打开。

“这是留在镇里的孤儿的，不是我自己的，我连碰都不能碰。”

“我能看一眼吗？”海达拉恳求道。

“门都没有。”

谈判断断续续进行了四天，最终主人还是打开了箱子。海达拉迫不及待地凝视着打开的箱子——不大一会儿就失望地收回目光。只见白蚁四面八方地乱窜。它们已经把这些手稿蛀食得所剩无几，百分之九十已经成了尘土。主人呆呆地看着剩下的七卷手稿，不禁掩面哭泣。他说二十年以来，他从来都没有打开过箱子。

但海达拉很有耐心。在旅途中，他不断地完善自己寻找、收集手稿的方法，取得的成果也越来越显著。“我的前任们犯了很多错误，我尝试着去改正。”数年后，海达拉这样回忆道，“他们那时采取的无效方法，我都尽力避免，因而我也就有了我自己的策略。”海达拉从不骑乘机动车辆，因为他觉得一看到机动车，村里的手稿主人就会认为海达拉非常富有，从而会漫天要价。因此，当海达拉下了船需要赶往村里时，他往往租用骆驼或驴子。虽然用驮畜而不用机动车作为出行方式大大延长了他在旅途中的时间，有时耽搁几天，有时甚至是几个星期，但海达拉深信这样能赢取村民们的信任。而基本上无一例外，当海达拉跟一家之长提出想要“购买”手稿时，主人都会立即轰他出门。“出去，滚出去！”主人并不留情面。海达拉很快意识到，“购买”这个词令许多手稿的主人感到不快和反感：竟然将代代相传的珍宝等同于冷冰冰的钱币。从此之后，他就开始使用“交换”这个词。他获取了一些手稿，作为回报，他给村里建立了一座学校。但更多时候，村民们愿意用手稿交换牲畜。“我交换出去很多奶牛。”海达拉说。

很多次，海达拉选择用印刷的书稿交换手稿，因为对于偏远的村落来说，印刷品可是难得拥有的商品。为了联系书商，海达拉的足迹遍布马格里布地区，如摩洛哥、突尼斯、阿尔及利亚、利比亚等地，通过邮寄的方式收到有关阿拉伯文学、历史和诗歌的书籍，并带着这些书籍返回村里。这个过程可能需要半年，但这种麻烦还是很值得的。“你想要哪些手稿就拿走吧！”手稿主人一边用手摩挲着那些精装的印刷书籍，一边愉快地招呼海达拉。而随着时间的流逝，关于艾哈迈德·巴巴研究院为保存手稿而不懈努力的消息不胫而走，口碑沿着尼日尔河一直传播到沙漠地区。一些手稿贡献者甚至不远千里来到廷巴克图，目睹他们的传家之宝在这里得到无微不至的保护。因而，人们对海达拉的信任也慢慢深厚起来。

渐渐地，海达拉对每卷手稿的价值也有了更加清晰的认识，逐渐成了一名经验丰富、能力突出的谈判者。如果手稿难得地完整，价值就会很高；如果廷巴克图的抄写员已经就某卷手稿做了很多份抄写本，那么其价值就会相应地低一些。但比起普通的抄写员留下的手稿，海达拉异常珍视廷巴克图最著名的书法家们留下的手稿——在每卷手稿的结束页，零星地留存着这些艺术天才的痕迹；手稿的内容是另一个重要的衡量标准。海达拉高度重视那些涉及民族冲突与和解、时政、地理的手稿——尤其是那些有详尽的彩色地图的手稿，其次是有关政府腐败的手稿，原因是有关该研究的手稿数量的确不多。他也比较重视医学方面的手稿，因为即使是今天，这些手稿上记载的医学知识往往仍旧适用。

海达拉也会考虑手稿受白蚁、灰尘和细菌等毁坏的程度，但如果某些手稿实在是凤毛麟角并且精美绝伦，即使有部分损坏，海达拉也会将它们买下来，并寄望于能够在廷巴克图修复它们。如果一些手稿戳中他的想象，让他着迷，他也随时准备付出更大的代价。在锡卡索，一个位于巴马科东南部、与布基纳法索接壤的城镇里，海达拉曾偶遇一只装着数百份手稿的大箱子——里面有 18 世纪马西纳地区富拉尼族著名的乌理玛（即伊斯兰学者）创作的诗集手稿；有些手稿描绘了 19 世纪中期法国军队到达该地的情景，并讨论了外国势力的存在对当地的影响；有些手稿介绍了当地的司法体系和知识，但是都用马里语的不同分支语言写成，如班巴拉语、索宁克语或富拉尼语，随后被翻译成阿拉伯语；部分手稿则深入浅出地介绍当地的草药和其他秘方。海达拉最终获得了这一大箱手稿，作为交换，他为这个村子建立了新的清真寺和小学，为这些手稿花费“数千美金”。这是海达拉从事手稿侦查、收集工作十五年来花费最多的一次交易。

人们也慢慢意识到海达拉的交易很公平。一年前，海达拉差点被赶出古尔马加鲁斯镇——他收集手稿的第一站。一年后，海达拉又来到古尔马加鲁斯。到达后的第一个下午，海达拉经过一顶帐篷，一个枯瘦的图阿雷格牧民戴着破旧的头巾，他周围是一大群在沙地里玩耍的孩子。这个四十来岁的牧民叫住了海达拉。

“请到里边来！”牧民喊道。

海达拉进入这传统的住所，打量了一番。帐篷四面都是用羊皮缝制而成的。帐篷里光线昏暗，海达拉坐在地上，他注意到帐篷后面的一只金属箱子，这样的箱子通常是用来保存手稿的。

“你打哪儿来？”图阿雷格人问。

“我来自廷巴克图。”海达拉用塔玛舍克语回答道。塔玛舍克语是图阿雷格人的一种语言。除母语桑海语之外，海达拉还会使用塔玛舍克语和富拉尼语。这是马里北部的两种主要语言。此外，海达拉还会法语，因此，与这些地区的手稿拥有者进行沟通、谈判的时候，语言根本就不存在问题。

海达拉与牧民闲聊着。看到牧民穷得连一杯茶都无法提供给客人时，他提出要去买一些食物和饮料送给牧民和他的家人。海达拉跑到市场，买回半只羊和一袋一公斤的茶叶。图阿雷格牧民在帐篷外将半只羊烤了。海达拉与他的家人们坐在沙地里边吃边聊，直到这时，他才小心地提到手稿。

“我没有手稿，”图阿雷格牧民说，“我只有一些印刷的书籍。”

“可以给我瞧瞧吗？”海达拉问。

“当然可以。”

海达拉打开箱子，注视着这些书籍。在这些印刷的书稿之中，有本书抓住了海达拉的眼球：这是一本17世纪的《古兰经》。他仔细地翻看着，被其精致的马格里布字母吸引。正在这时，透过帐篷的门帘照射进来的午后阳光正好映射在有些磨损的镀金书页上。海达拉意识到，这是一部杰作。

“这本书你想要多少钱？”海达拉询问道。

主人耸耸肩：“你愿意给多少就给多少吧！”

“你得给个价。”

“那就五千西非法郎。”也就是十美元，牧民说。这个价钱过低了，海达拉不能接受。他们讨价还价起来——但这次，是买家在加价。

“不，不行，这是个宝贝，价值很大。”海达拉回答说。

“那就一万西非法郎。”

“太少了。”海达拉坚持。

“两万。”

最终，海达拉给了他十万西非法郎。牧民接过钱，有点目瞪口呆。他问道：“如果我们还有这样的书，你也会买吗？”

“当然。”

第二天清晨5点，天还没亮。一片漆黑中，海达拉听到有人敲门。

“是谁？”海达拉说。

那位图阿雷格牧民走进来，肩上背着一个用骆驼皮制成的大袋子。他一言不发，自顾自地将一堆手稿从袋子里抖落到地上。黎明之前，光线昏暗，海达拉基本没看清楚堆在地上的是什么。但6点的时候，从窗户里透过来的第一缕金色的光线照亮了这堆无与伦比的珍宝。那天早晨晚些时候，海达拉走出屋门，被眼前的景象惊呆了——当地的图阿雷格人在他的门前排成了长队，怀里揣着的、背上背着的，是装满手稿的骆驼皮或羊皮袋子。许多手稿几十年以来都藏在洞穴或地洞里。为了获得这些手稿，海达拉也付出了数以千计的美金——在科威特和沙特阿拉伯的赞助下——最后满载着一千余卷手稿离开。他按手稿主人的要求偿付，有时甚至支付得超过了主人的要求。毕竟，这些手稿是他们唯一珍贵的东西。

海达拉沿河而上，朝廷巴克图的方向归去。塞满手稿的小提箱和成堆的骆驼皮袋子堆满了小船，小船负重前行，吃水很深。

回到廷巴克图后，穆罕默德·祖伯看着海达拉满载而归，感到十分惊讶，他问海达拉："这些都是你找到的？"

虽然这只是在艾哈迈德·巴巴研究院工作的第一年，海达拉已经取得了惊人的成绩：他在一年里收集的手稿数量，不少于之前八人小组在过去十年里收集的手稿总和。

海达拉越来越迷恋他的这份事业了。平均下来，每个月里有三个星期他都在路上奔波，大多时候是搭乘着平底小船或独木舟沿着尼日尔河航行，然后再返回廷巴克图，把收集到的手稿编入目录，稍微休息后便开始下一段旅程。

一些意外的发现更让他着迷。一次，在廷巴克图附近的一个小村子里，海达拉偶然获得了五十页关于一些伊斯兰圣徒的传记，是一部手稿的零散部分。海达拉读来觉得非常有趣，于是他就凭着直觉，沿着尼日尔河一路而下，继续寻找该手稿的其他部分。经过两年不懈的艰辛追寻，他在加奥附近一座村落的一间储藏室里发现了与该手稿相似的残余部分，而这里距第一次获得部分手稿的地方大约二百五十英里。回到廷巴克图后，海达拉将两部分零散的手稿组合在一起，他惊奇地发现，这是伟大的艾哈迈德·巴巴创作于他被捕后作为奴隶时的一部完整作品。在最后的版权页上，巴巴留下了他的名字，创作日期“991 年”——根据伊斯兰历法，大约为公元 1593 年，以及创作地“马拉喀什”。几百年后，这部一分为二的传记穿越茫茫沙漠回到了马里。

手稿的来源也让海达拉着迷。他甚至会去追踪千百年来某卷手稿迂回曲折的旅行轨迹。“当我在艾哈迈德·巴巴研究院工作时，我的办公室里堆满了手稿。”几十年后，回顾他的工作，海达拉这样说，“而当我在家里时，我的周围也都是手稿。我的朋友们都说：‘你太疯狂了，除了手稿，其他就没有什么可以谈的了。’这时，我就会说：‘让我自己待着吧。’手稿会散发出其特有的味道，因此，这些朋友也常常会打趣我：‘海达拉，你浑身都散发着手稿的霉味。’”

1992 年，祖伯在艾哈迈德·巴巴研究院总部拦截到了海达拉。这位主任一直像父亲一样关注着年轻的海达拉，关心着他的个人生活。“你是怎么了？”祖伯问道，“为什么还没结婚？你究竟在等什么？”

“您看啊，”海达拉并不想在结婚方面给自己压力，他这样回答道，“我现在连一间自己的房子都没有呢！”海达拉一直与他的兄弟姐妹共同住在他们父母留下来的位于桑科雷的宽敞房子里，他自己觉得很满足。虽然还没找到伴侣，但他觉得不需要着急。他的社交生活非常丰富，在廷巴克图有大把朋友，跟众多兄弟姐妹相处融洽，其中有两三个年长的兄弟在喀麦隆与塞内加尔做商人，他们之间的关系也很密切。尽管如此，祖伯还是坚持要海达拉成家并安定下来。

“好，好，”祖伯说，“上次任务，我们就欠你一大笔钱。我给你开张支票，你必须用它买点房产。”海达拉顺从了祖伯的意愿，用这笔钱从一位叔叔那里买了一小块地。这块地位于一个叫贝拉法伦加的新建住宅区，处于廷巴克图的东边，对面便是沙漠。之后，海达拉在这块地上建造了一幢传统的石灰石砖房，房子配有宽敞的门厅，一个别致的内院，简直跟他从小住的房子一模一样。几个月后，海达拉开始跟一个年轻的女孩约会。她是巴马科的一个大学生，父亲是廷巴克图津加里贝尔区的一位桑海族酋长。他们开始恋爱，每次她一有机会回到廷巴克图，两人都会见面。

一天，海达拉从廷巴克图出发，往东南方向五百余英里，来到马里与布基纳法索的萨赫勒接壤的地方。他听说那里偏远地区的一户人家收藏着这片地区最为精美的手稿。他搭乘卡车赶往加奥，沿途绕过了一个巨大的浅褐色湖泊，棕黄的湖岸并没有太多植被，但长着长角的牛群却沿着岸边悠然自得地觅食、反刍；被淹没、冲倒的合欢树的踪影还依稀可见，残枝树干不时地从浅水中冒出来。这个湖泊靠近格西，也曾因数量众多的荒漠大象而著名，这些是萨赫勒仅存的一批大象，在马里的旱季，它们会成群地聚集在这个湖泊的岸边。湖泊不远处，赫然耸起一片格格不入的石英砂岩，这块岩石有个名字——“法蒂玛的手”，以纪念先知和他妻子赫蒂彻的女儿。三根手指形状的石柱呈肉色，均稍稍后倾，从沙漠地面往天空延伸两千多英尺。

在格西最大的牲口交易市场，海达拉搭乘另一辆卡车，到达一个更小的村落。然后他加入一支有五十头骆驼的队伍，这支队伍刚好要将在撒哈拉北部陶代尼矿区挖到的盐运送到布基纳法索。这天下午 2 点左右，海达拉骑上了一头骆驼，但走不到半英里，他就恳求要下来。

“怎么回事？”赶骆驼的人询问道。

“我不舒服，很痛。我要走路。”

他们在沙漠里跋涉了整整十一个小时，在第二天凌晨 1 点找到了合适的扎营地。同行的旅伴准备了一些食物，但当海达拉看到这些食物——软绵绵的、似腐肉一般的羚羊肉时，他觉得恶心，不想吃，还不如挨饿。早上 6 点时，他们继续出发。又朝东走了十二个小时后，在沙地里扎营休息。第二天一大早，他们又早早出发，穿过一个位于马里 – 布基纳法索边界的浅湖。“在这里我们就要分道扬镳了，你还是得自己上路。”走到湖泊的另一边后，赶骆驼的人对海达拉说道。背着小背包，海达拉开始步行。“就在不远处了，”赶骆驼的人朝海达拉喊道，“沿着这个湖泊一直往前走。”

海达拉沿着湖向前走着，烈日炙烤着沙漠，温度几乎达到了一百华氏度*。他随身携带的水壶里只剩下半壶水，时不时地，他走进温热、泥泞的湖中，将湖水拍打在自己身上，让自己凉快一点。他的背包里带着成千上万的美金，但跟往常一样，他穿着朴素，并坚信这身打扮不会让自己成为抢劫的目标。经过八个小时的辛苦旅程，海达拉终于在日落时分到达了村子，他口干舌燥，精疲力尽。但是此时却发现手稿拥有人外出了。他从这艰苦的旅行中慢慢恢复过来，又等了两天，直到手稿主人回来。海达拉自我介绍了一番，并告诉他，自己此行的目的是想看看手稿。

“谁告诉你我有手稿的？”那人质问道。

“这谁都知道啊。我父亲跟你父亲是好朋友。”

“你想做什么？复制？还是想让我借给你？”

“不，不，我是想和你交换。”

“谈都别谈了，这是我们的历史，是无价的。”

“无论如何，我必须得看看。”

那个人将装满手稿的麻袋搬了出来。大部分手稿都很糟糕——不是被水浸泡得发胀了，就是被白蚁咬穿了——无法修复。有一些手稿的部分页面被磨损，甚至长满霉菌，但海达拉相信他还是可以修复它们。还有一些状态完好，甚至包括几卷海达拉认为最精美的手稿。其中有些是源自 15 和 16 世纪的神学论著，镶着金叶，

* 约为三十八摄氏度。

装饰着几代学者留存下来的手写批注。最珍贵的是一部 11 世纪的《古兰经》，这部手稿成书于埃及，时间比廷巴克图建立时还要早上一百多年。

海达拉暗下决心：必须拿下这些手稿，无论付出什么代价。

“我不卖的，”那个人反复说，“我们不能没有这些手稿。”

“我想将它们带去廷巴克图，”海达拉解释，“那里的研究院会保护它们，展示它们，将它们修复到原样。在那里，世界上所有的人都能看到它们——包括你自己和你的后辈们。”

“它们不仅仅属于我，”那人回答，“也是我大哥的，他就住在不远的那个村子。”一队人出发去寻找这位大哥。第二天晚上，他终于出现了。海达拉能够感觉到，这位大哥还是很好沟通的。

“我可以用牛、山羊、绵羊等来交换，或者是任何你想要的东西。”

这位大哥和海达拉乘着独木舟一路穿过沼泽湿地，然后步行两天，到达了位于布基纳法索边界的一个集镇。在萨赫勒地区这个偏远而人口稀少的角落，边界线并没有明显的标记，也没有布置警力，人们自由地来来往往。那人拿出了一张购物清单：五十头羊，两头骡子，大量的大米、小米和布料。海达拉一共花费了一万美金——这数目是前所未有的。骡子驮着这些货物回到了村里。海达拉将装满手稿的袋子装载到三头骆驼的背上，然后握了一圈手，朝廷巴克图的方向返回。

这时，他基本上花光了所有的钱。他的向导将他带到一个村落里，在那里，他等了五天，然后租到了一辆四轮车，载着他到了加奥。从加奥，他又搭乘卡车回到了廷巴克图。为了拿回这批手稿，海达拉的这趟旅程持续了四个星期，是他所有旅程中时间最长、最为艰难的一次。当他艰难地穿过灌木，终于回到廷巴克图时，他疲惫不堪、形容枯槁、衣衫褴褛，身体上受尽了折磨。但是他从不后悔这一趟旅程。

海达拉也从未对自己选择的这条人生之路有过丝毫的怀疑。“这份工作待遇很好。他们从不约束我，我可以随心所欲，做自己想做的事情，而且我做出了成绩。”三十年后，海达拉回忆起这些，“我很自由，但同时我也肩负很大的责任。我必须说服人们不要说谎，必须取得人们的信任，让他们将手稿交给我。他们信任我，给予我这份责任，我必须执行好。当我开始阅读这些手稿的时候，我发现很多有意思的东西，我爱不释手，不想与它们分开。”他将自己沉浸于国王与学者的生命之中，陶醉于廷巴克图的学者与最先到来的西方学者的奇妙相遇之中，游走于苏菲派关于伊斯兰教义的不同分派中，聆听着艾哈迈德·巴巴与其他辩论家展开的道德伦理辩论。

手稿中最让海达拉着迷的，是与西方将伊斯兰教妖魔化成一种极不宽容的宗教相反的观念。他会骄傲地援引艾哈迈德·巴巴对奴隶制的谴责，以及马西纳帝国*苏丹和艾哈迈德·巴卡伊·孔提酋长之间的信件。后者是19世纪中期廷巴克图城里的一名伊斯兰学者，以谦逊和倡议接受犹太人和基督徒而闻名。随着时间的流逝，

---

* 马西纳帝国是19世纪早期集中在内尼日尔三角洲地区的一个圣战国，位于今马里的莫普提和塞古地区。

海达拉自己也成为了一位学者、专家，他因为对该地区的历史和宗教的博学而受到廷巴克图许多同行的尊崇，常常有父母来找海达拉指导他们的孩子。

海达拉带着他从布基纳法索边境搜集到的珍宝回到了廷巴克图，但没多久，他又迫不及待地上路了。他划着独木舟，或者搭乘着电动平板船，沿着尼日尔河上下航行数百英里，在途中经过的几乎每个村庄和城镇都要停留一下——迪雷、通加、贡多姆、尼亚芬凯、古尔马加鲁斯、布勒姆因纳里、加奥。他多次随着骆驼队一路往北，来到阿尔及利亚边界沿线的贫瘠沙漠处，有时穿过边境进入阿尔及利亚和摩洛哥。海达拉那时还单身，因此可以离开很久，但他发现这些旅程让人非常疲倦，有时甚至非常危险。他有时从骆驼上摔了下来，在烈日下暴晒，被沙漠中炙热的太阳灼伤，被沙漠中的暴风刮伤。

在加奥附近，有一次当他正搭乘着一个十八轮的大货车试图翻越沙丘时，货车翻倒了。几十名乘客，其中包括妇女和孩童，都被夹在装满了货物的大麻布袋和其它货物之间，有几个人还受了重伤。就在货车倾覆前的几秒钟，海达拉紧急跳车，只受到了轻微的刮伤。他乘坐的独木舟曾经三次栽倒在尼日尔河里，背包和财物全都沉入了河底。非常幸运的是，每一次事故都发生在从廷巴克图出发去别处购买手稿的征途之中。而且每一次，他都能及时地将钱财打捞出来，然后再仔细地包裹好，藏在长袍里。他从未弄丢一卷手稿。

成立家族纪念图书馆

1993年，海达拉打算改变一下生活。他已经为艾哈迈德·巴巴研究院工作了九年，其间，在寻找手稿的途中历经了无数车翻船倾的事故，甚至在撒哈拉沙漠中迷失方向。他共收集了一万六千五百册手稿，创造了世界上数量最多的阿拉伯语手稿公共收藏纪录。海达拉也与巴马科的那个大学生订了婚，他准备安定下来，建立自己的小家庭；他们将于1995年结婚。他开始将注意力集中在满玛·海达拉收藏的手稿上，常常在廷巴克图和邦巴老家的储藏室里流连忘返，醉心于那些锡制板条箱中的古老手卷。终于有一天，他主动找到研究院主任祖伯，祖伯现在是他最为亲近的密友之一，海达拉后来以祖伯的名字给他的长子取了名。

“我现在有点为难，”海达拉说，“我一直在为研究院工作，收集、保存廷巴克图的手稿已经很长时间了，但我从来没有这样尽心尽力地为我自家的手稿付出过。”

“为什么不呢？”祖伯问道。

“我不想将家传的手稿带到这儿来。”

“最好把它们送到这里来一起保护。”

“我做不到，”海达拉说着，并开始解释自己在十七岁的时候就发誓绝不会舍弃家传手稿中的任何一卷。

“那你要如何处理？”

“我想建立一个私人的手稿图书馆。”

“这主意不错，”主任赞许着说，“必须这样做。”

有了祖伯的支持，海达拉甚感欢欣。他一边继续着之前的工作，一边寻找资金赞助。他仔细搜阅各种报纸和杂志，记录下赞助机构和研究中心的联系地址，给土耳其、伊朗、伊拉克、科威特、沙特阿拉伯、埃及、利比亚、叙利亚、黎巴嫩，以及西欧国家和美国等地的机构寄送了成百上千的信件，但大多数都杳无音信。几家机构回信表示感兴趣，但要求海达拉发送一份完备的手稿记录册。海达拉无法满足对方的要求。从来没有人试着将满玛·海达拉收藏的成千上万卷手稿逐条列记，甚至海达拉自己也不知道收藏数量。他揣摩着，如果只给几百本样本，对方一定会认为收藏量太小，没有什么价值，因而拒绝赞助。海达拉试着与巴马科的文化部长取得联系，部长告诉他，马里还不曾有过私人图书馆。

那一年，海达拉为一个马里学生提供了临时住宿。这个学生当时正在利比亚撰写关于撒哈拉地区手稿的博士论文。该学生在廷巴克图期间，海达拉带他参观了艾哈迈德·巴巴研究院，让他查看自己的手稿收藏，并允许他拍照。有关海达拉私人收藏手稿的消息不胫而走，最终被利比亚政府知晓。利比亚政府于 1996 年早些时候联系到海达拉。

“我们会帮助你。”穆阿迈尔·卡扎菲*的一位亲信官员这样告诉海达拉。五位利比亚的历史学家和档案工作人员乘坐政府专机从的黎波里到达廷巴克图机场，并从机场直接来到海达拉的家里。这些人仔细研究了一番这些手稿，并商议了一阵。

“我们有一个提议。”他们说。

“我洗耳恭听。”海达拉回答。

“开个价吧！我们想买下这些手稿。”他们打开一个手提箱，里面叠满不同币种的纸币。

海达拉很反感穆阿迈尔·卡扎菲以及他的政治主张。这个利比亚独裁者常对撒哈拉文化和廷巴克图表忠心——称廷巴克图是“我最喜欢的城市”，并花费数百万美元购置房产，填充那条海达拉孩童时期经常游泳嬉闹的河道——但海达拉觉得他只是一个执迷于权力的自大狂。谁都知道利比亚领导者是个两面派——一边对马里政府的各项发展项目慷慨解囊，一边又在北部容忍图阿雷格人发动叛乱、窝藏叛乱首领、训练年轻的图阿雷格人为雇佣兵，并大力资助这些叛乱行为。卡扎菲老谋深算，暗地里打着算盘，在他看来，每个人都有可利用的价值。

“我知道他们的政治立场，但我跟他们不一样。诚然，我不富裕，但我并不图钱。”数年后，海达拉这样告诉我。

“不卖，谢谢！你们从来也没有说清楚来这儿是要购买这些手

* 即奥马尔·穆阿迈尔·卡扎菲（1942—2011），曾为利比亚最高领导人，统治该国长达四十二年。

稿。”海达拉对利比亚官员说。

“什么意思？你想要什么样的钱，我们都可以给你。”

“这些手稿不卖。”

“为什么不卖？”

“它们是马里的遗产，是一个伟大民族的遗产，不是我自己的。”

“卖了它们，下半辈子你就可以过锦衣玉食的生活了。”

“不卖。”海达拉说。

就在海达拉坚决抵制卡扎菲及其代表时，美国文学研究学者、教授、电影制作人、哈佛大学哈钦斯非洲及非裔美国人研究中心的主任亨利·路易斯·盖茨（外号“盖跳跳”）也正在考虑他的马里之行。盖茨出生在西弗吉尼亚的凯泽市，1972 年以优异成绩从剑桥大学获得历史学学士学位，之后成为第一位获得安德鲁·梅隆基金会博士奖学金的非裔美国学生，在该奖学金的资助下，他得以在剑桥大学完成他的博士研究。从剑桥毕业后，多所常春藤高校纷纷向他抛出橄榄枝，他最终于 1991 年接受了哈佛大学英语系的终身教职。借助这个名望显赫的平台，盖茨很快成为美国最负盛名的、批判以欧洲为中心的文学经典的批评家。他著作丰富，如获得 1989 年美国图书奖的作品——《意指的猴子：一个非裔美国文学批评理论》，积极地推动了对非洲及非裔美国文学和历史的认同。

1960 年，多家美国报纸刊登了《雷普利：信不信由你》的奇趣连环卡通画，备受观众喜爱，上面描述了各种千奇百怪的事件——一颗流星击中在太平洋上航行的一艘船，婆罗洲岛发现两英寸长的臭虫，一群盗贼通过移动沙丘盗走“整个海滩”——这些有关非洲的光怪陆离的事件让当时年仅十岁的盖茨心驰神往。盖茨家的当地报纸上登有一些单幅卡通画，画中呈现的是穿着长袍、戴着头巾的男人，手里拿着书，悠闲地穿过16世纪廷巴克图最为著名的大学图书馆。一直以来，盖茨深受传统观念的影响，认为非洲是生活在树丛中的野蛮人的陆地。因此，对于年轻的盖茨来说，这些四格漫画无异于开启了一扇新的窗户。“它们直击我的灵魂，直到现在，这些意象都深深打动着我。”盖茨说道。

报纸上的漫画显然与西方世界最顶级的历史学家和哲学家构建和再现的、与长久以来人们熟知的关于非洲的“真相”背道而驰。1754年一篇题为《论国民性》的文章中，大卫·休谟宣称：“我怀疑黑人……本质上要劣于白人……黑人世界没有真正意义上的制造业，没有艺术，也没有科学。”康德在他的美学著作《论优美感和崇高感》中讨论道：“非洲黑人本质上都碌碌无为，没有什么高尚的情感……未曾有任何黑人创作出伟大的艺术或科学作品，没有任何黑人展现出值得称赞的品质。”黑格尔在他1873年发表的著作《历史哲学》中说非洲当地没有独特的书写系统，没有历史记忆，没有文明。“世界历史中没有非洲的踪迹，非洲没有任何可供展示的运动或发展。”黑格尔如是说，“在我们的理解中，非洲就是那些没有历史、尚未开化的灵魂。”这些启蒙时代哲学家的观点常被用来解释奴隶贸易的合法性。这些观点还认为，非洲缺乏书籍的记录，进一步证实了黑人处于“存在锁链”中的非人类位置。所谓存在锁链，是形成于中世纪，并在理性时代继续发展的一个柏拉图式的概念，关联了所有生命的严密层级秩序，最顶层是上帝，往下依次是天使、贵族、人类、野生动物、驯养动物、植物，最底层是非生命物质。

被卡通漫画《雷普利：信不信由你》深深震撼三十七年后，盖茨获得了一笔资金，赞助他为BBC和美国公共广播电视台拍摄一部共六集的非洲历史纪录片。他决定集中一小时介绍“通往廷巴克图的大道”，考察马里和桑海帝国的兴起与繁荣。盖茨回忆道：“我当时想参观杰内大清真寺，拜访廷巴克图，亲自探究那所大学存在的真相和那座图书馆。”1997年春天，盖茨和他的纪录片摄制团队来到巴马科，并搭乘装有马达的独木舟“皮纳斯”沿尼日尔河而下。一抵达靠近廷巴克图的港口，一行人就马不停蹄地赶往艾哈迈德·巴巴研究院、桑科雷大学以及津加里贝尔清真寺进行摄制。在廷巴克图的黄金时代，这些地方曾聚集着数量众多的非正式大学。

但当他们回到旅馆，他们的翻译兼导游，也是海达拉的一个老熟人给他们提供了一个新的建议。他说：“你们想见识真正的图书馆吗？不过这些图书馆的书籍大部分都是私人拥有的。我就认识这么一个人，他应该很乐意向你们展示他的收藏。”盖茨表示很感兴趣，随即改变行程。他和他的团队一行人紧跟着向导的脚步，穿过巷道，来到海达拉的家里。

而这时的海达拉也正为图书馆的事情一筹莫展。五年以来，他一直渴望建立一个私人图书馆，但这想法一直都是空中楼阁，无法实现。已经有大约一千多家组织机构拒绝了他的请求，他已经想不出其他办法了。

在哈佛教授到达的那天清早，盖茨的向导就向海达拉打了招呼："从美国来的一个代表团来廷巴克图啦！他们想拜访你，看看你的手稿，做好准备啊！"

海达拉意识到这将是个机会。他回答道："很好，我会做好万全的准备。"海达拉铺下一张毯子，将收藏中的杰作都搬出来，整齐地堆放在毯子上。那天晚些时候，盖茨和摄制团队才姗姗到来。进行摄制的时候，盖茨小心翼翼地翻看着一本天文学专著，一本记录着奴隶贸易的记录册，以及其他手稿。

盖茨问海达拉："这些手稿都是黑人创作的吗？"这一幕刚好被摄像机捕捉到并记录了下来。年仅三十三岁、头发浓密的海达拉连忙点头。盖茨听后表示吃惊，一个劲地摇着头说："可是我很小的时候，学校的课本里说非洲人是不会读书、不会写字的。他们甚至连书都没有。"在接下来的一小时里，海达拉滔滔不绝地给盖茨上了一堂课，专门介绍廷巴克图的文学传承：讲到桑科雷大学的兴起，追溯赫赫有名的传记作家、律师、历史学家；列举在廷巴克图黄金时代收集了大量手稿的十二大家族；详细讲述摩洛哥入侵时，这些手稿是如何被转移到地下；解释了廷巴克图手稿收藏家的后代子孙们四百年来为保护这些手稿所作的贡献。盖茨后来动情地回忆道："那天是我人生中情绪最为激动的日子，我紧握着这些手稿，感觉自己热血沸腾。"

关于海达拉想要建立图书馆这一困难重重的计划，他们闭口不提。但临走时，盖茨让海达拉深信：他一定会做些什么来保护这些手稿的。堆放在无人看管的储藏室里，许多手稿历经岁月磨蚀已经化为尘土，或被白蚁蛀食，而有些已经散落不见。在盖茨看来："海达拉还是比较幸运的，因为廷巴克图的气候极为干燥。要是这些手稿存放在尼日利亚潮湿的环境中，估计早就成一堆烂泥了。"

回到美国后，盖茨将在廷巴克图遇到的这一"惊艳"发现告诉了纽约梅隆基金会的项目主任。"这些手稿都是真实存在的。它们现在在一个小伙子手上，甚至不是在图书馆里。"三个月后，在盖茨的强烈推荐下，梅隆基金会给予海达拉一笔十万美元的资助，用于在廷巴克图建立一个新的手稿中心。但这笔钱是有条件的：梅隆基金会要求收藏者在进行实体建设时，先建立数据档案。盖茨跟海达拉强调："我知道你想建立一个图书馆，但是编目和数字化必须先做好。"海达拉表示很感激。但随后，他就雇建筑师和施工队先建起了图书馆。

几个月后，当海达拉告知盖茨图书馆已经竣工时，盖茨有点不悦："什么！我跟你说要先完成编目。"

"没有存放的地方，我们无法进行编目。"海达拉回答说。他接着解释说这些手稿长期暴露在满是灰尘的储藏室里，很容易损坏。因此，当务之急是要保护手稿。

盖茨有点生气，担心会有什么流言蜚语传出来，于是就将情况反映给梅隆基金会。他们虽然抱怨了一阵，但最终还是表示"木已成舟"，已经建了就建了吧。

一个月后，海达拉到哈佛大学找到了盖茨。

盖茨还在为海达拉擅作主张的事生气，他问道："出什么事了？"

海达拉说："我需要一笔钱来再建一座图书馆。"

"什么？"盖茨再一次表示惊讶，"你能拿到第一笔资助就已经是个奇迹了！"

"我知道，但是我们发生了个小小的失误。"

"什么失误？"

"我们将房子建在河滩上了，必须重建。"海达拉赶紧解释。多年来，廷巴克图降水稀少，甚至可以说基本上没有降水，他和建筑团队理所当然地认为选址是万无一失的。但是今年遇到百年一遇的大暴雨，雨水泛滥，灌进刚建好的房间，使水泥墙面和地面出现裂缝，屋顶也坍塌了。

"都泡在水里了。"海达拉告诉盖茨。所幸手稿还没有搬到新的图书馆去，得以幸免于难。

盖茨也感到手足无措，只好窘迫地回到梅隆基金会，见到项目管理员，盖茨问："还记得廷巴克图的那个图书馆吧？就是用你们的钱，但是未经你们批准就建的那个。"

项目管理员回答："当然记得啊。"

"呃……我们需要重建这个图书馆。"

项目主任听罢便笑了起来。盖茨说，当时的整个情况太"荒唐"了。海达拉竟然这样理直气壮地伸手要钱，与其说让项目主任生气，还不如说是把他们逗乐了。梅隆基金会决定再给海达拉一笔资金，福特基金会也给了一笔资助。很快，一座新的图书馆拔地而起。这座图书馆采用了加固的水泥，基座也比平地要高出几十厘米。2000 年 1 月 13 日，许多杰出人物，包括马里和摩洛哥文化部部长、马里第一夫人都出席了落成仪式。但亨利·路易斯·盖茨因为时间冲突未能成行。几个月后，梅隆基金会派代表参加了海达拉家族纪念图书馆的正式开馆仪式。

廷巴克图文化复兴

2006年3月，我读到一篇关于廷巴克图手稿重见天日的新闻报道，之后受邀于《史密森尼》杂志*前往马里报道撒哈拉的古籍拯救行动。我从巴马科乘坐马里快运航空公司的全新私家航班前往廷巴克图，那是我第一次见到阿卜杜勒·卡迪尔·海达拉。

廷巴克图的古籍拯救行动刚好遇上在撒哈拉沙漠举办的音乐盛会——为期三天的沙漠音乐节。盛会上有骆驼比赛，还有马里最受欢迎的音乐家们进行音乐表演，包括著名的布鲁斯音乐人阿里·法卡尔·杜尔，他在靠近廷巴克图的尼日尔河畔小镇尼亚丰凯长大。此外，由图阿雷格前叛乱分子组成的摇滚乐队塔里温(Tinariwen，或意译为“沙漠中的人”）也来助兴。塔里温乐队组建于2001年1月，每年1月份，成千上万的粉丝从世界各地赶到距离廷巴克图以西四十英里、布满沙丘的绿洲小镇埃萨卡纳，来

* 该刊物创刊于1970年，隶属于美国华盛顿特区的史密森尼学会，主题多与科学、文化与艺术有关。

聆听该乐队的演奏。拯救古籍的行动严肃又带有学术的庄重，而音乐节则生气勃勃，有时也充满商业气息，这两者相辅相成，将廷巴克图变成了一个文化中心，犹如回到16世纪的黄金时代。互联网蓬勃发展，国际长途旅行日益便利，海达拉幼时曾与世隔绝的家乡小镇也慢慢向世界打开了大门。

1995年时我就到访过廷巴克图。从那之后，这里发生了翻天覆地的变化。那时，我和两名同事乘坐包机从巴马科来到廷巴克图，急匆匆地在镇里转了两个小时，而飞机就停留在机场等着，仪表都没关上。在为《新共和》撰写的一篇名为《依然如故》的文章里，我曾写道，这个“偏僻得令人窒息的”地方，仍为图阿雷格人发动的叛乱所困扰，虽然1992年签署了和平协议，但那也只是一纸空文，叛乱仍在不断上演。19世纪晚期至20世纪初，撒哈拉的这些图阿雷格牧民用刀剑和长矛顽强抵抗着法国殖民军队，后来又与装备着AK-47的马里政府军队战斗。图阿雷格牧民们攻击军营，最终引起政府军队对平民百姓的报复。文章写道：“骑着骆驼，驱赶着四个轮子的‘丰田车’，图阿雷格牧民驰骋在撒哈拉大沙漠上，他们阻断道路交通，切断粮食供给，停止旅游贸易。图阿雷格人与黑人*之间的矛盾越来越激烈，为了报复图阿雷格人的叛乱和袭击，黑人民兵在获得马里军队的武器援助后烧毁了图阿雷格叛军的营地。”数万人一时间逃出马里的西部边境，来到毛里塔尼亚或廷巴克图。这些人虽与外面的世界保持着千丝万缕的联系，但还

* 图阿雷格人历史上是北非柏柏尔人的后裔，纯正的图阿雷格人是浅肤色人种，与阿拉伯人和黑人都没有血缘关系。

是慢慢与世隔绝了。

1995 年，廷巴克图整个城里没有报纸，只有一个广播站，两条电话线。在廷巴克图的布克图酒店——这里仅有的两家旅游设施之一，我曾和酒店的老板布巴卡尔·杜尔在一个满是沙土的会客室里喝茶。会客室的墙上贴着陈旧的旅游海报，这些海报估计已有十几年历史了。“下一班来自巴马科的马里航班三天之后才能到达，杜尔希望能有更多的游客随之而来。”我继续写着，“‘这周我们没有接待西方游客，前一周也没有，但下周可能会走运一点。’他说。他的酒店共有二十九间客房，但只有四间住了人，而且还都是马里商人。”

但第二年，在北部地区折腾了五六年的图阿雷格叛乱势力终于偃旗息鼓，这些游牧战士向马里政府交出成千上万支 AK-47。为此，马里政府在廷巴克图郊外建起一座名为“和平碑”的纪念碑——数道拱门相互交错缠绕，拱门上的壁画呈现的是马里政府士兵与图阿雷格族叛军握手言和并销毁叛军武器的场景。那些被缴获的武器也就埋在了这座纪念碑的底座里。

如今，图阿雷格族叛军已经停火大约十年了，和平的果实也慢慢成熟：一条崭新的沥青马路连接起机场和廷巴克图，四轮出租车车队整齐待发，等待载乘往返的游客；旅客数量与日俱增，为满足需求，五家酒店相继建立；私人移动电信公司 Ikatel 也在廷巴克图建立了网点；三家网吧陆续开放；各种建设项目在城里喧闹地进行着。众多来自不同国家的人们也来到这里，一窥廷巴克图手卷的风采，其中包括来自摩洛哥的伊玛目代表，来自巴黎的三位研究人员，来自奥斯陆大学的一队文物保护者，来自德国的两位广播报道人员。

海达拉的家在廷巴克图东部边缘的贝拉法伦加小区，离桑科雷清真寺只有一小段距离。在海达拉的家里，我们碰了面。他身材颀长，留着福斯塔夫式（莎士比亚剧中人物）的山羊胡子，开始脱发的头上顶着稀疏的几撮卷发，但仍旧神采奕奕，热情洋溢。淘气、喧闹的孩子们欢快地穿过两层石灰石房屋，跑向铺着地板的庭院。庭院里摆满了盆栽和色彩缤纷的花朵，这些当然都是海达拉的妻子精心布置的。这群嬉闹的孩子中包括海达拉十一岁的女儿，以及分别为七岁和六岁的儿子。海达拉的家里温暖、舒适，洋溢着生气与活力。站在屋顶上，一家人可以看到远处的沙丘和湛蓝如洗的撒哈拉天空。

为了保护该地区的文学瑰宝，海达拉将廷巴克图城里收藏着手稿的二十个家族联合起来，组成了一个协会，即“捍卫伊斯兰文化之手稿保护与价值评估协会”。海达拉回忆当时劝说大家的情景：“我说，‘我们必须将我们的手稿收藏对外开放，并接过修复手稿的任务’，大家都表示赞同。”该组织到处游说，并接受来自世界各地的财政援助。福特基金会将六十万美元作为种子资金，帮助建立了三家图书馆，其中就包括海达拉自己的图书馆。海达拉使用部分资金将邦巴的四万册手卷和廷巴克图的五千册手卷合并起来。现在，几乎每天都有大约两百名访问者慕名前来参观海达拉家族纪念图书馆。财政援助源源不断地涌入廷巴克图：如由沙特前石油部长运营的英国伊斯兰文化遗产基金会、迪拜朱马·阿勒马吉德文化和遗产中心、里昂高等师范学院、德国汉高基金会、荷兰克劳斯王子文化与发展基金会、卢森堡公主及其他捐助者都向廷巴克图给予资金支持。捐助者资助了数百万美元，主要用于购买建筑原料、保护材料，进行编目，购置计算机、扫描仪和其他设备。

甚至卡扎菲都想出一份力。虽然没有获得染指海达拉手稿收藏的机会，卡扎菲也开始在廷巴克图建立他自己的图书馆和手稿保护中心。有五年的时间，卡扎菲购买地皮、派遣工程师，在廷巴克图建起了一栋大楼，但是 2011 年利比亚爆发内战，卡扎菲随之垮台，他在廷巴克图的雄心最后也成了泡影。这个利比亚的领导者还曾宣布设立“卡扎菲人权奖”，并颁给了海达拉和他的几位图书管理员，以表彰他们为保护廷巴克图的文化遗产所做出的贡献。

可以说，海达拉单枪匹马将廷巴克图从一潭死水变成世界各地的研究人员、外交家和旅游者的必访胜地。海达拉告诉我：“真的，我们在做一件非常有意义的事情。廷巴克图向全世界开放具有非凡的意义，它让整个城市的文化生命得以复活。”

而曾被历史尘埃掩埋的古老手稿也开始通往更广阔的世界。海达拉近期飞往华盛顿特区，帮助监管海达拉家族纪念图书馆的部分手稿在国会图书馆的展出，之后又组织了在纽约、芝加哥、布法罗、密西西比州的杰克逊市和康涅狄格州的哈特福德市等城市进行的巡回展览。美国博物馆的观众可以首次一窥廷巴克图学者们的学术成就。展出的作品历史悠久且各具特色：《众多天体中的重要恒星》创作于 1733 年——继廷巴克图 16 世纪黄金时代之后的第二个文化、学术繁荣之春，作者为廷巴克图的天文学家。该手稿主要探究的是恒星的运动轨迹及其与四季的联系；《治疗显性和隐性的疾病与缺陷》完美结合了宗教和科学，记载了可以作为药物的动物、植物和矿物质，以及人们认为可以帮助治疗疾病的伊斯兰祈祷语和《古兰经》诗篇；《手工业和农业赞颂书》讨论了劳动对社会生活的有利影响；《致战争部落的信》包含从《古兰经》和《圣训》摘录而来的许多引语和诗篇，劝告两个世仇部落相互包容、和平共处。

新的图书管理员也不断涌现，他们大部分都是几个世纪前杰出的学者和手稿收藏家的后代。曾在非斯教过阿拉伯文学，并在塞内加尔的达喀尔担任联合国教科文组织顾问的西迪·亚伊雅·旺加里是海达拉最成功的追随者之一。16 世纪中期，他的祖先穆罕默德·阿布·贝克尔·旺加里曾在桑科雷大清真寺教书，并收集了涉及历史、诗歌、天文学等方面的手写书稿。

他最喜欢的学生——艾哈迈德·巴巴，那位“苏丹尼”，也就是被称为“时代的珍珠”但遭到放逐的圣贤曾写道：“他整日上课都很有耐心，即使平淡乏味的知识，他也能讲得非常精彩，你根本就不会觉得无聊或疲惫。”祖先穆罕默德·阿布·贝克尔·旺加里于 1594 年逝世，此后他收集的这些手稿也陆续在不断扩大的家庭成员圈内流转。当我进入破旧的储藏室里，蹲在一个古老的木箱旁边，翻看着泛黄的书页，被雅致的阿拉伯书法和复杂的几何设计深深吸引时，旺加里告诉我：“家里没人想到收集或保存它们。”一本成书于 16 世纪的《古兰经》封面上镌刻着凹槽状的方形和多边形，镶嵌其中的绿松石和红色染料还清晰可见，但几个世纪无人照看而留下的痕迹也非常明显。当我凝视手稿时，那皮革纸竟在我手中破裂了。装订线一破损，历经数百年的纸张便裂成碎片。我又仔细察看了装在床脚箱子里面的一些手稿，有些由于受潮而膨胀，有些上面已爬满了白色或黄色的霉粒。我翻开一本关于天文学的手稿，只见页边处用细小的字体写着密密麻麻的注解，大多数页面上的墨迹都已模糊不清。旺加里翻着一本《圣训》，嘴里嘟囔着："这卷手稿破得不行了，恐怕是彻底毁了。"

在海达拉的认可和支持下，旺加里从福特基金会获得了二十万美元的资助，想要建立旺加里图书馆，趁早保护手稿。图书馆大楼的主体已经建了一半，工人们还在热火朝天地砌筑着混凝土墙壁，有些正忙着将砖块搬到阳光下晒干。

收藏家伊斯梅尔·迪亚尼·海达拉（他与阿卜杜勒·海达拉没有亲戚关系）是另一位新出现的廷巴克图手稿收集者。他是一位知名摩尔学者的直系后裔。1469年，这名学者携带全部手稿逃离西班牙托莱多，与阿斯基亚·穆罕默德国王的姐姐结婚，并在加奥建立了第一个图书馆。伊斯梅尔·迪亚尼·海达拉回忆说："跟现在的图书馆一样，这个图书馆是可以借书的，在书的空白处会记载着：'某某先生曾借走这本书。'"

海达拉倡议寻找这些手稿的下落，并从西班牙募集到资金，创立了一个专门的手稿收藏馆，一共找回七千零二十八份手稿。这些手稿涉及当时社会生活的方方面面：如桑海帝国基督徒和犹太人的生活实录，买卖奴隶、书籍、盐、黄金、面料、香料和可可坚果等的贸易；有些手稿起源于尼日尔河流域，但来自廷巴克图和杰内等地的学者给它们做过注解；有些手稿穿过中东地区来到马里，书页边缘还记载着科尔多瓦、格拉纳达、非斯、马拉喀什、的黎波里、开罗和巴格达等地的圣哲先人的所思所悟。伊斯梅尔·迪亚尼·海达拉最引以为豪的是两卷彩色的《古兰经》手稿。其中一卷是于1420年在土耳其手抄的，另一卷则于1198年在休达、安达卢西亚等地抄录在羊皮上，数个世纪以来，这部手稿一直藏在金沙萨一个小村落的一户人家的箱子里，距离廷巴克图一百余英里。

我也访问了阿卜杜勒·卡迪尔·海达拉曾工作过数年的艾哈迈德·巴巴研究院。时至今日，研究院仍旧是廷巴克图最负盛名、获得赠款最多、最为现代化且最大的图书馆，受到财力雄厚的挪威、南非及中东数国的资助。摩尔式拱形入口上方的楣板上雕刻着一些文字，是当时那些戴着镣铐被押送至马拉喀什的著名学者的哀叹："哦，朋友，你去加奥的时候，请一定绕道廷巴克图，将我的名字说给我的朋友们听。请向他们致以我这流放者的问候，我渴望回归故里，那里有我的朋友、家人和邻居。"在一间工作室里，十四名工人正在制作储物箱，并用喜多方纸小心翼翼地包裹着书页即将剥落的手稿。喜多方纸是一种由植物苦苏的纤维制成的纸，薄而柔韧，被认为是修复撕裂处或使易碎的手稿书籍变得牢固起来的理想材料，但这种纸通常只能在其中一面写字。"这种纸可以保护手稿至少一个世纪。"担任数年艾哈迈德·巴巴研究院主任的穆罕默德·噶拉·迪科这样评价。马哈茂德·祖伯退休之后，迪科成了研究院的主任。祖伯后来成了马里驻沙特阿拉伯的大使。

在迪科的指导下，技术人员已经对六千五百三十八册手稿进行了“除尘”，将散落的手稿书页集齐并用无酸纸将其装订成册，放置在箱子之中，还有大约一万九千册手稿需要进行这样的工作。2001 年 11 月，南非总统姆贝基对马里进行国事访问，在马里总统阿尔法·奥马尔·科纳雷的邀请之下，姆贝基总统参观了廷巴克图，深深感动于艾哈迈德·巴巴研究院做的手稿收藏与保护工作，并承诺协助马里人民一起保护手稿。从 2003 年起，南非国家档案馆便开始培训马里的工作人员进行手稿修复和保护。自那之后，在总统的倡议下，南非档案馆派遣工作人员前往开普敦和比勒陀利亚训练相关人员。穿过庭院，在一间洒满阳光的房间里，十几名档案管理者聚在爱普生和佳能扫描仪旁，将手稿转化成电子图像。迪科跟我说：“我们将搜索范围扩大到西北和东北部，还有数十万册手稿散落在那些地区。”

在海达拉的带领下，廷巴克图的文化复兴甚至辐射到其他城市。2004 年，他们在杰内大清真寺的对面建立了一座图书馆。高高耸立的杰内大清真寺是马里最著名的地标之一，由泥浆制成的多层建筑体，最初建于 14 世纪，之后多次重建。“捍卫伊斯兰文化之手稿保护与价值评估协会”在加奥翻修了一座图书馆，在尼日尔河南部的塞古市修建了另一座图书馆，甚至在撒哈拉沙漠一些偏远村落里设立了手稿保护中心。在那里，一些伊斯兰学者发现失传或是被埋没在荒漠中的手稿，并凭借一已之力修建了几所简陋的图书馆。

阿卜杜勒·卡迪尔·海达拉安排我参观其中的一个社区，即位于廷巴克图以东四十英里的图阿雷格族的贝尔村落。这里的图书馆馆长名叫费达·阿布·穆罕默德，他五十来岁，身材清瘦，留着稀疏的络腮胡子。当我、我的司机巴巴，以及穆罕默德馆长驾驶着破旧的越野车离开廷巴克图的时候，太阳正冉冉上升，一阵寒风透过敞开的窗户扑了进来。巴巴驾车穿过一条起伏不平的沙道，沿途经过沙丘和荆棘树，颠簸着深入撒哈拉沙漠腹地。贝尔村落的泥砖小屋和帐篷分布在两座较低的沙漠山脊之间的鞍部，四周没有任何遮挡物。这里曾经有可以追溯至15世纪的一万五千卷手稿。但在1990年图阿雷格族叛乱中，马里政府军队和来自阿拉伯部落的雇佣兵袭击、抢劫、烧毁了该地的许多图阿雷格族村庄，为了防止被烧毁，贝尔村落的村民将大部分手稿转移到了生活在撒哈拉沙漠更深处的亲戚家里，或者直接将它们埋藏在沙漠之中，村里最后只剩下几百卷手稿。几百年以来，这种关于战争、埋藏和失去的故事在马里不断上演，而现在只不过是一个发生在当今的相似故事而已。

我们穿过沙地，进入一间铁皮房顶的棚屋，这就是阿布·穆罕默德的手稿中心。阿布·穆罕默德俯身在我脚边打开一个箱子，取出几十卷他在沙漠里发掘出的手稿。他恭敬地摩挲着这些手稿，摇着头低声说道：“灰尘可是这些手稿的宿敌，随着时间流逝，灰尘会侵蚀、毁掉这些手稿。”我捡起一本源自15世纪的小本《古兰经》，手指小心地翻动着书页，目光停留在麦地那清真寺[*]的插图上。这是一幅由一位来自沙特阿拉伯石墙堡垒中的匿名艺术家所画的钢笔画，非常精致细腻：两座像铅笔一样大小的尖塔屹立在中央的金色圆顶上，清真寺周边排满棕榈树，远处的沙漠山脊也清晰可见。这幅插图让我大为惊诧。阿布·穆罕默德对我说："你可是第一位看到这手稿的外地人。"

回到廷巴克图后，阿卜杜勒·卡迪尔·海达拉带着我穿过沙土飞扬的小道，道路上空是错乱交织的电话线。我们经过两层或三层用泥砖、石灰石堆砌而成的建筑物，大多摇摇欲坠。一路上所见都是一片令人压抑的浅棕色，间或有几缕色彩点亮这单调的景观：或是在沙地上练习足球的球员们穿着的红烈如火的球衣，或是杂货店门前的石灰绿色，又或是当地的图阿雷格或桑海族男子穿戴的孔雀蓝博博长袍[**]，或飘动的马里服饰。

我们进入海达拉家族纪念图书馆，庭院的地板上铺着瓷砖，阳光透过金合欢树，洒下一地阴影。海达拉领着我穿过一扇传统的摩尔风格木门，门上镶嵌着众多装饰性的银色旋钮。纪念馆内的展厅是在福特基金会的资助下修建的，在这洒满灿烂阳光的展厅里，海达拉收藏的最完美的手稿被整齐地摆放在真空密封的玻璃柜中：他向我展示了一卷 14 世纪的《古兰经》，一卷天文学方面的手稿，里面记载着众多天体，以及一封由当时的精神领袖艾哈

* 位于沙特麦地那，又称先知寺，是伊斯兰教第二大圣寺。

** 博博长袍（boubous）是西非人的日常穿着，是一种非常宽松的长袍，衣服的下摆可以接触到地面。

迈德·巴卡伊·孔提酋长写于1853年的书信，在信里，他恳请马西纳的苏丹放德国探险家海因里希·巴尔特一条生路。苏丹实行严厉的伊斯兰统治，非穆斯林被禁止进入城市，但是，巴卡伊则认为处决巴斯有违教义。他写道："对这些来到伊斯兰土地的异教徒，无论他们是不是好战者，只要是受穆斯林的邀请，而且也没有行危险之事，那就不能不公正地对待他们。"巴斯一直受到巴卡伊的保护，之后安然无恙地回到了欧洲。海达拉跟我说："你看，这些手稿就表明伊斯兰教是很宽容的，我们应该将这些真相告诉西方世界。"

但这绝不是廷巴克图唯一的真相。在廷巴克图的东北边缘，通过一条沙土路可以很快到达海达拉的家里，一个全新的建筑项目在沙丘上屹立起来：这是一座呈奶油色和桃色的大型混凝土清真寺。这座清真寺耗费数百万美元，资金来源于沙特阿拉伯的激进主义瓦哈比派*中一些比较富有的教徒。它的拱门是摩尔风格，绿色的铜圆顶上顶着一弯新月，一座四十英尺高的尖塔安装有五个大型扬声器，广播里播放着《古兰经》，洪亮的声音传向四面八方。这座清真寺还没有引起外界的广泛关注，瓦哈比教徒们正试图将更为强硬、保守的伊斯兰教义传到撒哈拉来。

一百年前，法国记者和历史学家费利克斯·迪布瓦提到"阿拉伯穆斯林"对历史上两拨马里极端组织分子的影响。这些极端分子于19世纪早期和中期在廷巴克图实行伊斯兰教法。穆罕默德·阿

* 瓦哈比派是兴起于18世纪中叶的一股伊斯兰教逊尼派支脉，由穆罕默德·伊本·阿布多·瓦哈比（1703—1792）创立。该派在教义上极度保守，是沙特阿拉伯的国教。

卜杜勒·瓦哈比曾于18世纪在沙漠内地、现为沙特阿拉伯的地区传播教义，他呼吁重返圣迁（先知于公元622年从麦加迁往麦地那）之后先知们创造的更为严苛的伊斯兰社会。瓦哈比的追随者们拒绝现代化和世俗化，支持奉行伊斯兰教法，呼吁限制妇女的自由，并希望建立一个像17世纪那样由先知和追随者进行宗教统治的伊斯兰教哈里发国*。瓦哈比对什叶派教徒、苏菲派教徒和希腊哲学宣布圣战。他制定了被称为“塔克费尔”(takfir，即叛教)的教义。该教义规定瓦哈比和他的追随者们可以指认那些拒绝忠于哈里发的穆斯林，或任何不崇拜真主的个人为异教徒，并将他们惩罚至死。19世纪，在去麦加朝圣期间，马里苏菲派教徒接触到了这些阿拉伯宗教狂热分子，将更为僵化的宗教意识和缺乏包容的文化引入了根源于伊斯兰教苏菲派和泛灵论的尼日尔河文化之中。马里的宗教狂热分子致力于通过实行伊斯兰教法来“净化”伊斯兰教，因此，对宗教的不同理解和阐释带来了激烈的冲突。即使在一百五十年后的今天，历史还是在不断重演。

那日黄昏，我坐在位于撒哈拉南部边缘、廷巴克图最早的观光旅舍——布克图酒店的户外酒吧里，看着熙熙攘攘的人们：包裹着宽松的博博长袍的图阿雷格游牧民；已经习惯了西式生活、穿着牛仔裤和大学T恤的当地人；听着阿里·法尔卡·杜尔的唱片起舞摇摆的外国游客。在渐渐暗下去的光线中，几乎没人注意到坐在角落里的五个年轻美国人，他们都留着平头、身材匀称，正在喝

---

* “哈里发”(caliphate)，意为“真主的代理者”“继任人”，由“哈里发”担任国家政治、军事、司法、宗教首脑的国家称为哈里发国家。

着卡斯特啤酒。他们是美国特种部队的教员，被派遣到马里来帮助训练装备不全的军队，以应对沙漠地区甚嚣尘上的恐怖主义威胁。我们的图阿雷格导游阿齐马·阿里对我低声说道："他们占了酒店的一大半，将房间据为己有。"正在这时，廷巴克图数十座清真寺同时传来祈祷召唤，声音穿过大街小巷，响彻黑暗的夜空。

近几个月来，来自西方国家和马里的官员们侦测到，在马里的撒哈拉地区，激进分子的招募活动越来越频繁。马里政府紧密跟踪着来自巴基斯坦的几名伊玛目，他们在马里北部进行一些劝诱改宗的活动。在巴马科的一位美国官员跟我说："巴基斯坦已经不欢迎他们了，他们自己也很清楚这一点。"来自沙特阿拉伯的萨拉菲派教徒——坚持激进主义的穆斯林，他们宣扬回归先知及其追随者，即萨拉菲或祖先们奉行的伊斯兰教——在廷巴克图和其他沙漠社区建立瓦哈比清真寺，设立孤儿院，并对当地的慈善事业慷慨解囊。美国在巴马科的外交官员告诉我："马里北部地域辽阔，但极端贫穷，很多年轻人找不到工作，他们非常愤怒。因此，萨拉菲派教徒劝诱青少年改宗还是很有可能的。"

我的司机巴巴告诉我，在廷巴克图那座新修的瓦哈比清真寺里，来自当地桑海部落的一名伊玛目就已经成功吸引二十多名廷巴克图居民周五去那里进行祷告，有些人甚至在"9·11"事件后，还故意猖狂地穿着印有奥萨马·本·拉登头像的T恤。但我们的这位图阿雷格导游阿齐马·阿里还是坚持认为那名伊玛目的意图在这里并不受欢迎。他说："我们这里没有极端分子。我们奉行的伊斯兰教是友善的、慷慨的。我们不认为通过暴力可以传播宗教信仰。

如果你不是穆斯林，没有人可以强迫你成为穆斯林。”

参观完沙特修建的清真寺后，我和巴巴驱车穿过廷巴克图镇中心，经过这里闻名遐迩的津加里贝尔清真寺。这是座始建于14世纪、用泥巴堆砌而成的壮丽建筑。巴巴兴致勃勃地告诉我：“只要这座清真寺还屹立在城市之中，极端的瓦哈比势力就永远不会壮大起来。”但不一会儿，一辆载着马里士兵的吉普车就从我们旁边呼啸而过，扬起一堆灰尘，这些士兵刚参加完由美国教练组织、在撒哈拉沙漠中举行的军事演习。巴巴茫然地望向他们，喃喃道：“美国人能来这里帮助我们，我们很高兴，但谁知道沙漠里究竟发生了什么？”

沙漠中的音乐与杀戮

美国欧洲司令部位于德国斯图加特东郊的法伊英根，副司令查尔斯·“查克”·沃尔德*将军原是美国北达科他州一名粗悍的大学橄榄球明星，他以强硬手腕而著称，令下属既敬畏又恐惧。1969年，沃尔德在美国职业橄榄球大联盟的第十四轮比赛中被亚特兰大猎鹰队选为外接手，之后加入美国空军，开启作为飞行员的职业生涯。自20世纪60年代末以来，他在美国组织的历次军事行动中指挥作战或完成飞行任务，表现出众，一位国防专家因此称他为“美国空军的变色龙西力”——西力是伍迪·艾伦电影**中的主人公，在20世纪20年代和30年代美国发生的任何大事里，都能见到他的影子。沃尔德驾驶轻航机参加了美国对越南、老挝、柬埔寨的战役。1986年，利比亚恐怖分子在德国柏林的一家酒吧发动恐

* “查克”为“查尔斯”的昵称，也有极富男子汉气概之意。

** 这部电影指《西力传》(*Zelig*)，讲述了美国奇人西力的生平故事。西力是犹太人，具有极高的环境适应能力，能够以假乱真地扮成不同种族或不同身份的人，讲述他们的语言并表现出不同的身份特色。

怖袭击，导致两名美国士兵身亡，沃尔德随后指挥对驻扎的黎波里的穆阿迈尔·卡扎菲势力进行空袭。十年后，波黑战争*即将结束之际，他驾驶一架 F-16 轰炸了位于波黑的塞尔维亚弹药库。他一直是美军驻阿富汗的主力人物，在打击塔利班的战斗中监管了三万五千名士兵和三百五十架飞机。

2002 年，当沃尔德到达法伊英根营地时，执行美军在非洲军事行动的职责被指派给了三处联合司令部，其中欧洲司令部负责西非。（五年后，国防部长唐纳德·拉姆斯菲尔德创设了非洲司令部。因非洲国家政府皆不接受美军在非洲永久驻军，美军将非洲司令部的总部设立在斯图加特，并令其监管整个非洲大陆。）沃尔德大部分时间都在监控尼日利亚富产石油的尼日尔三角洲日益恶化的危机，尼日利亚反叛集团和罪犯不断绑架美国石油工人并索要数百万美元的赎金。沃尔德也发现那片“浩瀚且荒无人烟的”撒哈拉沙漠在未来将滋生无数的麻烦。阿拉伯敲诈者将卷烟、毒品、武器和非法移民从马里和尼日尔运往北非，再通过地中海运往欧洲，每年以此获利数千万美元。一些走私者与上世纪 90 年代对阿尔及利亚发动野蛮内战的伊斯兰叛乱分子联系紧密。在那次内战中，成千上万的无辜平民遇害。钱财、武器、犯罪和激进的伊斯兰分子纠集在一处，一直困扰着阿尔及利亚人和传递情报、帮助他们进行边界监控并排忧解难的美国人。

“9·11”事件发生之后，布什政府对塔利班和“基地”组织发

* 波黑战争，发生在 1992 年 4 月至 1995 年 12 月，是波斯尼亚和黑塞哥维那（简称“波黑”）三个主要民族围绕波黑前途和领土划分等问题而进行的战争。

动战争，沃尔德认为萨赫勒地区是滋养圣战主义的肥田沃土。美军已将“基地”组织及塔利班保护者赶出阿富汗，让他们失去了主要的避难所。甚至在20世纪90年代，保护本·拉登的苏丹伊斯兰政府也在美国和沙特的高压之下驱逐本·拉登，并明确表示苏丹不再欢迎恐怖组织。只剩下也门以及撒哈拉的“狂野西部”——尤其是马里地区，仍旧是激进分子的可靠避难所。而在也门，控制着亚丁港以东的一个较弱的政权已将控制权移交给圣战分子。1996年，图阿雷格反叛分子与马里政府签署和平协议，马里当局同意撤回在廷巴克图以北地区的军事部署。同时，双方还达成默契和谅解，马里政府不会再干扰图阿雷格人的收入来源——即与阿拉伯部落联盟，在沙漠边界走私违禁品。20世纪90年代中期，马里军队撤退后，这个地区就变成了越来越荒芜的无人地带，极端分子也趁机进入该地区。马里是最先崩溃的政权，叙利亚步其后尘。在2012年和2013年，巴沙尔·阿萨德政权*历经患难，逐渐丧失权力，让伊拉克和叙利亚的伊斯兰激进组织获得大片失控领土的控制权。

2003年初，美国情报部门向沃尔德提供了一组由“天空间谍”卫星拍摄的模糊照片。照片显示数十名武装人员正在廷巴克图以北的沙漠训练营地整齐列队。在欧洲司令部总部的一间安全房里，沃尔德对着灯光凝视着照片——欧洲司令部的总部由浅褐色的混凝土建筑群组成，是纳粹1936年为储存军事资源而建立的，第

* 巴沙尔·阿萨德在2000年继承其父哈菲兹·阿萨德的总统宝座，并于2007年、2014年两次连任。在他上台十一年后，叙利亚内战爆发。

二次世界大战后被美国陆军占领——他仔细审视着上面半隐半现的图像：照片的远方无疑是偏远的沙漠，一些看似伊斯兰教徒的战士排成一排，有些还骑在马背上。这些图像很像他当时在阿富汗监视塔利班分子时分析的照片。由此，他认定这是一个军事组织，看起来像是恐怖分子的日常训练。但照片太模糊了，看不清那些战斗分子长什么样。不过多年后沃尔德告诉我，拦截到的卫星电话和其他情报表明，该组织的指挥官在撒哈拉最为臭名昭著。此人可以说是注定要成为马里马格里布“基地”组织的一名头目，他就是穆赫塔尔·贝尔摩塔尔。

贝尔摩塔尔当时刚好三十岁。他出生并成长于阿尔及尔南部三百七十英里之外、阿尔及利亚撒哈拉沙漠以南姆扎卜山谷中的盖尔达耶。这是一个肮脏的、尘土飞扬的小镇，失业率非常高，人们的反政府情绪日益发酵。“这里没有海洋，一切糟糕透顶。”山谷里一直流传着这样的哀叹，“这里没有我们的立足之地，我们应该逃离。”在贝尔摩塔尔的青春期，盖尔达耶镇里的许多年轻人都被成功洗脑，奉行萨拉菲主义，而贝尔摩塔尔就是其中最热心的跟随者之一。贝尔摩塔尔的中学时代正值苏联–阿富汗战争时期，年幼的他深受鼓动，满腔热血地聆听并阅读一名巴勒斯坦伊斯兰学者的讲道。这名学者即阿卜杜拉·优素福·阿扎姆，他是本·拉登的导师，也是巴基斯坦恐怖组织“虔诚军”的联合创始人。

1989 年，阿扎姆在白沙瓦的一次汽车炸弹爆炸事件中死亡。这件事对贝尔摩塔尔影响深远，可以说决定了他以后的人生走向。一年之后，贝尔摩塔尔来到麦加进行副朝，即通常在斋月期间进行的次要朝圣。第二年，他和另外三个来自盖尔达耶的青少年前往阿富汗，加入圣战组织。原因之一是希望给阿扎姆报仇，虽然一直未确定凶手是谁，只有大量的嫌疑人和组织，如以色列情报和反恐怖组织摩萨德，以及最新组建的“基地”组织中的竞争者。1989 年 2 月，苏联军队从阿富汗撤出。贝尔摩塔尔偶然结识了“伊斯兰协会”，这是一个伊斯兰游击组织，有着来自世界各地、数以千计的成员，其目的是要击垮喀布尔的世俗政权。这些伊斯兰叛乱分子以巴基斯坦部落聚集地区为驻扎地，其头目是古勒卜丁·希克马蒂亚尔。他是一名极力反对西方的圣战组织头领。20 世纪 80 年代，美国中央情报局向他提供了至少六亿美元，让他发动战争对抗苏联。

后来，贝尔摩塔尔来到了阿富汗东部、距离喀布尔约一百英里的贾拉拉巴德的“基地”组织营地，此后，他与来自中东地区的伊斯兰激进教徒建立了联系，其中就包括一名出生于伯利恒的圣战分子阿布·卡塔达，后者被称为“奥萨马·本·拉登在欧洲的大使”，曾呼吁攻击美国公民。另一个熟人是阿布·穆罕默德·迈格迪西，他出生于纳布卢斯，后成为伊拉克“基地”组织杀人不眨眼的指挥官阿布·穆萨布·扎卡维的精神导师。贝尔摩塔尔后来也短暂地见到过扎卡维。

据一个圣战网站上的采访，在一次训练演习期间，贝尔摩塔尔因一次突然爆炸失去了一只眼睛。1992 年年底，巴基斯坦政府因窝藏潜在的恐怖分子面临巨大的国际压力，不得不驱逐许多外国穆斯林圣战分子，贝尔摩塔尔也因此回到阿尔及利亚。当年早些时候，阿尔及利亚军方宣布被称为“伊斯兰救世阵线”的党派胜选无效，使整个国家陷入20世纪最为血腥的内战之一。在阿富汗时，贝尔摩塔尔的伊斯兰教观点就日趋成熟、刚硬，来到阿尔及利亚后，他加入了“阿尔及利亚武装伊斯兰军事组织”（Armed Islamic Group of Algeria，简称GIA），这个残酷暴虐的组织试图推翻新建的军事政权，并代之以伊斯兰政权。

阿尔及利亚政府司法委员会2004年的一份人权报告显示，20世纪90年代中期，GIA对阿尔及利亚的平民进行恐怖打击，这些平民被怀疑与阿尔及利亚安全部队有合作关系，或者仅仅是在行为方式上被认为违背伊斯兰教义。阿尔及尔附近的一名幸存者回忆说：“GIA袭击家庭和年轻人，并强制实行禁忌。每天，我们都会发现新的尸体，甚至是年轻女孩的尸体。这些尸体有的被挂在柱子上，有的用金属线捆着，被剁碎或是被斩首。这已经不只是恐怖袭击了。”GIA还设立路障，禁止公共交通，到处搜查“嫌疑犯”——包括任何曾经服过兵役的平民，并对他们就地处决。不久之后，GIA甚嚣尘上，越发无法无天，不但枪击平民，甚至在公共汽车、市场、火车、学校、行政大楼和工厂等场所引发爆炸。极端分子和阿尔及利亚军队都造成了大量平民伤亡，整个国家笼罩在大规模屠杀的重霾之下。1997年年底，也就是屠杀最为疯狂的时候，国际特赦组织的一份报告指出：“即使在远处，都能听见枪声、炸弹爆炸声、受害者的尖叫声、房屋燃烧时的哔剥声，能看见着火的房屋冒出的滚滚浓烟。”

1999年，阿尔及利亚紧张的内战局势缓和下来。阿卜杜勒齐兹·布特弗利卡总统赦免了伊斯兰圣战分子、政府中的酷刑者和行刑队。截至当时，政府军队和伊斯兰教叛乱分子杀害的平民人数已到十万。《独立报》记者罗伯特·菲斯克报道说："伊斯兰教叛乱分子中较为软弱的弟兄们回到了家乡，而那些冥顽不化、残酷无情的叛乱分子则越过阿尔及利亚边境，迁徙至沙漠深处。圣战的新阶段也就此形成——这些圣战分子从整个伊斯兰世界招兵买马，占领那些武装巡逻力量比较薄弱的地区，专门袭击在北非的法国和美国公民，为以后在撒哈拉建立哈里发政权奠定基础。"菲斯克写道："贝尔摩塔尔从前任那里继承了一个'纯净的基地组织'——本·拉登战斗的新形式。"

一直以来，贝尔摩塔尔其实并不那么情愿参加GIA组织的一些无比残忍、冷血的犯罪活动。虽然对阿尔及利亚士兵和海关人员可以说是杀人不眨眼——因这些谋杀罪，阿尔及利亚政府在他并未出庭的情况下也判处了他两次死刑——他还是坚持认为，谋杀非战斗的平民会玷污圣战者的形象并有损民众的支持。1998年左右，GIA在阿尔及尔郊区进行整日的屠杀，贝尔摩塔尔从中抽身，撤退到马里-阿尔及利亚边界以北的阿哈加尔山脉中的一个绿洲城市塔曼拉塞特，也就是阿尔及利亚图阿雷格部落的首府城市。

在这里，贝尔摩塔尔远离伊斯兰圣战，开始养精蓄锐。他融进当地的生活，结识住在边界两边的阿拉伯和图阿雷格村庄的长老——这两个民族虽然都在撒哈拉地区共生共存，但关系有点紧张——之前的圣战分子大肆挥霍现金，宰杀牲畜，并掳走了四个图阿雷格族和阿拉伯的新娘，甚至包括正在青春期的小女孩。这些圣战分子在该地社区建立了深厚的根基，成为西非和北非烟草走私的主要参与者。贝尔摩塔尔从事产于亚洲的假冒伪劣商品以及西欧品牌商品的贸易，这些商品通常通过加纳、贝宁、多哥和几内亚从美国、欧洲进入西非，并沿着公路或尼日尔河的水路进入马里。各种越野车、卡车和摩托车在撒哈拉沙漠中的盐贸易路线上穿行不息，车里都载着香烟或走私货，贝尔摩塔尔和他的同伙就向这些车主征收安全通行税。这些车辆的目的地是阿尔及利亚、埃及、利比亚、摩洛哥和突尼斯，这几个国家共同消费了非洲近一半的香烟，而其中大部分来自黑市。

据了解，贝尔摩塔尔狡猾无比，精力充沛，人脉甚广，在黑社会游刃有余。短短几年，他就在沙漠里建立了一个坚实的支持网络，并常恐吓潜在的竞争对手。很快，他就在穿越撒哈拉沙漠的违禁品贸易中获得了巨大的利益份额，因此当地人称他为“万宝路先生”（也有人称他为“独眼”）。他在香烟的非法过界方面影响不小，引起了阿尔及利亚伊斯兰分裂组织的注意，这个组织叫“萨拉菲斯特宣教与战斗组织”*。该组织在阿尔及利亚内战行将结束之际从 GIA 组织中分裂出来，随即对阿尔及利亚的世俗政权宣战。1998 年，该组织潜藏在山区的头目看中了贝尔摩塔尔，并任命他为撒哈拉西南区域的“埃米尔”**，主要职责是为“萨拉菲斯特组织”的全体骨干成员走私武器弹药。2002 年，阿尔及利亚情报部门声

---

* “萨拉菲斯特宣教与战斗组织”，又译为“萨拉夫宣教与战斗组织”。

** “埃米尔”（Emir）是贵族头衔，用于中东地区和北非的阿拉伯国家，亦意译为总督，或从功能层面意译为国王、酋长、头人等等。

称有证据表明，该组织正在寻求与国际恐怖网络取得联系，并得到奥萨马·本·拉登的授权。

其他危险人物也清晰地显示在美国的雷达屏幕上，这些人最终和贝尔摩塔尔一起，组成了马里地区马格里布“基地”组织的领导层。其中一个就是阿卜杜勒哈米德·阿布·扎伊德。阿布·扎伊德于1965年12月出生于一户家徒四壁的贝都因人家庭。他的家乡是绿洲城镇扎维耶阿比迪耶，位于阿尔及利亚撒哈拉沙漠之中，全镇只有一条铺好的马路，阿布·扎伊德家的房子则在城镇郊外的一片帐篷营地里。孩童时期的阿布·扎伊德（原名阿贝德·哈马默）尝尽了贫穷、绝望和嘲讽的滋味。作为巡游劳工的父亲将全家迁往阿尔及利亚东北角距阿尔及尔东部一百九十英里的一片四千英尺高的高原上，他在那里的农场找了份工作。不久之后又举家搬迁，最终定居在另一个高海拔城市塞提夫。第二次世界大战结束之际，阿尔及利亚的自由斗士在塞提夫屠杀了一百零四名定居在当地的欧洲人，随后，为了报复，法国殖民武装屠杀了数千名平民，这座城市因此臭名昭著。由于海拔高，此地常年积雪覆盖，一到冬天就特别寒冷。阿布·扎伊德皮肤黝黑，身材矮小，又患有佝偻病——因为缺乏维生素D，导致他骨质结构软化，骨骼弯曲变形——他在学校常常被人嘲讽。阿布·扎伊德从中学辍学不久后，他的父亲又一次因为工作原因将全家人迁往南部，回到扎维耶阿比迪耶。在这座小镇里，两万两千名居民靠种植枣椰树谋生。

他甚至有点嫉妒我。”但是，阿布·扎伊德很快就爬上通向更高等级的阶梯，甚至出人意料地被允许和一个女人同居，这足以表明他在该组织已经崭露头角。2002 年，他颁布了第一道追杀令，宣布所有服完兵役的阿尔及利亚年轻人都是“萨拉菲斯特组织”的合法攻击目标。很快，阿布·扎伊德就赢得了声誉，被称为是“萨拉菲斯特宣教与战斗组织”中最狂热的理想主义者之一——也许也是该组织中最冷酷无情的杀手。

2003 年，由伞兵转变为圣战者的埃尔·帕拉将阿布·扎伊德纳入了一个黑暗计划，此项计划后来成为撒哈拉历史上最骇人听闻、最臭名昭著的犯罪行动之一。从 2 月到 4 月下旬，他和伊斯兰民兵从阿尔及利亚东南部一条景色极好、游人较多的沙漠道路上绑架了三十二名西方游客 ——其中包括来自法国、德国、瑞士和荷兰的游客。这些恐怖分子驾驶着摩托车或汽车，沿着被称为“坟园大道”的高速公路轰隆前行，每次都要掳走四到五名游客，随即消失在茫茫沙漠里。这条高速公路之所以有这样一个名字，是因为这条路沿线是古老的图阿雷格族墓地。

最初，埃尔·帕拉、阿布·扎伊德以及该组织的其他成员并不承认自己的罪行。一架德国军用侦察机在沙漠上拍摄到了被遗弃的车辆的照片，另外一些照片则显示这些被绑架的游客被分成两组，随后被带入沙漠。一千两百名阿尔及利亚士兵和警察加入了德国的反恐部队，利用骆驼和直升机翻山越岭进行搜查。不久之后，一名侦察兵在树下发现了一封信，该信件透露“萨拉菲斯特组织”

正是绑架事件的幕后黑手。

2003年5月，阿尔及利亚特种部队对该峡谷进行突击搜查，杀死十五个绑架者，并将十七名人质带回安全地带。被法国新闻媒体称为“撒哈拉本·拉登”的埃尔·帕拉以及阿布·扎伊德设法逃离了这次大剿杀，经过两周的长途跋涉，将剩下的十五名人质——十四名德国人和一名荷兰人——带回马里南部。他们强迫女人质穿上用手帕和毛巾临时拼凑而成的希贾布（伊斯兰面纱），并只给她们吃掺有泥水的稀饭。在穿越沙漠的行程中，一名四十六岁的德国女子在夜间因心脏病突发而死，她的尸体被草率地埋在沙漠里。他们全身上下脏兮兮的，最后到达了马里北部的伊弗哈斯山脉，该地位于基达尔城北部四十英里的荒野之中，到处都是风蚀的砂岩和花岗岩，古老的河床被砂石厚厚地覆盖着，山谷里随处可见散落的大石块。埃尔·帕拉和他的随从，包括阿布·扎伊德，向马里和德国政府捎了个口信：他们会释放这些人质，但赎金是数百万美元。这种勒索方法后来成为该区域极端分子常用的手段。

马里总统指定伊亚德·阿格·加利代表政府进行有关人质的谈判事宜。伊亚德·阿格·加利来自基达尔城，是马里图阿雷格族的显要人物。跟所有图阿雷格族人一样，伊亚德·阿格·加利自小成长于苏菲主义的文化之中，这种伊斯兰教中比较温和但更为神秘的苏菲主义长期主导着马里北部地区。加利是杰出的战士、天生的领袖，是诗人、作曲家、灵魂探索者，同时也是一个杀手。具有讽刺意味的是，他也像这些圣战分子一样危险，并成为日后危及该地区稳定的最大威胁。

他很早就接触到了暴力。1957 年左右，伊亚德·阿格·加利出生于基达尔北部的一个游牧营地。加利是一名图阿雷格士兵的儿子，他的父亲曾在 1963 年那次无果的叛乱中站在马里政府一边。当时，图阿雷格分裂主义者反对新独立的马里，试图建立自己的国家“阿扎瓦德”(Azawad)，意即“牧场之地”。在加利约六岁的时候，一名叛军指挥官开枪射中他父亲的头部，导致后者死亡。十年之后，一场毁灭性的干旱袭击了北方，该地区所有骆驼、绵羊和母牛都无一例外地死亡。少年加利只好背井离乡，靠搭乘便车和步行的方式，在茫茫沙漠里跋涉数周，最终到达利比亚首都的黎波里。就像成千上万图阿雷格族的无业流亡者一样，加利靠做园丁、木工、油漆工，有时甚至做牧牛、放羊等零工幸存下来。

就这样过了数年的拮据生活后，加利在的黎波里发起了小型的图阿雷格族反叛组织，并开始制订新的图阿雷格叛乱计划，但当时他们只有一间房作为办公室，以及一台传真机和约三十个成员。少年加利在基达尔时就目睹了马里政府的暴虐行为——马里政府在镇广场就地处决了有嫌疑的异议分子。后来，在塔曼拉塞特和的黎波里的咖啡馆里，加利与图阿雷格族流氓分子联系密切，因此，尽管反叛分子杀害了他的父亲，他还是对他们以及他们的反叛事业给予了深深的同情。二十出头时，加利在一个位于利比亚撒哈拉的军营进行训练，该军营由卡扎菲在 20 世纪 80 年代初建立。军营表面上是为了让流亡的图阿雷格人准备另一场起义，但主要是为利比亚在非洲和中东的军事冒险训练可随意使用的年轻战士。1982年，以色列入侵黎巴嫩期间，加利在卡扎菲的伊斯兰军队与巴勒斯坦解放组织一起参加战斗。当以色列战机对巴勒斯坦解放组织基地进行狂轰滥炸时，加利在西顿附近的沙坑中躲藏了数个星期。1987年，加利还在乍得的沙漠地区作为步兵参与了坦克袭击，对抗独裁者侯赛因·哈布雷的军事势力，当时卡扎菲正想废黜他的总统之位。乍得军队包围并杀死了卡扎菲军队数以千计的士兵，迫使加利的图阿雷格族反抗势力逃离边境。

在卡扎菲营地一所被称为“艺术家之家”的营房里，加利偶遇了一群图阿雷格族士兵，他们都是音乐家。后来，加利发现自己在诗歌方面很有天赋。很快，他就试着给这些音乐家作词。他们的音乐，跟著名的吉他手阿里·法尔卡·杜尔创作的音乐有几分相似，也被称为“沙漠蓝调”——就两三个和弦，一呼一应，音调忧郁，乐句重复、单调。加利的歌曲《以真主之名》之后成为“阿扎瓦德”的非官方“国歌”。在图阿雷格人的设想中，“阿扎瓦德”从尼日尔河往北延伸到塔阿扎盐矿，从廷巴克图的东北角到毛里塔尼亚伊斯兰共和国的现有边界。《以真主之名》的第一节歌词里就宣称：“以真主之名，我们站了起来，我们兄弟团结一致，要开始革命。”“像真正的战士一样，我们要打倒敌人 / 是的，以真主的名义，我们站起来了，革命开始了。”在民谣《一夜之间》中，加利向一个无名女子表达了他的狂热和爱恋：“我的眼睛仍旧迷失在星光之中 / 怀旧的情绪像帐篷般将我包裹 / 你的喃喃耳语围剿着我的记忆 / 恍如此刻你在我耳旁诉说。”

1990 年 6 月，加利率领大约一百名男子，武装着十把 AK-47，穿过马里的边界。他们袭击偏远的军营，突袭训练不足的马里军队，以速战速决的战术取得多次胜利，缴获了武器和车辆，并吸引了几百、后来是数以千计的图阿雷格族人加入他们的事业。一名随加利战斗多年的叛军指挥官后来对我解释说："图阿雷格族人几乎没有上过学，在政府部门是找不到一官半职的，只能来军队混口饭吃。""我们不得不重返战场，因为只有参加战斗后，我们才会被接受为马里公民，才能享有平等的权利。"

这些叛军常年在卡扎菲的伊斯兰军队里战斗，在使用轻武器进行近身战斗方面经验丰富。因此，在与马里政府军对抗时，叛军总能精准地击毙对方。他们因此也引起西方的注意和猜想。在法国历史学家皮埃尔·布瓦莱的书里有这样一段描述："永恒的撒哈拉传奇"，"蒙面的牧民，骑着骆驼，手里挥舞着 AK-47……这些人不再像他们的父辈那样提着刀剑上战场了，而是挥舞着'Kalach'*，反抗运动靠它，叛乱和反动都靠它"。

每当夜幕降临，这些反叛分子就围着篝火聚集起来，听着战士兼音乐家用吉他演奏加利和其他指挥官创作的歌曲。这些叛乱的音乐家们创作的录音磁带流传到了北方，显示他们的战斗是多么荣耀，从而吸引了更多年轻人加入他们的叛乱行动。

1991 年 1 月左右，叛乱以临时和平协议的签署宣告结束。加利回到了巴马科，被人们以迎接英雄的方式夹道欢迎。马里政府应允了加利及其叛乱队伍的大部分要求，如数百万美元的发展资

* 意指卡拉什尼科夫步枪，即 AK-47。

金、将叛乱分子编入军队和公务员队伍等。从廷巴克图北部沙丘地区的一所法律学校毕业的穆罕默德·安萨尔*（该姓氏意为“捍卫者”）曾评论道：“加利这个人直接融合了克林特·伊斯特伍德、约翰·韦恩和切·格瓦拉三个人的特点。”曼尼·安萨尔第一次见到加利，是在巴马科的签约仪式上。他和图阿雷格族商界人士、学生领袖一起为加利举办了一场晚宴。鉴于加利成功说服了很多图阿雷格族人停止暴力行动，同时为了保持这难得的和平，马里政府任命加利为总统的安全顾问，在巴马科给他购置了一套别墅，并给予他高薪待遇。但加利从来没有放弃图阿雷格族人独立的目标和事业，他始终与反叛分子保持着密切的联系，并随时准备做出抉择。

此时的巴马科已然成为世界音乐之都，加利在音乐方面的潜力也不断显示出来。每个星期天，他和曼尼·安萨尔——后者当时还只是一家挪威慈善机构的项目发展官员，同时也是一名才华横溢的音乐制作人——就会组织户外音乐会，地址就在巴马科郊外、尼日尔河旁边的芒果树荫下的野餐营地。音乐会的演出者是一小群图阿雷格族人，加利曾与他们一起在北方战场上共同作战，当时的首领是与传奇吉他手卡洛斯·桑塔纳长相十分相似的易卜拉欣·哈比卜。易卜拉欣·哈比卜和前叛乱分子演奏的歌曲，或歌颂袭击某个沙漠据点的英勇行为，或颂咏撒哈拉沙漠中友谊的力量，或抒发对故土乡情的眷念和渴望。它们以强烈的感情色彩吸引了越来越多的听众，让他们心驰神往。

乐队的演奏风格明显受到埃及流行音乐、猫王埃尔维斯·普雷

* 他的昵称为“曼尼”，因此也被称为“曼尼·安萨尔”。

斯利以及吉米·亨德里克斯的影响。易卜拉欣·哈比卜将乐队取名为“Kel Tinariwen”(即“沙漠中的人”),后来很快缩短为“Tinariwen”(塔里温)。2000 年 1 月,加利邀请哈比卜以及其他图阿雷格族音乐家们来到基达尔北部沙漠,参加图阿雷格族民俗节日,并进行表演。两千名牧民从四面八方赶来,聚集在山地与沙丘之间的红沙谷里,进行为期三天的狂欢:骆驼赛跑,聆听本地音乐,其中大部分活动内容都被国家电视台拍了下来。曼尼·安萨尔后来回忆说,几乎没有外国游客参加这次游牧狂欢活动,但是对他来说,这次节日为后来长达三天的音乐演奏会,即他称为“沙漠狂欢节”的活动带来了灵感。2001 年,安萨尔和几名图阿雷格族策划人发起和组织了狂欢节,在基达尔北部沙漠里进行现场演奏和骆驼赛。加利则为该节日提供安全保障。两年之后,安萨尔得以全面掌管该节日的各项事宜,并把地址改到埃萨卡纳,那里靠近廷巴克图,有着悠久的历史,是安萨尔的部落成员们进行集会的地方。由于他精湛的营销策略,再加上西方著名音乐家的纷纷到访,该地开始吸引来自世界各地的大量访客。

然而,对马里音乐爱得再狂热,对推动其发展的活动再热切,加利后来还是被伊斯兰激进主义所吸引。2002 年冬天,四名来自巴基斯坦的塔布里·扎马特组织(Tablighi Ja'maat,又译为“达瓦宣教组织”)传教士来到基达尔,开始向图阿雷格族人进行传教。20 世纪初,塔布里·扎马特组织在印度北方邦成立,表面上是一个和平的教派,信徒们模仿先知穆罕默德的苦行生活方式,如睡在铺在地上的粗糙垫子上，用树枝刷牙等等，并每年在海外进行长达四十天、挨家挨户劝导改宗的传教活动。一个住在马里北部的朋友告诉安萨尔：“巴基斯坦人正在那里试图让图阿雷格族反叛分子改变宗教信仰，这些前叛乱分子现在变得特别虔诚。”安萨尔惊讶地发现，甚至加利都开始很规律地去清真寺参加祷告仪式，并对这些更为严苛的穆斯林教义有着浓厚的兴趣。

2002 年，加利前往位于巴黎外围圣丹尼斯郊区的塔布里·扎马特清真寺进行学习，这是塔布里·扎马特在法国最为重要的清真寺。（2015 年 11 月 13 日袭击事件的策划者、伊斯兰国恐怖分子阿卜杜勒哈米德·阿巴乌德就是在这个郊区被法国警方追捕并击毙的。）同年年末，加利参观了塔布里·扎马特组织在巴基斯坦东部、拉合尔附近的清真寺建筑群、穆斯林学校以及住宅区。每年 11 月，四百万穆斯林信众来到这里，进行为期三天的集会。他们在恢弘宽阔的清真寺里就着席子睡觉，聆听不曾停歇的讲道，在街上祈祷。后来，加利一回到马里，就跟安萨尔讲起他在巴基斯坦的所见所闻：“简直就像在机场过境时，在候机室随时等候登机一样。”这只是“真正的旅程”开始前的一段小插曲。“你最好随时做好准备。”加利这样告诫安萨尔。说这话时，加利躺倒在枕头上，手里翻阅着伊斯兰圣训 。

2003 年，加利已经开始频繁出现在巴马科的一座萨拉菲清真寺里，这座清真寺与塔布里·扎马特组织联系密切。一天下午，曼尼·安萨尔来到该清真寺，在一间小祷告室里碰巧发现加利正端坐在垫子上，只见他的面颊上长满胡茬。安萨尔环顾了一下这狭窄的房间、肮脏的垫子，以及同样胡子拉碴的另一名穆斯林教徒，之后礼貌地拒绝了加利的邀请，他实在无法在这里待上四天。而加利的选择却是放弃丰盛的牛羊肉和古斯米、定制西装和有着精美刺绣的衣物。他要求不多，每天似乎只吃点牛奶和枣子，穿着一件白色的中东长袍，裤子的裤腿刚好到他的脚踝。这身打扮是激进主义穆斯林最为青睐的。他将家里所有的照片和绘画都取了出来，命令他的妻子戴着希贾布，并不准她外出。同时，他开始将他珍贵的财产分赠出去，将昂贵的劳力士手表送给了一名图阿雷格族前反叛分子。加利对安萨尔吐露，他现在祷告的次数是伊斯兰教所要求的两倍，因为“我为我的所作所为感到后悔”。

安萨尔对加利的虔诚很迷惑，但还是努力试着去理解。

“你不能在宗教信仰里迷失了自己呀！”安萨尔对加利说，“是你为这个国家和社会造成了现在这些问题，所以你必须承担维护和平的责任。”

加利摇摇手，示意他离开。

“加利陆续失去了朋友、熟人，慢慢变得离群索居。他进入了一个不同的世界。”多年以后，图阿雷格族前叛乱分子、塔里温乐队的歌手兼吉他手阿卜杜拉·侯塞尼这样跟我说。

“沙漠狂欢节并没有什么意义，这你知道吧？你死以后，在真主面前，它是不会为你说好话的。”加利警告安萨尔，“你必须放弃它，并将自己奉献给真主。”加利将手中那本由萨拉菲学者写的关于正确祷告方式的书递过来。他说：“曼尼，你必须读读这本书，尊重它，并付诸实践。你是一个穆斯林，你必须将自己交与真主。”

安萨尔回答说："再给我五年时间，到那时，我会放弃一切，听从你的建议。"

"不，不，那太晚了，"加利警告说，"你不知道自己能否活过今天。"

正是在加利虔心进行宗教修行的这段时期，埃尔·帕拉将人质向马里北部低洼的伊弗哈斯山区转移。加利在孩童时期曾在这片山地牧牛放羊，1990 年，他作为图阿雷格族叛乱分子在这里安营驻扎，2000 年，也就是在这山区附近，他举办了图阿雷格族音乐节。那次音乐节是沙漠狂欢节的前身。加利的一位前同事回忆说："加利走近德国大使，跟对方说自己能与圣战组织取得联系。"加利有个亲戚是马里东北部的伊斯兰教学者和伊玛目，也是最早加入"萨拉菲斯特宣教与战斗组织"的图阿雷格族人之一。可能是此人帮助加利牵线搭桥，令其顺利联系上激进分子，包括该组织的头目埃尔·帕拉，身患佝偻病的阿布·扎伊德，以及独眼的贝尔摩塔尔。贝尔摩塔尔并没有参与绑架，但他是个精明的商人，在谈判赎金的时候参与了进来。

马里总统阿马杜·图马尼·杜尔任命加利为政府与圣战分子之间的调解员。加利的同事回忆道："德军给了加利执行任务所需的武器。加利在山区里发现了这些绑架者，双方进行了长时间的谈判。"此次会晤后不久，德国外交官们利用一架军事飞机，将装满五百万欧元现金的三个手提箱运到巴马科，准备付给绑架者。加利将手提箱装入一辆丰田陆地巡洋舰，驱车返回绑架者在撒哈拉沙漠的避难所。埃尔·帕拉及其同伙在沙地上铺上一条毯子，开始数钱。作为协调人质事件的回报，加利赢得一辆新的丰田陆地巡洋舰，同时也获得该地区三个最狂热的圣战分子的信任。人质最终于 2003 年 8 月 17 日被释放。

德国政府答应了埃尔·帕拉的赎金要求，这令美国感到震惊和愤慨。美国认为德国创造了一个危险的先例。2002 年至 2005 年在马里担任美国大使的薇姬·赫德尔斯顿说，德国在缴付赎金时，试图低调处理，“但是事情一旦发生，大家就都知道了”。有报告声称，“萨拉菲斯特宣教与战斗组织”利用这笔赎金在毛里塔尼亚的枪支市场购买武器，并用来招募更多的圣战者。

战争还是和平？

在马里，没有人知道如何应对圣战分子的威胁。马里总统阿马杜·图马尼·杜尔更关注图阿雷格族反叛分子，因而无暇顾及马里沙漠中愈加猖獗的伊斯兰极端势力，只能对其睁一只眼闭一只眼。杜尔总统是伞兵出身。1991年发动军事政变推翻穆萨·特拉奥雷的军事独裁统治后，他迅速监督起马里的民主过渡，并将权力移交给平民总统。这些举动让他获得了世界性的声誉。以资深政治家的身份，他在全非洲推动消灭几内亚蠕虫病。这种寄生虫对人类健康危害极大，人体一旦感染，就会全身起水疱。2002年后，杜尔重返政坛，当选为总统。自此之后，他便成为西方的亲密盟友，但同时又似乎相信在“9·11”事件后，马里仍旧可以独善其身，不被恐怖势力侵袭。

法国军事情报部门十分清楚穆赫塔尔·贝尔摩塔尔突出的号召力和破坏力，因此密切关注、监督着他的行踪。据法国《世界报》报道，2002年，法国领土监护局长指出，贝尔摩塔尔与“基地”

组织保持着直接的联系。法国情报部门怀疑，他参与并帮助这一恐怖组织招募生活在法国的北非裔人士为圣战者。但同时，法军又削减了在萨赫勒地区的军事活动。在位于布列塔尼的圣西尔军校，法军只负责为马里军官进行小规模的训练。除此之外，只在该地区的马里士兵中安插数名法国士兵，并在萨赫勒的基地部署一小部分兵力，其中包括外国军团。据美国驻马里大使薇姬·赫德尔斯顿透露，在法国驻马里大使看来，“萨拉菲斯特宣教与战斗组织”成不了气候，构不成大的威胁。因为法国大使似乎更担忧美国在该地区越加凸显的军事影响力。

负责美军在萨赫勒地区投入军事力量的，正是强硬的美国欧洲司令部副指挥官查克·沃尔德上将。2003 年初，在欧洲指挥总部召开的一系列会议上，沃尔德将军及其下属绘制出在阿尔及利亚－马里边境活跃的圣战分子嫌疑犯的“家谱”。十年后沃尔德将军回忆道：“我们把他们编织在一起。他们的姓名、关系、联络手段和方式，我们都了如指掌。”在这一串长名单上，贝尔摩塔尔被公认为是最危险的人物。

沃尔德及其副手们相信，在萨赫勒地区的圣战分子尚未构成大的威胁之时，就可以将他们一网打尽。美国方面，从国家安全局、美国缉毒局、中央情报局、国防情报局到联邦调查局的官员们纷纷提议载人飞机进行二十四小时空中监控、特种部队突袭训练营地，或者是直接派出 B-52 轰炸机。但沃尔德却不采纳。他坚信，能装载大约七万吨炸弹的大型飞机更具有无法比拟的毁灭威力。虽然在阿富汗战斗的前三个月中，十架 B-52 轰炸机就将塔利班百分之八十的阵地毁于一旦，但沃尔德将军清楚这样的轰炸很可能会伤及太多无辜的生命。最终，他决定使用战斧巡航导弹，即使距离六百英里，这种导弹也能精准地击中目标。

然而，在实行计划之前，他们必须征得新上任的驻马里大使薇姫·赫德尔斯顿的同意。沃尔德通过加密电话致电赫德尔斯顿，表示他很“担忧”马里北部的伊斯兰军事活动，并说他将派两名副手到巴马科向她进行简单的汇报。数天后，这两位军衔很高的男军官被带进美国大使馆的安全房里。赫德尔斯顿和她的情报工作指挥团——领事馆的武官，以及美国国际发展署主任、政治官员、使团副职官员等围坐在一张铺满卫星照片的桌子旁，仔细审视着其中一张照片。赫德尔斯顿盯着这张照片，照片中大约百来名战士排成十排，周围摆满枪支，排满战马以及几台越野车，背景是沙漠。

赫德尔斯顿问道：“他们是在做什么？”

“训练。”一位副官回答道。

“训练的目的是什么？”

“不知道。”

“那我们的计划是什么？”赫德尔斯顿接着问道。

“剿灭他们。”

赫德尔斯顿还记得这次谈话，沃尔德派来的军官特别提到他们计划启动导弹，剿灭这些战士，这些“大坏蛋”。沃尔德坚称，发射导弹只是向大使提出的众多建议中的一项。但赫德尔斯顿还表示，根据这两位军官的说法，沃尔德不准备将这次攻击的计划事先透露给马里政府。沃尔德怀疑极端分子的同情者已经渗入到杜尔总统的圈子里，会把即将展开的空袭计划透露出去。

赫德尔斯顿考虑了欧洲指挥部的请求。赫德尔斯顿出生于科罗拉多，在 2002 年 11 月到巴马科任职之前，她曾在和平工作队做过志愿者，做过外交官，掌管过美国驻古巴办事处，担任过美国驻马达加斯加大使。1994 年，正值海地发生军事政变，推翻民选总统让－贝特朗·阿里斯蒂德之际，赫德尔斯顿在太子湾担任美国驻海地使馆副馆长。当美军集结于关塔那摩湾，准备以武力推翻海地的军事集团时，赫德尔斯顿被委以重任，斡旋于海地政变领袖和美国代表团之间。当时的美国代表团成员包括前总统吉米·卡特和参谋长联席会议前主席科林·鲍威尔。调停的结果是阿里斯蒂德重返总统之位，从而扭转了局势。赫德尔斯顿一贯主张克制、对话、包容和透明。当沃尔德主张在马里境内进行导弹袭击时，赫德尔斯顿倍感忧心，担心造成大量的无辜伤亡。即使以最近的发射点到训练营地的距离计算，她估计导弹也需要花大约三十到六十分钟才能击中目标。在这段时间里，很可能会有无辜者不小心进入死亡区。此外，她认为还没有足够的证据可以证明这群人正在为恐怖袭击做准备。她也不确定沃尔德的副手们是否能确认贝尔摩塔尔就在现场。然而，赫德尔斯顿后来告诉我说，即使他们十分确定独眼贝尔摩塔尔就在这些圣战分子之中，她也不会答应炸死他。十年之后，她回忆道："当时贝尔摩塔尔和'萨拉菲斯特宣教与战斗组织'并没有什么联系，我们只知道他就是个走私香烟的大坏蛋。"

赫德尔斯顿请沃尔德的副手提供更多更明确的信息。她要求道："请告诉我在场的都是些什么人。"这些副手不得不承认他们也并不清楚："但是，还是请您先批准，我们会去查个究竟的。"

她让他们回法伊英根，并带话给沃尔德。她说："我并不想让你们轰炸他们。"

沃尔德对此颇为恼怒。他认为赫德尔斯顿错失了一次可以一劳永逸的黄金时机，只要一次轰炸，就可肃清伊斯兰极端武装分子。她的反对正好印证了他的印象：这位在非洲的美国大使过分注重"软"问题，如营养、教育以及健康，因而与全球恐怖势力的蔓延和反击不在同一步调上。沃尔德说："他们很反感我们军方一直赖在非洲。他们一直认为，'你们军方管我们的事情干吗？你们只会把事情搞砸。'"他甚至坚信，美国在非洲的外交人员妒忌军方人员，因为只要是四星的军官就能轻松结交到很多非洲领导人。他得意地说，而作为外交官员，即使是大使有时也会被拒之门外。但那一刻，他不得不说服自己接受赫德尔斯顿的决定。"我们尽力了，但是当国务院说'你们就是一群混蛋而已'，你又能怎么办呢？"

而在赫德尔斯顿这边，她认为沃尔德就像个牛仔，只会鲁莽行事，对全局的复杂情况视而不见，或者很可能将一切搞得更糟糕。即使时隔十年后回忆起来，她还是说："沃尔德这个人不用脑子。只会一个劲往前冲，不管青红皂白，也不计后果。"几周以后，她的考虑就被证明是正确无误的。因为美国情报部门确认沙漠里的那次军事训练跟圣战分子毫无关联。贝尔摩塔尔当时正在与他的阿拉伯同伴为对抗一支敌对的阿拉伯部落做准备。这次战斗是哈特菲尔德－麦考伊夙怨*最直接的体现，两大部落在水权、村民会议代表以及其他议题上争议不断，积怨已久。部落酋长因而雇用贝尔摩塔尔来训练族人，准备战斗。

就在那个澄清贝尔摩塔尔沙漠训练性质的情报出来后不久，沃尔德离开德国，来到巴马科进行访问。他从斯图加特坐军事飞机出发，先礼节性地拜会了在马里备受欢迎的阿马杜·图马尼·杜尔总统。晚上，他又拜访了赫德尔斯顿。当时赫德尔斯顿正住在尼日尔河畔的一座现代化别墅里。别墅只有一层，位于一座栽满棕榈树的花园里。沃尔德认为赫德尔斯顿对他“抱有错误的印象”，因此想缓和这种紧张的关系。他说：“当时她对我们并不十分了解。”在赫德尔斯顿的花园里，一只只果蝠倒挂在棕榈树蔓延的枝叶上，在薄暮时分转动着身体，时不时在游泳池上低飞、盘旋。在阳台后方，芜杂的竹丛兀自生长。工作人员在后院准备晚餐。宽敞的室内挂满了班巴拉鳄鱼面具，还有马里泛灵论多贡部族雕刻的精致的木门，以及赫德尔斯顿在派驻海地时收藏的各种彩色的民俗艺术品。

“你是来感谢我的吧！”赫德尔斯顿对沃尔德将军说。在她看来，正是她否决了他的导弹袭击计划，才保住了他的职位。沃尔德只是笑了一笑，没有继续就这一话题说什么。

第二天早上，赫德尔斯顿和沃尔德一道往北飞，抵达廷巴克图。

---

* 哈特菲尔德－麦考伊夙怨指的是1863至1891年中，居住在西弗吉尼亚州和肯塔基州边界两个家族之间的冲突械斗。如今这一夙怨冲突已经成为美国的民俗学词汇，指代党派群体之间的长期积怨。

在沃尔德的专机里，他们面对面坐在舒服的皮椅上。沃尔德迫不及待地想一睹撒哈拉沙漠的风景，并评估那里的安全局势。赫德尔斯顿身材瘦弱，一头褐色的头发垂至双肩，而沃尔德则留着平头，体格壮如橄榄球运动员，他们俩看上去很不协调，对美国在全球范围内军事力量投入的看法也南辕北辙。但是，他们两人都一致同意，必须小心监督马里北部的情况。不久之后，他们发现彼此相处得还很愉快。

尼日尔河就如一条银丝带蜿蜒在一马平川但荒凉孤寂的景致之中，军机就沿着这条银丝带一直北上。沃尔德琢磨着，可以藏身的地方还真不少。大约两小时后，专机准备在廷巴克图降落。军机飞到河岸边几英里的地方，在离暗褐色平顶建筑物不高的上空盘旋了两周后，慢慢降落在廷巴克图机场。那里已经有很多穿着马里传统长袍和戴着头巾的人在等待，其中包括市长和其他公务人员。

在廷巴克图，旅游业已经开始迎来热潮，不过，沃尔德还是不经意间就捕捉到那些落后的迹象：未经铺饰的街道，摇摇欲坠、泥砖不断剥落的屋子，四处逛荡的无业年轻人。他参观了艾哈迈德·巴巴研究院，这个政府图书馆现在由联合国教科文组织资助。在阿卜杜勒·卡迪尔·海达拉的努力之下，图书馆如今拥有全世界规模最大的中世纪阿拉伯文手稿收藏。沃尔德之后又参观了廷巴克图的津加里贝尔清真寺。1327 年，奉马里国王穆萨一世，即曼萨·穆萨的命令，中世纪最伟大的建筑师之一阿布·埃斯·哈克·扎赫里设计和建造了这座呈梯形的泥墙建筑，两座石灰石塔尖特别引人注目。该清真寺显然深受埃及金字塔建筑风格的影响，城堡似的建筑里有三个内院。在其中一个院子里，伊玛目递给了沃尔德一张纸质优良又精美的名片，名片上印着这位伊玛目的电子邮箱地址和网站地址。

沃尔德有点吃惊："伊玛目，你有自己的网站？"他后来看到一家网吧，前不久与阿尔及利亚情报部门官员的一次对话突然闪现在他脑海。他们告诉他，阿尔及利亚极端分子就是通过这样的网吧来招募圣战分子的。沃尔德吃了一惊，顿感现代科技无孔不入，即使是世界上最偏僻的角落也逃不过科技的尖爪。沃尔德在心里琢磨着："我们对这个地区的了解并不如我们想象的那样深入啊。"

尽管在袭击贝尔摩塔尔这一问题上，赫德尔斯顿和沃尔德颇有分歧，但两人还是一起合作，齐心协力且成功地在萨赫勒地区开展了几个训练项目，以期追捕埃尔·帕拉。埃尔·帕拉是阿尔及利亚伞兵出身，后来成为圣战分子，曾在撒哈拉沙漠绑架了三十二名西方游客作为人质。自 2002 年美国国务院反恐办公室宣布开展泛萨赫勒行动以来，美国方面就为这些国家的军队提供越野车，教他们用卫星电话拦截地面通信等手段追踪绑匪。2003 年 8 月，取得赎金后，埃尔·帕拉顺利逃离了他在马里北部的藏身之所。在美国地面通信情报和空中侦察的帮助下，马里、尼日尔和乍得的军队持续数月在撒哈拉地区搜寻这个圣战分子首领。2004 年，在乍得北部僻远的提贝斯提地区，乍得反叛军逮捕了埃尔·帕拉，并将他交给了阿尔及利亚政府。阿尔及利亚政府以"创立武装恐怖团体、散播恐怖信息、煽动人民群众"为由，将其定罪为恐怖主义，判处终生监禁。

但他的两名副手——贝尔摩塔尔和阿布·扎伊德仍然逍遥法外，尽管他们和他一道都是圣战组织的重要成员，且与他一起参与了在阿尔及利亚和马里撒哈拉人质换赎金的行动。同时，美国情报部门将伊亚德·阿格·加利视为双重威胁。这位前图阿雷格叛军很可能在马里北部的叛乱中再次叛变。因此加利也被认为是潜藏于世俗图阿雷格族叛军与极端分子之间的一架桥梁，而这两拨人都占据着沙漠地区，且有时一起从事毒品和其他违禁品的走私活动。虽然在表面上，加利仍旧是马里政府的安全顾问，也与马里总统走得很近。但赫德尔斯顿说："我们很担忧，因为我们知道他与'萨拉菲斯特组织'有着密切的联系。"

2003年末，赫德尔斯顿开车造访马里北部地区，试图了解图阿雷格族人和阿拉伯人对激进分子的支持程度。所见所闻让她大为震惊。大使馆一直在拨款——自从她上任以后，大约已经投了五十万美元——以资助沙漠中的中小型发展项目，如造井或其他小型基础设施建设，希望以此赢得当地民众的支持。与安全小组一起，她乘车穿越位于廷巴克图北部属于贝尔摩塔尔的地盘，第二天继续在干旱的灌木丛里穿行了一天，最后到达一个阿拉伯村庄。正是在这个村庄里，贝尔摩塔尔娶了个年仅十二岁的女孩做新娘。"也许贝尔摩塔尔正在人群之中看着我吧。"赫德尔斯顿这样想着。她觉得这地方"充满剑拔弩张的紧张感，就像个装满火药的火药桶"。之后，赫德尔斯顿一行又驱车三百英里，穿越萨赫勒来到基达尔——图阿雷格族人在国境之内最北部地区的一个基站。在伊弗哈斯山脉附近，她拜访了伊亚德·阿格·加利。在基达尔市中心的政府办公大楼里，她见到了这名图阿雷格族领袖。基达尔市大约有两万人口，整座城市掩埋在毫无生机的褐色之中，只见那里的牧人驱赶着骆驼队，穿行在宽敞但布满沙尘的街上，插在法国殖民时期留下的、由石头堆砌而成的堡垒顶部的马里国旗清晰可见。加利正担任马里总统的安全顾问，除此之外，还担任图阿雷格部族的非官方领袖。赫德尔斯顿还记得，加利“戴着头巾、蓄着帅气的胡子，长得很好看，就像一位沙漠战士”。这次会晤持续了大约半个小时。他们谈论着美国在基达尔地区的资助项目，也谈到了压制那桀骜不羁的图阿雷格族人是多么重要。

“我们可不想见到叛乱卷土重来。”她对加利说。

“当然不会。”他表示同意。

然而，加利不断加深的伊斯兰信仰让赫德尔斯顿有点担忧。虽然塔布里·扎马特看起来是一个平和的团体，不过曾经有几次却充当了通往圣战之路的垫脚石。唯一在美国被指控与“9·11”恐怖袭击有牵连的萨卡里亚斯·穆萨维过去在法国时就是塔布里·扎马特的追随者。2001年，在美军轰炸阿富汗托拉波拉中身亡的埃尔韦·贾梅尔·卢瓦索跟穆萨维一样，同是塔布里·扎马特组织成员。在马扎里沙里夫附近的恰拉疆（当地语为“战争之堡”）战役发生之后，美军捕获了约翰·沃克·林德。这个被称为“美国的塔利班分子”的人就曾与塔布里·扎马特组织有些瓜葛，在那之后成了一名阿富汗极端分子。而就在赫德尔斯顿与加利会面的时刻，来自英国塔布里·扎马特组织的两名年轻成员正走上一条暴力恐怖的道路。他们马上就要加入位于巴基斯坦的恐怖组织阵营，不久之后，他们回到英国，于 2005 年 7 月 7 日在伦敦地铁和双层巴士车上进行自杀性袭击。这些恐怖袭击造成五十二人死亡，七百余人受伤，很多人成了伤残人士。

赫德尔斯顿提醒加利："最好不要卷入恐怖主义之中。"

"当然不会。"加利回答道。

通往暴力之路

2007年，由阿尔及利亚叛乱团伙的残余分子组成的伊斯兰极端组织——“萨拉菲斯特宣教与战斗组织”已走过了十个年头，该组织宣称2003年在撒哈拉地区绑架欧洲游客事件也是他们所为。如今，该组织已发展成为全球范围内具有最雄厚资金和最大杀伤力的恐怖组织。2004年年底，“萨拉菲斯特宣教与战斗组织”迎来一个富有野心的新埃米尔——三十四岁的阿尔及利亚人阿卜杜勒马利克·德罗克戴尔。他来自位于阿尔及尔南边十五英里之外的一个农业小镇梅夫塔，曾在阿富汗以圣战战士的形象赢得了圣战分子的推崇，并一直在国际圣战分子网络中寻找最具暴力性的人物联手。在阿卜杜勒马利克·德罗克戴尔所接触的人物之中，有一个叫作阿布·穆萨布·扎卡维。他出生于约旦，是美索不达米亚地区“基地”组织的指挥官，之后在美国对伊拉克的战争中，参加游击战对抗美军。后来，扎卡维又轰炸什叶派穆斯林，以期引发一场内战。德罗克戴尔试图招揽嗜杀成性的扎卡维来绑架法国人，并用他们换回埃尔·帕拉。但这个计划并没有付诸行动。当美军的无人机炸死扎卡维后，德罗克戴尔在圣战网站上发誓要为他报仇：“异教徒，背叛者，你们的快乐将尽，你们将永远哭泣……我们每个人都是扎卡维。”

“9·11”恐怖袭击发生后的第五年，也就是2006年，艾曼·扎瓦赫里宣布“基地”组织与“萨拉菲斯特宣教与战斗组织”正式合并。三个月后，后者在阿尔及尔附近炸毁了一辆卡车，车上载着来自布朗路特公司的员工。该公司是美国哈里伯顿集团以及阿尔及利亚国家油气公司的合营公司。当时，该公司正在扩张阿尔及利亚南部军事基地。一名阿尔及利亚籍司机身亡，九名工人身受重伤，其中包括一名美国人和四名英国人。

2007年1月，“萨拉菲斯特宣教与战斗组织”正式改名为“伊斯兰马格里布基地组织”，该组织宣称他们的首要目标是让阿尔及利亚政权下台，代之以伊斯兰政权。同时，艾曼·扎瓦赫里声称该组织会成为“美国和法国十字军咽喉之鲠骨”。与此同时，马格里布“基地”组织在萨赫勒地区展开了一系列破坏性极大的攻击。恐怖分子炸毁了阿尔及利亚总理官邸的前门和阿尔及尔警察总署，造成二十三人死亡，一百六十余人受伤。恐怖分子同时也轰炸了位于阿尔及尔的联合国办公楼，造成六十人死亡，其中包括来自丹麦、塞内加尔和菲律宾的联合国工作人员。

组织头目躲藏在距离阿尔及尔东部一百来英里的卡比利亚山里，阿尔及利亚的安全部队很难追踪他们。在阿卜杜勒马利克·德罗克戴尔的指挥下，马格里布“基地”组织形成了严格的等级秩序：两个领导委员会，一个以阿卜杜勒马利克·德罗克戴尔为首的十五人高层理事会；另一委员会由十四人组成，称为舒拉理事会*，领导者为前阿富汗圣战士阿卜杜·乌贝贾·艾纳卜。两个委员会锁定目标，决定事项，并与全世界其他恐怖组织进行联系，通过广播、影像以及网络社区等新媒介保持在公众中的活跃度。这些人中的大多数都是圣战游击队员，他们曾在阿尔及利亚内战期间参加伊斯兰青年团，并一路立功。之后在21世纪初期又参加了马格里布“基地”组织的前身——“萨拉菲斯特宣教与战斗组织”。他们中的有些人曾在巴基斯坦或是阿富汗的“基地”组织受过训练，几乎所有人都是绑架犯、毒品走私贩或者杀人犯。由两大理事会组成的领导层下设六个分管委员会，涉及政治、法律、医疗、军事、金融和外交关系。他们又将管辖区域分为两大区：“中央区”覆盖阿尔及利亚和突尼斯，“萨赫勒区”覆盖马里北部、阿尔及利亚南部、尼日利亚和利比亚。

德罗克戴尔和他躲藏在卡比利亚山区的指挥官们都认为马里北部因军力不足、沙漠面积广阔，再加上西方游客和工人越来越多等原因，是进行毒品运输与绑架的好地带，因而会带来丰厚的财政收入；同时马里北部也是圣战士们的聚集地和保护地。该圣战组织将马里北部分为两大区域，并由相对立的两个埃米尔管辖。阿布·扎伊德控制基达尔附近的区域，廷巴克图北部区域则属于贝尔摩塔尔。他们两人各领导一支军团，由一百五十名至两百名圣

* 舒拉为阿拉伯语“Shura”的音译，意为公众商议，在穆斯林世界常用来解决政权交替过程中的人选纷争。

战士组成。阿布·扎伊德将他的军团取名为“塔里克·伊本·齐亚德军团”，以纪念这位8世纪征服西班牙的摩尔将军，贝尔摩塔尔则将他的军团取名为“穆拉太明”，意为“蒙面者”。

“基地”组织的军士们大都处于自治状态，但必须设法为组织获取大量资金。因此，这些士兵们驱乘着越野车，利用GPS导航系统，穿行在沙漠之中，从掩埋在沙漠中的地窖里取得食物、炸药、燃料、电池，甚至备用车辆。2002年，在塔里克·伊本·齐亚德军团与阿尔及利亚政府军队交火后，一名归属于扎伊德军团的士兵被捕，他的一份录像视频显示圣战士们就睡在那些洞穴里，用手动缝衣机缝制衣服，自己动手修车，饮用水取自当地仅有的几条小溪，食物也仅仅只有树根和蜥蜴。

阿布·扎伊德性格严肃，是个杀人不眨眼的刽子手，全心全意、坚定不移地奉行伊斯兰教旨。“扎伊德的所作所为有商业上的考量，但更主要的还是关于圣战的。”巴马科的一位西方恐怖主义研究专家在《詹氏恐怖主义与安全监控》报告中表示。贝尔摩塔尔则是“一名激进倾向明显的商人”，他行事有自己的一套准则：他将士兵、海关人员以及其他政府官员视为他圣战中的猎物，但他也很克制，不会大肆伤及无辜平民。这两人之间的竞争非常激烈，都想获得藏匿在阿尔及利亚山区中的大佬们的青睐，但他们相互竞争、彼此压制，也使马格里布“基地”组织保持着财务上的平衡。在接下来的四年时间里，他们不断绑架西方人士，索要赎金，为马格里布“基地”组织贡献了多达一亿一千六百万美元。

2008年4月，马格里布“基地”组织枪手在撒哈拉东南部的突尼斯境内绑架了两名奥地利游客。这是自2003年以来，西方人士首次被沙漠中的圣战分子绑架。根据报道，两名人质被囚禁了二百五十二天，在奥地利政府支付了数额为六百四十万美金的赎金后，马格里布“基地”组织才释放了他们。自那之后，绑架事件一波接一波地发生。2008年12月，穆赫塔尔·贝尔摩塔尔的军团在尼日尔尼亚美城外拦截了载有两名加拿大外交官员的车辆，将他们推上一辆货车，载着他们在撒哈拉沙漠中穿行数百英里，最后将他们扣留在偏僻破败的圣战分子营地。此次绑架案发生一个月后，阿布·扎伊德的军团伏击了三辆载着游客的车，当时这些游客参加完尼日尔举行的图阿雷格族音乐与文化节，正在去马里的路上。枪手抓住四名中老年欧洲游客作为人质，将他们带到了沙漠中的另一个营地。那年6月，这些圣战分子改变了策略。两名马格里布“基地”组织的枪手在毛里塔尼亚的首都努瓦克肖特射杀了三十九岁的美国籍英文教师克里斯托弗·莱格特。半岛电视台播放了一段马格里布“基地”组织发言人的声明，表示莱格特是“因为他的基督教行为”而被处死的。

该事件过后没多久又出现了绑架事件。2009年11月，马格里布“基地”组织的军团袭击了一辆途经毛里塔尼亚主要高速公路的卡车，并抓捕了三名西班牙救援工作人员。两周后，在阿布·扎伊德的指示下，绑架者又从位于马里东部梅纳卡小镇的旅店里掳走了一名法国救援人员。数天之后，以相似的手法，伊斯兰圣战分子在毛里塔尼亚的一条偏僻公路上拦下一对正在度假的意大利夫妇的车辆，并将他们抓走。马格里布“基地”组织的一位发言人称，这起绑架事件是为了报复“意大利西尔维奥·贝卢斯科尼政府犯下的罪行，该政府严重侵害了在阿富汗和伊拉克的伊斯兰教徒的权利”。2010年春天，阿布·扎伊德再度出击，这次从尼日尔北部的一个铀矿厂里绑走了阿海珐公司的四名员工，并同样在尼日尔北部，掳走了一名正在为慈善机构工作、七十八岁高龄的法国退休工程师米歇尔·热尔马诺。

罗伯特·福勒是被绑架的两名加拿大人之一。当时，他正以联合国特别使节的身份前往尼日尔。他也成了少数见过穆赫塔尔·贝尔摩塔尔庐山真面目的西方人士之一。这个马格里布“基地”组织的埃米尔定期出现在他和同伙们聚集的沙漠营地。“他的身材不是那么魁梧，留着一头黑卷发，饱经风霜的脸上爬满又深又粗的纹路。”福勒这样写道。被绑架后，福勒被迫在沙漠里跋涉了好几天，导致脊椎因受压迫而骨折，受了不少苦。福勒将穆赫塔尔·贝尔摩塔尔描绘成一个浑身散发出邪恶魔力的“受人尊敬的领导者”。“他的嘴唇薄薄的，抿在一起就成了一条直线。他的嘴巴不时地扭动着，露出一种冷淡而几乎狡黠的笑意。”他的脸上挂着一条又直又深的伤疤，从右边眉毛中间的正上方划过右眼睑，再一直延伸过整个右脸颊，消失在他的络腮胡子里。这伤疤无疑是他最为显著的特征。让福勒印象深刻的是，贝尔摩塔尔的手下似乎都靠一种狂热支撑着他们的信念。福勒观察到：“他们会坐在撒哈拉沙漠硕大的太阳底下，几小时不断地吟唱。他们似乎不担心招募不到年轻的士兵。他们中年龄最小的只有七岁……其中三个处于青春期，正在变声。他们很自豪地告诉我们，他们的父母是将他们作为‘献给真主的礼物’而送他们到这里来的。”

福勒还提到另一桩事，让贝尔摩塔尔和他在马里北部的竞争对手阿布·扎伊德这两人在性格上的对比更加鲜明。2009 年 4 月 21 日，为赎回福勒和另一位加拿大籍外交官，加拿大政府支付了七十万欧元，当时相当于一百万美元，这数额不大，但人质还是得以被释放。这是贝尔摩塔尔亲自协商的结果，但他的上级们对这项交易感到惊愕。福勒被带到沙漠中的一个指定会合地，而这时，阿布·扎伊德的手下也正好带着两名西方女性人质来到这里。这两名女性也是在参加完尼日尔音乐节后被掳走的。历经长达五个月的恐惧、饥饿、像在烤箱中的闷热、无尽的无聊，以及阿布·扎伊德及其手下的残酷虐待后，这两名女性均身患痢疾，其中一人还被毒蝎子咬伤，手臂脓肿引起坏疽。在谈判过程中，她们的政府先送上了药物，但是阿布·扎伊德却扣留药物，不让她们使用。“我一看到她们瘦小的身躯，因痛苦而扭曲、苍白的脸，我就感到恐怖，不敢靠近她们。”福勒后来回忆说。但当贝尔摩塔尔看到这两名可怜的女子时，他的脸上“露出愤怒、不安的神色”，他立即取来药箱，拿出治疗痢疾的药物给她们。七个月后的事件再一次加深了阿布·扎伊德冷酷无情的名声。英国政府坚持一贯的政策，拒绝满足阿布·扎伊德的军团提出的条件——若要他释放六十二岁的管道承包商埃德温·戴尔，英国政府必须支付好几百万英镑的赎金，并释放囚禁在英国某监狱的阿布·卡塔达。阿布·卡塔达是一名激进的约旦籍圣战士，上世纪 80 年代在阿富汗圣战期间，贝尔摩塔尔就认识他了。2009 年 6 月，阿布·扎伊德将这个英国人斩首。时任英国首相的戈登·布朗谴责戴尔被“野蛮”地谋杀，并发誓“它更加坚定了我们的决心，决不向恐怖势力妥协，决不向恐怖分子的要求让步，也决不支付赎金”。

其他欧洲国家的政府没有表现出同样的决心。很能理解，他们不愿看到自己的国民受到残酷虐待，不愿意看到国民被处死，因此，这些国家不顾美国和英国政府发出的警告——支付赎金只会助长马格里布“基地”组织的气焰，让其有钱招募更多圣战分子，购买更多武器——这些政府还是给绑匪送上了几千万美元的赎金，并向马里政府施压，迫使其做出痛苦的让步。2010 年 3 月，圣战分子释放了一名西班牙籍的救援工作人员，并在五个月后，释放了她的另外两名男性同胞。作为交换，西班牙政府据估计共支付了高达一千二百七十万美元的赎金。四个月后，圣战分子在加奥北部释放了一对意大利夫妇，作为交换，在马里监狱关押的四名激进分子被释放。

贝尔摩塔尔和阿布·扎伊德不仅从欧洲国家政府那里获取赎金，还从国际毒品走私中获得暴利。他们早在本世纪初期就开始从事毒品走私这行当，雇佣图阿雷格族人和阿拉伯人将可卡因一路从马里穿越内陆，运送到赤道几内亚这个位于大西洋岸边、被哥伦比亚毒贩控制的毒品国家。2010 年之前的几年，在马格里布“基地”组织的调停下，贩毒集团将大批量可卡因通过空运，送到马里的撒哈拉地区。2009 年，牧民在基达尔的撒哈拉北部发现了一架波音 727-200 飞机的残骸。据联合国情报报道，这架飞机已经卸载了多达十吨的可卡因，在要起飞的时刻卡进沙堆里。机组人员弃机而逃，但在逃跑之前将飞机纵火烧毁，以毁灭踪迹。被发现的飞行日记显示，该飞机已经多次往返于哥伦比亚和马里，由此可判断这两国之间有着规模庞大、利润极高的毒品走私网络。美国官员认为，他们的保险箱里装满了现金，加上队伍在不断地扩大，物流运输能力也不断提高，这些恐怖组织将很快就有能力袭击当地的西方国家大使馆，并将恐怖威胁扩展至海外。

2005 年，美国五角大楼开展了一项跨撒哈拉反恐行动。这个为期六年、投资高达五亿美元的项目旨在加强马里、毛里塔尼亚、尼日尔、乍得以及其他十几个北非国家的军事力量。美国的特种部队指挥官和海军的海豹突击队轮流指导马里士兵和军官一些基本军事战略，从组装武器到急救，徒步或驱车在沙漠地区进行巡逻等等。美军在莫普提、巴马科、加奥和廷巴克图等地附近的军事基地开设课程来训练马里士兵和军官。课程长达六周，一年只举办三到四次。训练者很快就发现马里的军队状况特别差，急需整组、提高。士兵们的来复枪大多是产自前苏东集团国家的老式 AK-47，这些枪大多破损，无论是枪托、弹夹还是背带都很破。弹药也都是几十年前产的，存放在潮湿或是极端炎热的环境之中。军队进行武器训练时，弹夹里没有一颗子弹。2009 年，当美国国防部官员马歇尔 · 曼提普利搭乘直升机来到马里最北部的军事基地视察训练情况时，他看到士兵们穿的并不是成套的制服，而是破旧得裂开的靴子；士兵们头上有的戴着头巾，有的则戴着棒球帽。他心想，这些人看起来真不像军人。数年后，马里总统的一名顾问向我坦承，普通的士兵招聘吸引来的都是“社会的渣滓、问题少年、弃学者、违纪者，甚至罪犯”。大部分士兵成长于极端贫困之中，缺乏战场上所需的最基本的技能。曼提普利视察了其中一场模拟训练，士兵们必须替换掉一名遭遇伏击“并被子弹射死的”军车司机，但士兵们拒绝参加，因为他们中没有一个人会开车。

这不是马里军队第一次被认为是不值得信任的战友了。2004年，在毛里塔尼亚附近的沙漠追捕阿尔及利亚恐怖组织头目埃尔·帕拉的时候，由美军训练的马里军团已经靠近了他的藏身之处，但正在这时，埃尔·帕拉和他的手下进行突围，成功越过边境，逃去了尼日尔。美军后来才知晓，原来军团中有人给埃尔·帕拉通风报信，向那些圣战士传递了他们正被包围的信息。时任欧洲司令部副指挥官的查克·沃尔德将军非常愤怒，发誓以后再也不会跟马里军队合作了。迪迪埃·达科上校也表示：“团队精神不再存在。”但这位受训于美军的军团指挥官后来成了马里军队的首席指挥官。

当时的情况让人沮丧，且充满不确定性，雪上加霜的是，美国政府在如何最好地训练马里士兵这一议题上陷入了激烈的辩论。薇姬·赫德尔斯顿当时在五角大楼任职，担任负责非洲事务的国防部副助理部长，负责撒哈拉地区反恐怖行动。在她担任马里大使时，她刚开始是反对沃尔德将军的，但当恐怖主义在该地区更加肆虐的时候，她完全转变了立场。现在她坚信美国训练任务的目标不是其他，而是“彻底消灭‘伊斯兰马格里布基地组织’”。她催促2008年秋天新上任的美国驻马里大使吉莉安·米洛瓦诺维奇——这个在马里军队训练项目上有最大发言权的人物——尽早建立一支快速应变的高级队伍，以期一举端掉马格里布“基地”组织的老巢。

米洛瓦诺维奇认为赫德尔斯顿设立该目标的做法非常“荒诞”，五年后她这样说道。在五角大楼里，她与赫德尔斯顿有过一场争论，她认为要从无到有成立马里特种部队需要很多年才能完成。就连现在最为精锐的、被称为ETIAs的军团也处于很糟糕的状态。米洛瓦诺维奇在一份机密电报中指出，一位美军上尉向她介绍了一个“很不起眼的士兵”。这个上了年纪、身材瘦弱的男子留着又杂又乱的胡须，眼里布满血丝，穿着脏兮兮的T恤，蹲坐在仓库里的一辆摩托车旁边。“上尉跟我解释说，这个人尽管看上去其貌不扬，不修边幅，但他是ETIAs军团里一等一的人物。他还说到7月4日马里军队在巡逻中遭到马格里布“基地”组织的伏击，而这个人就是那次伏击中的幸存者之一。”

米洛瓦诺维奇认为军队只需出现在沙漠中游客频繁往来的路段，并集中注意力追查马格里布“基地”组织的武器和燃料藏匿点即可。她说：“我们不会训练士兵开着又小又破的丰田车追捕马格里布‘基地’组织成员，然后被伏击。”但赫德尔斯顿认为这样的做法不温不火，注定会失败。

但在米洛瓦诺维奇看来，五角大楼的官员们不愿意把钱花在刀刃上。在抵达巴马科六个月后，米洛瓦诺维奇飞到华盛顿，参加她在五角大楼的第一次会议。她回忆，当她知道国防部宣称要投在马里的花费与她实际看到的投入数目之间的巨大差异时，她感到非常“惊愕”。“这简直是弥天大谎。”她这样说道。数千万美元花在了美军训练者的交通和住宿上，却被误算进对马里军队直接援助的账单里。美国持续不断地做出保证要提供更多的武器设备，但都是空头支票，很少兑现。

米洛瓦诺维奇和她的武官提议给装备落后的马里空军提供两架赛斯纳凯旋机。这种涡轮螺旋飞机很耐用，可以用来运送军队、轰炸敌军堡垒、进行空中侦查等任务。但赫德尔斯顿认为马里空军会将飞机拆得七零八碎，或者是用它们来攻击图阿雷格族叛军——“他们自己人”，而不是用来攻击预定的目标，即圣战分子。马里空军因而只有几架苏联时代的 MiG-21 飞机，这些飞机已经好几年不曾起飞了。此外，还有两架上世纪 60 年代的、由其他飞机的零件组合而成的赛斯纳飞机，以及四架八座的 Mi-24 武装的直升机——这种飞机被取名为“雄鹿”，但自从在与图阿雷格族叛军交战时一名乌克兰飞行员驾驶其中一架被射中后，这些飞机就停在那里，再也没有起飞过。

2008 年到 2010 年间，“伊斯兰马格里布基地组织”以惊人的速度扩张，马里武装军队只接收到一次来自美国的军备援助：三十辆装甲车。但这些装甲车没有装备通讯设备，几个月过去之后，五角大楼才慢悠悠地派遣技术人员前来安装。无线电很快就耗尽了装甲车的电池，因此这些车也无法在沙漠中执行远距离部署。到最后，训练人员不得不在告示板上贴上用班巴拉语（马里南部使用的主要语言）和法语写成的贴纸。

贴纸上面写着：“不要打开无线电。”

而出人意料的是，之前对萨赫勒地区不断壮大的圣战分子势力不屑一顾的法国政府，却在 2009 年年底改变了态度，更加积极地抵抗恐怖主义。马格里布“基地”组织伏击并杀死了四名法国游客，其中三名游客是一家人。2007 年 12 月，绑架事件发生之前，这家人正在毛里塔尼亚的路边野餐。这次绑架事件也直接导致了巴黎－达喀尔摩托车赛的取消。2008 年 2 月份，马格里布“基地”组织成员枪袭努瓦克肖特的以色列大使馆，一名法国女子在混乱中受伤。同年 6 月，这些人在阿尔及利亚的拉赫代里耶埋伏陷阱，致使两辆汽车爆炸，一名法国工程师以及十一名阿尔及利亚平民身亡。2009 年 8 月份，该组织在阿尔及利亚的头目贝尔摩塔尔谴责法国为“万恶之母”。数天后，该组织的一名恐怖分子在努瓦克肖特的法国大使馆前引爆自杀式炸弹，除了他自己如愿身亡外，还造成三名路人受伤，其中包括两名大使馆的工作人员。薇姬·赫德尔斯顿跟我说：“法国开始意识到，马格里布‘基地’组织越来越危险了。他们甚至将其视为法国有史以来面临的最严重的外来恐怖威胁。”

对马里军队的战斗能力日益丧失信心后，法国转变了重心，开始和受训良好的毛里塔尼亚军队合作推动反恐行动。2010 年 6 月 22 日，法军和毛里塔尼亚特种部队从努瓦克肖特出发，飞越一千一百英里的沙漠，抵达马里基达尔北部的伊弗哈斯山，对提格哈吉尔山谷中的马格里布“基地”组织营地发起攻击。据法国情报部门的信息，年逾古稀的救援工作人员米歇尔·热尔马诺就被关在那里。此次行动击毙了六名马格里布“基地”组织成员，但没有救出热尔马诺。很可能在袭击发生的前几小时，他就被转移到了别的营地。为了报复，阿布·扎伊德下令将热尔马诺斩首——有可能是他亲自动手。“为了立刻回击法国的卑鄙行为，我们已经杀死了人质热尔马诺，给在这次背叛行动中死去的六位兄弟报仇。”这个阿尔及利亚地区的马格里布“基地”组织头目在半岛电视台的新闻广播中这样说道。“萨科齐不仅没能在此次行动中救出他的国民，而且为他自己以及整个国家打开了通往地狱的大门。”奥巴马政府对两年前毛里塔尼亚军事政变导致民选政府垮台一事很不满，因此对两国的联合行动也没什么热情。“因此，2010 年后，美国和法国就互换了角色。”薇姬·赫德尔斯顿回忆起当时的情况说，“自此之后，在打击‘基地’组织恐怖势力方面，法国变得更加积极主动。”

美军军官认为马里总统阿马杜·图马尼·杜尔既对圣战势力的壮大熟视无睹，也对本国军队的每况愈下睁一只眼，闭一只眼。2002 年，马里国民选他继任总统后，马里军队的腐败程度日益加深。资历高的官员靠关系而非能力步步高升。北部的军队指挥官被怀疑与马格里布“基地”组织合作进行毒品走私交易。人称“ATT”（其名字首字母缩写）的马里总统似乎假装极端分子并不存在。圣战分子不会攻击马里军队，只要他们能无拘束地走私可卡因、时不时地绑架西方人士。“马里政府的态度就是‘最好不要去捅这个马蜂窝’。”美国国防部官员马歇尔·曼提普利告诉我：“为什么要派遣军队去以卵击石，进行自杀式的任务呢？”

2009 年 6 月，在马里总统那座建在死火山口上的白色别墅里，美国驻马里大使吉莉安·米洛瓦诺维奇与杜尔总统进行了两次会面。米洛瓦诺维奇大使越来越气愤，并警告杜尔总统，马格里布“基地”组织正将马里北部作为他们的避风港湾，极端分子伤害英国人质埃德温·戴尔是在“极力玷污”马里的国家形象。她催促他“该采取行动了”。杜尔总统信誓旦旦地说会去追击马格里布“基地”组织，只要美国送来更多的军事设备和后勤保障支持。会晤结束后，米洛瓦诺维奇觉得杜尔总统至少看起来已然明白马里面临的危险，她这样致电华盛顿，然而其他人却表示怀疑。一名马里高官对美国大使馆表示：“总统不作为的程度，就如火警响起一遍又一遍，消防员却贪睡，不去救火一般。”

随着马格里布“基地”组织在马里北部一天天壮大队伍，美国情报部门官员和外交官担心的事情还是发生了：伊亚德·阿格·加利开始转身投向圣战士。加利曾担任过释放人质的协调者，也担任过无任所大使和总统的安全顾问，但在2006年的时候又走向暴力的老路。当时在基达尔有一名麻烦的图阿雷格族人，他在军队混了好几年也没有得到升迁，因而一直愤怒不已。加利与他一拍即合，两人随即成立反叛军，驱赶政府军队，攻下了基达尔。不久后，加利又倒戈投向马里政府，帮助马里总统，让叛军释放在叛乱事变中被抓的数十名马里士兵。

之后，在2008年年底，加利又突然宣布他要离开马里。他向他的朋友、对手甚至是西方外交官透露，他受够了政治和图阿雷格族叛乱，决定接受马里驻吉达领事馆的一个低阶外交官职位。吉达可是红海边上最大的港口城市，也是沙特阿拉伯在首都利雅得之后的第二大城市。“我就想待在麦加大清真寺附近，这样我就可以一天祷告五次。”加利对音乐制作人曼尼·安萨尔说，但安萨尔还是担心在沙特阿拉伯的这份工作会将加利推向绝境。

位于吉达的阿卜杜勒阿齐兹国王大学是激进主义者的活动中心，同时也是伊斯兰瓦哈比主义这一毒瘤的温床。奥萨马·本·拉登就曾在该校就读商业管理课程。在这里,他也接受了穆罕默德·库图布在宗教知识方面的教导，穆罕默德·库图布的一个兄弟是伊斯兰复兴主义者，名叫赛义德·库图布，曾一手建立用暴力圣战对抗西方的思想基础。阿卜杜拉·优素福·阿扎姆这名巴勒斯坦逊尼派神学家也曾是这所学校的讲师。他刻录在录音带上的讲道曾一度让年轻而又充满激情的圣战士穆赫塔尔·贝尔摩塔尔听得如痴如醉。后来，也就是上世纪 80 年代，他号召年轻的伊斯兰青年到阿富汗参加对抗苏联的圣战，并与本·拉登成立了“基地”组织。

加利在吉达的办公室位于一条小街巷的后面，非常闷热。他最终还是逃离了繁琐的工作，去寻找瓦哈比激进分子。这些激进分子有可能就在大学里，也可能就在市内一千三百座清真寺里。沙特阿拉伯的情报部门紧密监视着他。2009 年 8 月，沙特王子穆罕默德·本·内夫在吉达市的家中举办晚会时，一名与“基地”组织有联系的沙特阿拉伯士兵在聚会上炸死了自己。内夫王子既是沙特的内政部副部长，同时也是反恐的主要人物之一。此次刺杀事件虽然没有达到激进分子的目的，反恐部队还是加紧了对这些与“基地”组织有关系的嫌疑犯的追击。也正是这个时候，沙特政府宣布加利不受欢迎，并将他驱逐出境。一位较亲近的同僚在四年后对《大西洋月报》说:“我不认为加利是在那个时候变节的。我认为他早已经改易了旗帜。但就他被驱逐这件事来说……表明他的个人信仰在某种可辨认的程度上已经与极端意识形态和行为无异了。”

2009 年年底，加利从沙特阿拉伯返回巴马科，随后他开始频繁地造访巴马科的绿色清真寺，在这个萨拉菲团体集会的地方，他对大批热衷的追随者宣讲伊斯兰教法的价值。一个星期五的上午，他邀请他的朋友安萨尔在午后祷告后见面。在清真寺前面，跟路边其他的瓦哈比一样留着长须、穿着长袍的加利，正准备再一次连哄带骗将安萨尔带入激进主义的阵营。

安萨尔问他：“你确定自己走的不是一条通往暴力之路？”

“我们是和平主义者。”加利摇摇脑袋，很果断地回答。

2010 年 2 月，安萨尔与加利见了最后一面。那时他正从巴马科驱车前往尼日尔参加一年一度、为期四天的音乐狂欢节。为与沙漠中的音乐节相呼应，2005 年，在马里南部也举办了这样的音乐节。活动地点设立在距首都北部一百四十英里的塞古河岸旁一艘搁浅的驳船上。加利驾驶着一辆异常独特而又显眼的亮橘色汽车，在一段两车道上超过了安萨尔，并在转弯之后消失在前方。几分钟后，安萨尔在加油站旁边看到了那辆车，他将自己的车停在旁边。尽管近年来，他与加利渐行渐远，关系大不如前，但他还是真切地希望能与这位老朋友再见面。音乐节气氛很好，让他情绪高涨，在情不自禁间，他愉快地回忆起 90 年代中期，他与加利在尼日尔河旁边的自家屋顶上一起演奏音乐的美好时刻。那时，塔里温乐队尚未赢得享誉全球的名声，加利也还没有沉迷于萨拉菲教义不可自拔。

安萨尔清晰地记得，那时的加利烟瘾很大，酷爱音乐，喜欢泡吧，充满活力；那时的他是位诗人和作词家，会写浪漫的民谣或是军歌送给他的朋友，即歌手和吉他手易卜拉欣·阿格·哈比卜；那时的他更是一个从不祷告、不睡到中午不起床的享乐主义者。停车之后，安萨尔走进了加油站旁边的餐厅。加利和他的太太坐在角落里。安萨尔之前同她也是好朋友。她戴着头巾，眼睛盯着桌子，没有抬头看安萨尔。加利戴着白色头巾，黑色的长裤外罩着白色的长袍。他看起来非常严肃，但很有气场，整个餐厅都能感觉到他的存在。他跟安萨尔打了一下招呼。

他问："你这是要去哪里？"安萨尔回答："去参加塞古的音乐节。"加利拉下了脸。他盯着安萨尔，眼神很是复杂，同情中充满了鄙夷。"在他心里，我就是那位他曾经喜爱的老友，但也是他无法从恶魔撒旦之处拯救回来的可怜人。"安萨尔回忆说。很显然，在那一刻，他们之间曾经共有的一些东西，已经丧失殆尽了。那令人痛苦的静默似乎持续了好几分钟，安萨尔还是喃喃地道了一声别，随即走出餐厅。

邪恶同盟崛起

2011 年，位于廷巴克图的海达拉家族纪念图书馆很快成为世界上最具创新性的手稿保存中心，同时也是廷巴克图文化复兴的象征。阿卜杜勒·卡迪尔·海达拉雇了十二个员工。2007 年，迪拜的朱马·阿勒马吉德文化与遗产中心捐赠了一笔钱，海达拉因此有资金修建一座手稿修复与数字化实验室，另外还修建了四间明亮的展览室和一个会议中心。海达拉向到访的欧洲记者展示他的新实验室和先进的照相设备。他解释说，他用的是数码照相机，而不是扫描仪，因为紫外线扫描技术可能会使亚麻纸张和含铁的墨迹燃烧，从而损坏手稿。

在他的工作室里，海达拉开始制造无酸纸张，使手稿恢复到崭新的状态——此前都是以高成本引进这种纸张。海达拉还和记者聊到想要创办副业，将这种纸张卖给游客或者是出口到别的国家。在图书馆顶楼的一间会议室里，一场有关数字化的研讨会正在举行。这名记者注意到，出席研讨会的嘉宾和听众们来自不同的地方和族群——“有留着短粗胡须的阿拉伯人，有穿着长袍、戴着眼镜的图阿雷格族人，还有一些非洲面孔”。这种多样性正好反映了廷巴克图作为族群大熔炉的特殊角色。海达拉计划发行一部影片，内容关于如何解决阿拉伯文本的不同翻译版本之间的冲突。在等待一群来自南非开普敦大学的人员来这里召开手稿保存座谈会时，他告诉他的访客：“西方人来到这里，想尽一切办法告诉我们，是他们创造了这一切。”

海达拉当时已经是享有国际声誉的学者。2003 年，他首次前往美国，参加美国国会图书馆的手稿展览开幕，这次美国之行非常成功。自那之后，他便受到全世界各地图书馆和博物馆的邀请。他频繁地飞往纽约、华盛顿、亚特兰大、芝加哥、柏林、巴黎、布鲁塞尔、阿姆斯特丹、日内瓦，以及其他首都城市，或去接受奖章，或去参加学术会议，或是为满玛·海达拉纪念图书馆的手稿巡回展出当主持人。很快，他便在全世界范围内结识了很多朋友和同行，在欧美各大城市之间游刃有余——虽然他不精通英语，但世界还是向他敞开了大门，这在十年前，是他做梦都想不到的。他越来越熟悉西方的习俗——但是无论什么时候飞去西方，他总是坚持本国的服装习惯，穿着传统的马里长袍。他用心学习欧美的宗教、文学、音乐和饮食，但更为实际的是，他从来不忘跟西方的同行们交流手稿的价值和保护技巧。多年以后，他回忆道：“就跟我在廷巴克图一样，我总是让自己努力保持谦虚。”尽管获得国际盛名，但他还是一如既往地与他之前在廷巴克图的朋友们保持良好的关系，无论是他孩童时的玩伴、手稿界的同事们，还是廷巴克图的学者和伊玛目，他与他们的关系从未改变。

当海达拉在国内外的知名度逐渐扩大的时候，他的朋友和长辈都劝他要在廷巴克图更加活跃一点，比如说去参选当地官员、成为政府工作人员，甚至加入伊斯兰理事会——这个伊斯兰公民社会组织跨越意识形态，综合了苏菲派和瓦哈比派，为全国提供社会服务和慈善服务。但海达拉总是拒绝。他认为公共事务只会招来麻烦，让他无法全心全意服务于本市的图书馆。

跟廷巴克图的众多民众一样，海达拉偶尔拜访苏菲圣者的神龛，每年 1 月份的时候，他也兴致勃勃地参加圣纪节，这个为期一周的庆典是为了庆祝先知的诞生，主要活动是人们聚在一起阅读廷巴克图城里最为珍贵的手稿，其中包括《古兰经》和其他非宗教主题的手稿。当他在婚姻或是工作上遇到棘手的问题时，他会偶尔参考收藏的手稿中有关伊斯兰教法的典籍。但宗教在他的生活中并未扮演重要角色。真正鞭策他、让他前行的，是对那些被书写下来的文字力量的信任，这些书页之间蕴藏的，是人类广泛的经验和思想。

海达拉并不富裕，但十五年来，艾哈迈德·巴巴研究院给他提供的薪水很优渥——早些年他在马里各处寻找手稿的下落时也曾获得丰厚的奖金——他存了一定数额的款项，足以支撑他将手稿搜集的热情扩展至马里之外的国家。有一次去纽约时，他在曼哈顿一家古董书店里四处闲逛，偶然见到一册 18 世纪有关奥斯曼帝国历史的手稿。这卷手稿以镀金的阿拉伯文撰写，其中镶嵌有地图和图样。书店老板要价一千五百美元，但海达拉是个砍价高手，杀价到八百美元，最后以一千美元买到该手稿。这份奥斯曼帝国历史手稿成了他的收藏中最为珍贵的手稿之一。

海达拉的生活还是发生了一些改变。他有了一个刚出生不久的儿子，因为早产又加上残障，这个小孩无法走路，也没法坐立或是说话。这无疑是海达拉一辈子都摆脱不了的沉重负担。像许多功成名就的桑海人一样，此时的海达拉又娶了第二个太太，她是一名马里高级外交官的女儿。然而，据一位密友透露，海达拉的这次婚姻让他的大老婆非常痛苦，她怪他让自己遭受此般待遇。几年以后，这位朋友回忆起当时的情况："在他娶了他的第二位太太后，我第一次看到他那么疲惫。有一次，他来找我，眼睛里满是泪水，说'我没有想到会到这种地步。'后来，他的大太太还是做出了妥协，尽管很不情愿，但是可以容忍他去巴马科与他的第二位太太过些时日。"

尽管海达拉的私人生活并不顺利，但他还是成为国际媒体的香饽饽。"海达拉执迷于文字。"彼得·格温在一篇叫作《廷巴克图抄写员的传奇故事》的长文中这样写道。这篇文章于 2011 年早些时候发表在《国家地理》杂志上。"海达拉说，书籍与灵魂深深烙在一起。他也相信，手稿会拯救廷巴克图。文字会形成肌肉和筋骨，支撑起整个社会的良好运转。成千上万饱含情感的文字会将人类生活的角角落落都注满光辉。"格温拜访了海达拉位于桑科雷清真寺附近的家，当时他正在阅读一封 19 世纪由廷巴克图的一位长者写给马西纳苏丹的信件，这很可能显示了当时廷巴克图民主意识的觉醒。格温写道："海达拉可以埋头于手稿之中长达好几个小时，翻看着一卷又一卷的手稿，每一卷手稿都如一架小型的望远镜，可以让他看到过往岁月发生的事情。”作者提到，廷巴克图手稿的复兴正显露出它的溢出效应，促使阿迦汗（伊斯兰教伊斯玛仪派对其首领的称呼）去保护城里一座修建于中世纪的清真寺。这位阿迦汗是一千五百万穆斯林什叶派伊斯玛仪派教徒的精神领袖，同时也是个身价不菲的慈善家，他的财富据说高达三十亿美元，大多来源于宗教奉养。穆阿迈尔·穆罕默德·卡扎菲则买下了原本政府所有的索菲特度假区，希望将其改造成一个学术会议中心。

在《国家地理》杂志的那篇文章里，作者提到海达拉并不惧怕圣战分子和图阿雷格族叛军在廷巴克图的沙漠附近发动的诸如绑架人质、毒品交易和其他犯罪活动。他告诉格温：“犯罪，无论是什么样的犯罪，我都不担心。我最大的敌人是白蚁。我最大的噩梦，就是看着一份我还没来得及读的稀有手稿被白蚁慢慢吃掉。”

2011 年 1 月，在《国家地理》杂志对海达拉进行专题报道之后，接二连三的事件发生了，直接摧毁了海达拉的自满心态。在突尼斯，民众奋起反抗，推翻了突尼斯独裁统治者宰因·阿比丁·本·阿里。一个月之后，埃及总统胡斯尼·穆巴拉克也倒台了。在利比亚东部的班加西地区，也发生了反抗卡扎菲事件，警方杀死了一百余名抗议者。反抗力量扩散至全国各地。月末时，卡扎菲政府失去了对利比亚大部分地区的控制。卡扎菲宣称是本·拉登在利比亚的雀巢咖啡里下了“迷幻药”，将民众变成叛军，他发誓在挨家挨户清除掉“老鼠”和“蟑螂”前绝不会下台。不久之后，在另一个场合，他又宣誓要像“殉道者”一样牺牲。北大西洋公约组织根据联合国安理会的建议，在利比亚领空强制设立禁飞区，并攻击卡扎菲的军队。北约组织炸毁卡扎菲军队的电视塔、军营、通讯塔，以及卡扎菲位于的黎波里的宅邸。

卡扎菲命运的逆转让海达拉感到震惊。五年以前，这位利比亚总统还来廷巴克图进行访问。那次为期三天的访问可以说是卡扎菲在位时势力的顶点，显示了他乖张不定、狂妄自大的性格特征。为纪念穆罕默德先知的诞辰，自诩为“非洲之王”的卡扎菲从巴马科出发，在沙漠中穿行六百零六英里，中途甩掉了陪同的马里总统杜尔，来到他之前在廷巴克图城外建造的摩尔风格别墅里小住起来。廷巴克图四处悬挂着利比亚国旗、欢迎标语，以及与这位利比亚总统真人大小差不多的海报。到访的第二天晚上，卡扎菲在廷巴克图的足球场上主持了一个异常奇怪的仪式。现场灯火辉煌，致使整个城市的电路都不堪重荷跳了闸。卡扎菲号召各国拥抱伊斯兰教，谴责获得诺贝尔和平奖的法国救援队和无国界救援医生为西方的间谍，指责乔治·布什和法国总理雅克·希拉克其实“跟汗珠一样脏兮兮的”，并倡导建立一个统一的撒哈拉，“在这个统一的撒哈拉，帝国主义注定要分崩离析，无处可遁”。之后，他没有跟马里总统告别，就匆匆乘坐总统专机飞往的黎波里。据阿尔及利亚驻马里大使表示，杜尔总统在机场的航站楼候机室里，“用手捧着头”，又恼怒又不解。现在，卡扎菲政权即将瓦解，情势发展之快，不禁让海达拉愕然。那时的他还想不到，利比亚的烈火很快就会越过撒哈拉，烧到廷巴克图。

那年春天的时候，在马里的几百名图阿雷格族人回应了卡扎菲绝望中的请求。他们组建成小型的SUV队伍，在夜晚躲过检查，穿过茫茫沙漠，到达雇佣兵的营地，最后加入几年前来到这里在卡扎菲的雇佣军里服役的年长图阿雷格族军士之中。其中一支年轻的图阿雷格族士兵连队往北穿越撒哈拉来到利比亚城市米苏拉塔*。正是在这座沿海城市，卡扎菲的军队包围了叛军，不给他们食物，迫使对方投降。当这支连队在撒哈拉沙漠边缘的椰枣树种植园停留一晚，接近这座城市时，北约组织的飞机轰炸了卡扎菲的政府军队，叛军突破了包围。"我们知道我们没有什么胜算。"一名来自廷巴克图的年轻雇佣兵回忆道。他当时感念卡扎菲对图阿雷格族分裂主义者们的同情和友好，因而赶去营救卡扎菲。"卡扎菲大势已去。"他还记得当时他的图阿雷格指挥官跟他说，"是时候回马里了。"

那年8月底，利比亚的首都的黎波里失守。几天后，掠夺者蜂拥来到城郊一座贴着"教科书印刷与存放仓库"的建筑外，破门而入，毁坏了没人看守的双层大门。这个由三栋楼组成的建筑群，其实是一个掩护得并不好的兵工厂。他们从中拉出了防空导弹和数以千计的其他武器。这种场景不断在利比亚重现。逃跑的图阿雷格族士兵在他们的货车底部安装了防空火炮、12.7毫米机枪、火箭炮、迫击炮、炮弹、BM-21和BTR-60"地对地"和"地对空"导弹发射器，以及大量的弹药。做好这些准备之后，他们便回了家。

"这是对战争天时地利的年代，"泰拉卡夫特乐队——和塔里温

* 米苏拉塔，利比亚重要港口城市。2011年利比亚内战爆发后，米苏拉塔被反卡扎菲势力控制。效忠卡扎菲的势力包围该市，以争夺控制权。

同时期的沙漠蓝调乐队——这样唱着，“未来必将充满狂怒。”

载着图阿雷格族士兵和重型武器的车队经过尼日尔往马里走。他们最终来到了一个被白色沙地掩埋的古老河床，名叫扎卡克。这里位于马里最东北角，靠近阿尔及利亚的边境。到秋天的时候，数百名士兵集结在这里，他们全副武装，随时准备发起叛乱。他们整合了过去半个世纪来为图阿雷格族的独立而奋斗、抗争的数十个团体和组织，成立了“阿扎瓦德国家解放军”，另外四百名士兵也同样全副武装，在沙漠中一百英里以外的地方扎营。

2011 年 11 月，贝尔摩塔尔向毛里塔尼亚的一家报纸表示，马格里布“基地”组织当时也正在缴获卡扎菲部队遗弃的军备。卡扎菲一战败，圣战团体就派遣卡车前往利比亚沙漠。这些卡车上装满便携式防空导弹（简称“MANPADS”，是一种肩扛式地对空导弹）、反坦克榴弹、突击枪、重机枪、炸药和弹药等武器。据一份联合国报告指出，那年秋天，在尼日尔沙漠，一个车队被拦截下来，“车上载有六百四十五公斤的塞姆汀塑胶炸药，以及四百四十五个雷管。这个车队正要前往马格里布‘基地’组织在马里北部的营地”。

10 月底，马里总统杜尔急切地想要阻止另一场图阿雷格族人的叛乱，他派遣加利前往马里北部，带着现金、粮食，并提出将世俗的图阿雷格族叛军并入马里军队。之前因为与圣战士有联系，加利在沙特阿拉伯被驱逐出境，正好落魄地回到马里。杜尔总统只给了他一个起不了什么作用的闲职。然而，杜尔总统相信在马里政府中，没有其他人能让叛军放下武器。加利留着黑色的胡须，身材并不高大，五十五岁的他浑身散发着一股威严。他望着那一大群头上整齐地戴着头巾、穿着不成套制服的士兵们，出人意料地，他催促着他们选他为指挥官。加利再一次做出了选择，也许他估算着杜尔政府对他的信任已经不如从前，而加入叛军可能会更加有利可图。

叛军开始羞辱加利，对他的宗教狂热感到很不安，同时也怀疑他背后跟马里政府有联系，因此，他们众口同声地拒绝了加利的提议。一名年轻的叛军后来解释说："加利曾是马里总统的朋友，这让我们如何信任他？"

但此时的加利，显然已经决定走上反叛之路，且没有后路可退。加利觉得受到了羞辱，因而转身钻进车里，驱车驶进沙漠之中，在沙土飞扬中穿越沙漠，回到了他在基达尔的据点。他很富有——收过阿布·扎伊德的塔里克·伊本·齐亚德军团给的至少四十万欧元，又因为曾经在1990年当过图阿雷格族叛军的领导者，当时他对伊斯兰教的热忱赢得了数百族人的响应。接下来的几个星期，加利创立了一个新的军团，成员包括身在马里军队但心已不在的图阿雷格族人，躁动不安、不习惯和平的前自由战士，以及基达尔城里的无业游民。这支新军团打着圣战士的黑色旗帜前进，加利将它取名为"伊斯兰卫士"(Ansar Dine)，即伊斯兰信仰维护者之意，并在该军团控制的领地上实行伊斯兰教法。

2011年11月，加利和马里马格里布"基地"组织的两位指挥官，穆赫塔尔·贝尔摩塔尔和阿布·扎伊德相聚于扎卡克河谷。他们对这里的环境再熟悉不过了：几年前，加利首次与他们见面，调停释放欧洲人质的地点就在这附近。就在这个河谷，这个马里图阿雷格族人与阿尔及利亚阿拉伯人正式结盟，加入圣战事业。

两年后的一天晚上 9 点，夜色乌黑，我从廷巴克图的下榻酒店起身，去与一名曾经的图阿雷格族世俗军人进行秘密会面。因为我被告知，这个人恰好见证了当年在沙漠中那次至关重要的集会。我坐在图阿雷格族导游的摩托车后座上，黑暗中，我们在沙地里前后颠簸。明晃晃的黄月亮将摩托车的身影拖得老长，投影在涟漪滚滚的沙地上。一路上灯光闪亮，照亮了这么晚还在营业的便利店、咖啡厅、美发店和其他店铺的门道。我们依次经过西迪·叶海亚清真寺的泥砖墙，廷巴克图城里主要的集市旁边发臭的堆堆垃圾，随后，一条条小径变成开阔的沙路，然后到了一个叫作阿巴拉尤的新社区。这是个别墅小区，高墙之下是一栋栋别墅和还在修建的房子，许多图阿雷格人就住在这里。

我们找到了优素福，这个长着鹰钩鼻的二十六岁青年人，头上裹着淡蓝色的头巾，坐在他母亲朴素房间中的床上。他之前一直住在毛里塔尼亚的难民营里，这一次是偷偷跑回廷巴克图探望亲人。距离那次叛乱已经两年，但廷巴克图还是弥漫着对叛军的高度敌意。他很担心，怕这次回来会被邻居发现。因此，他坚持只有到了晚上，在人们都回了家、街上没有什么人的时候才能偷偷会面。他很小声地说话，显然很紧张。他告诉我加利和圣战分子就在离他和他的世俗族人扎营地的不远处，坐在沙地上的毯子上，“谈了好几个小时”，优素福回忆道，“那也是一个晚上，他们就在月光底下交谈”。

在与圣战士们定好盟约后，加利向马格里布“基地”组织的指挥官提议，伊斯兰教信奉者应当与世俗图阿雷格族叛军结盟。两伙人没有什么共同点：图阿雷格族叛军想要建立一个称为“阿扎瓦德”的世俗独立政权，他们为此奋斗了大半个世纪；而圣战分子想在马里北部建立一个哈里发国家，他们在那里可以推行什叶派教法，训练恐怖分子，然后再稳步地将他们的伊斯兰政权向北非推进。该团体已经跟盘踞于尼日利亚北部的“博科圣地”（Boko Haram）组织结盟。“博科圣地”是一个残忍无比的伊斯兰极端组织，2002 年在北部城市迈杜古里成立以来，他们已经杀死了上万尼日利亚人。图阿雷格族叛军与马格里布“基地”组织的联盟也是出于各方的利益考量。这样他们就能结合双方兵力和从卡扎菲那里偷来的重型武器装备，有机会一举击败尚不强大的马里军队，从而瓜分出与法国领土大小一般的一块区域，独立出来。正如美国情报部门官员和外交官员所担心的，伊亚德·阿格·加利如今已斡旋于马里图阿雷格族独立战士和阿尔及利亚阿拉伯伊斯兰极端分子之间，为马里撒哈拉境内这两支最不稳定的力量搭桥牵线。

就这样，世俗图阿雷格族叛军一分为二了。许多人认为“留着胡须”的是危险人物，害怕与他们扯上任何关系。

“我了解‘基地’组织，对该组织的名声和罪行也很清楚。”优素福边说边给我泡上一杯茶。他很坚持，认为自己“不太在乎”宗教问题：“但这些人正被国际社会追捕，我们怎么可能和他们合伙呢？”

然而，大部分人认为他们别无选择。他们说，要走独立这一条路，就必须做出很多不甘的妥协，图阿雷格族士兵如果孤军奋战，必死无疑。但是，与马格里布“基地”组织的联盟，很可能保证独立事业的胜利。

最后的音乐狂欢

2011 年 11 月 25 日，星期五下午 1 点整，一辆载着四名武装人员的米色卡车驶近廷巴克图市北边的一家被围墙围住的背包客旅馆。因为是周五下午，大部分人都在清真寺里做午后祷告，街道上几乎空无一人。事发一年以后，当地的一名目击者告诉我："一辆汽车沿着街道巡视了一番，查看街上是否有人。"当时正是黄昏时分，我正和他坐在那个旅馆对面胡同里的汽车修理摊里，喝着红茶。"他们都戴着头巾，穿着长袍，在街上左顾右盼，上下打量。最后在旅馆门前停了下来。"

当时天上一丝云都没有，在这石墙大院里面，三名游客——一名荷兰人，一名瑞典人和一名英国人——正在室外走廊上吃着午餐，而荷兰人的妻子正在越野车顶上的帐篷里打瞌睡。"听到狗叫，我走了出去。只见院子里站着一个人，端着一杆 AK-47，对我吼道：'到屋里去！'"该旅馆的前台接待人员这样回忆道。他回忆该场景的时候，我跟他正站在旅馆的屋顶上，被一片淡粉色的灯光包裹着。一轮满月低低地垂挂在一片泥墙小屋上，远处的撒哈拉沙丘依稀可见。“那个人朝游客喊，‘走，走，走’，我只听到这些。”那名持枪者将这三个欧洲人推搡到街上，并且将他们推进车里。此时，绑架者并没有注意到那个躺在车顶帐篷里、吓得一动也不动的荷兰女子。

正在这时，一名倒霉的德国游客刚巧从外面回来，碰上了绑架事件。但他拒绝上车，因而被绑架者近距离开枪击中头部，当场死亡。两名枪手带着人质爬上汽车的后座，朝天开了三枪，随后“悠闲地开走了”，一名年轻的目击者说，那辆车一路经过了摇摇欲坠、荒废了的和平纪念碑和一顶图阿雷格族的帐篷，然后驶进了沙漠。那个德国人的尸体就躺在那里，脸朝下，头上的血像小溪一样流入沙地。这是马格里布“基地”组织第一次在廷巴克图市内成功地进行袭击。而就在三十六小时前，在距离廷巴克图仅仅一百余英里的小镇洪博里，七个马格里布“基地”组织的枪手闯进了山顶的一家小旅馆，叫起了正在睡眠之中的两位法国地质学家，并将受到惊吓、茫然不知所措的他们拉上了车，随后消失在沙漠里。

那个被枪击、暴尸于大街之上的德国人前一天才和一队人一起，由莫普提坐游轮顺流而下来到廷巴克图。他参加的是巴马科“睡觉中的骆驼”旅行机构组织的旅行团。该旅行社年纪轻轻的澳大利亚老板本以为廷巴克图有马里的重兵保护，不会出事故，因而才毫不犹豫地将他的顾客送来这里。其他三个被绑架的欧洲人则是自行前往的，他们乘坐摩托车和四轮汽车穿越西非，不幸的是，他们也低估了有关廷巴克图不稳定、不安全的报道。那天下午，马里军队将八十名受到惊吓的西方游客带到布克图酒店，并加强守卫，第二天一早用总统专机将他们撤离了。

在巴马科，图阿雷格族音乐制作人曼尼·安萨尔正在为第十三届沙漠音乐节做准备。在这个为期三天的音乐盛会上，会有本土和外地乐团的特别演出。安萨尔与伊亚德·阿格·加利合作组织了一次音乐会，由此得到灵感，于 2003 年 1 月将音乐会搬到了埃萨卡纳。这个位于廷巴克图西部四十英里的小城风光秀丽，白色的沙丘延绵起伏，也是图阿雷格族人传统的集会之地。自创办以来，该音乐节就享誉国际，也在很长一段时间里，成为非洲希望的象征。齐柏林飞艇乐队的创始人之一及主唱罗伯特·普兰特曾于 2003 年与塔里温乐队一起登台演唱，之后又与阿里·法尔卡·杜尔合作了"营火即兴演唱"，在西方媒体中轰动一时。普兰特后来告诉《滚石》杂志："这是一段启发之旅，是我人生中最具启示性、让我学会谦虚的一次经历。"

接下来的几年里，来自法国巴斯克区的吉他手兼主唱曼吕·乔，以及英国流行乐团模糊（Blur）的主唱戴蒙·亚邦相继登台演出。其他来访的名人还包括：埃塞俄比亚名模莉雅·琦比德前来为《Vogue》杂志拍摄大片；2006 年，摩洛哥卡洛琳公主来这里为骆驼比赛的胜利者颁奖。"放下刀枪剑戟，拿起吉他，民主事业蓬勃发展，音乐凝聚起国家团结。" MTV 创办人汤姆·弗雷斯顿在《名利场》杂志里这样说道。2007 年，他和吉米·巴菲特 *，以及小岛唱

* 吉米·巴菲特（Jimmy Buffett），美国知名艺人、歌手。

片（Island Records）的创始人克里斯·布莱克韦尔一起到访埃萨卡纳。“音乐节带来了无限活力，将外国游客吸引到马里北部。撒哈拉巫术、世界音乐，以及来自不同文化及背景的人，让为期三天的音乐节令人无法抗拒。世界各地也只有这里，可以让西非的行吟诗人——同时也是歌唱家和说故事的人，以及图阿雷格族的蓝调歌手能和罗伯特·普兰特共享一份酬劳。”2008 年，詹姆斯·杜鲁门在一篇介绍马里音乐节的长篇报道文章中这样写道。

然而，这两位同样来自美国康泰纳仕集团的作者似乎都沉浸于“非洲伍德斯托克”的浪漫想象之中，而对那里与日俱增的危险征兆却不怎么在意。图阿雷格部族的调解人曾警告过安萨尔，马格里布“基地”组织对这个音乐节深恶痛绝，将其视为“索多玛与蛾摩拉”*，必须除掉。“你邀请非伊斯兰教信徒来音乐节，他们在我们的沙丘上喝酒犯罪。”这些调解人通过图阿雷格族的族长这样告诉安萨尔，迫使安萨尔提高活动时的安全部署，并时刻注意自身安全。汤姆·弗雷斯顿在《名利场》的那篇文章里只有一句警告：“曼尼·安萨尔称赞我们很有勇气，尽管美国国务院警告美国公民不要去参加音乐节，但我们还是来了。”他在文章中这样写道。但那时，基本上没有什么人注意到危险，“不消说，我们对此一无所知。”针对在“无法无天的地区”发生的“匪患、分裂对立以及劫车事件”等的报道，弗雷斯顿的态度显然也是轻描淡写的。他开玩笑说，这些听起来就像是在洛杉矶。

* 据《圣经》记载，索多玛和蛾摩拉是摩押平原五城中的两个，坐落在今天的死海东南面，因其淫乱行为而被毁灭。

2010 年，马格里布“基地”组织在撒哈拉沙漠中进行的绑架事件频繁发生，安萨尔不得已将原定于沙漠中举办的音乐节搬到廷巴克图。他相信，在廷巴克图城里，马里的军队会更好地保护全市的安全。然而，如今四名西方人士在廷巴克图分别遭到绑架和杀害，暴露了马里军队在安保措施方面的严重不足。但无论如何，音乐巨星再次涌入廷巴克图。塔里温乐队已经在十年内第六度担任音乐会的特别嘉宾。这支图阿雷格族人组成的沙漠蓝调乐队已经在国际上享有盛名，并获得多位西方最具影响力的乐评人的青睐。其他前来支持的明星还有三十一岁的维克斯·法尔卡·杜尔，他的父亲是阿里·法尔卡·杜尔，后者于 2006 年因癌症过世。另外还有乌穆·桑伽雷。汤姆·弗雷斯顿在《名利场》的那篇文章里将乌穆·桑伽雷描述为“马里最受欢迎的女歌手，最伟大的女权倡议者——一个名副其实的女神”。安萨尔还在洽谈另一位世界知名的乐手与名人：波诺。波诺是 U2 乐团的主唱，也是一名四处奔走的人权运动家，他正考虑和哥伦比亚大学的杰弗里·萨克斯教授一起，在塞古附近参观完“千禧村反贫穷”项目后，赶往廷巴克图参加音乐节，并在此停留二十四小时。跟众多西方摇滚巨星一样，波诺也开始迷上了马里的音乐，特别是塔里温乐队的沙漠蓝调让他心驰神往。

杜尔总统对于扭转马里旅游业还抱有希望，因此，他答应安萨尔会派来坦克和数百人的军团，甚至包括他的总统护卫队，来确保音乐节的安全。杜尔总统做出承诺：“到时，整个马里军队的参谋部都会被调来廷巴克图，包括国防部长，以及所有高级将领。”

他请求安萨尔不要取消计划，“到时候廷巴克图的安全防卫会比巴马科好很多”。

2012 年 1 月 12 日星期四，马格里布“基地”组织在网上放言，称要杀死他们于前一年 11 月在洪博里抓来的两名法国地质学家，并将在隔天处死在廷巴克图绑架的另外三名欧洲游客。该组织宣称正在准备发起针对马里的“军事行动”，并警告人质的祖国——法国、英国、荷兰和瑞典——不得干预，否则会将这些人质立马处死。周五晚上 8 点，波诺的私人专机降落在廷巴克图机场。安萨尔对波诺的来访既兴奋又害怕。这位音乐家当时正坐在休息室的沙发上，在场的还有他的妻子和好友，其中包括迪赛品牌的创始人和总裁，即牛仔裤的缔造者伦佐·罗索。休息室里正在播放音乐录影带，气氛轻松愉快。波诺穿着一身黑色的衣服，太阳眼镜的蓝色镜片遮住了他的眼睛。他问安萨尔是否觉得廷巴克图足够安全。安萨尔想到廷巴克图的脏乱、贫穷，以及暴力，又看到这眼前的特权、财富和名气，只得结结巴巴地对波诺说，他相信够安全。

杜尔总统在演唱会场地周边部署了装甲车和军队。现场气温大概只有五十华氏度*，穿着夹克和马甲的三千名观众聚集在一起，其中包括两百名外国游客，还有来自马里各地的男女老少，穿着传统服饰的图阿雷格族人，以及来自巴马科和莫普提，并穿着西式服饰的专业人员。波诺在专人的带领下来到贵宾室欣赏晚上的表演，这位巨星和他的随同人员在大批军人的守卫之下，住在廷

* 相当于十摄氏度。

巴克图桑科雷区一家名叫拉梅森的法资别墅宾馆。第二天，波诺独自散步，越过军队的防线走进了沙丘之中。这让负责陪同这位巨星在廷巴克图停留二十四小时的安萨尔非常焦虑。

1 月 14 日周六，也就是音乐节的最后一天晚上，波诺登台与塔里温乐队一起表演。“演出进行到一个小时左右的时候，投射灯打向观众，现场爆发了。波诺，这位 U2 乐团的主唱、当晚的嘉宾，到达了现场。”《青年非洲》的一篇报道里这样写道，“这位爱尔兰巨星穿着一身黑，他先转向左边的观众，又转向右边的观众，随即又举起手，喊道：‘在这里，我们都是兄弟！’一些年轻的女性歌迷一听到他的喊声，马上歇斯底里地叫喊起来，争着要爬上舞台，但没有人成功。波诺的保镖就像军队一样保护着他。”

波诺与图阿雷格乐队进行即兴演出，试着用法语唱了几句，并与塔里温乐队的歌手和吉他手共舞。“音乐远比战争强大。”波诺这样表示，随后他就登上私人飞机，飞回巴马科。

四天后，加利率领一支装备重型武器的联合军，一路往北展开了血腥行动。1 月 18 日破晓时分，他们攻击了偏远的阿盖洛克军营，围攻了军队，直至马里政府军弹尽为止。加利和他的手下攻占了军营，俘获九十名士兵，给他们戴上手铐，让他们站成两排，割断他们的喉咙，或者近距离将一颗子弹射中头部。“不是我们死，就是他们亡。”加利在马里沙漠一处隐蔽之地通过卫星电话与一位巴马科的记者这样说道。法国控诉加利及其手下犯下了“基地组织式的”暴行。几天以后，他们又包围了几英里外一座叫作泰萨利特、由美军修建的军事基地，并不让其他车队靠近。食物和水就这样耗尽了。在马里政府的请求下，美军派飞机给被围困的马里军队及其家人投放粮食。但在3月中旬，被围攻六周后，该基地还是投降了。目击者描述了众人仓皇逃窜的场景，士兵们为了保命，不得不放弃坦克、火箭筒和迫击炮等武器。

阿盖洛克的大屠杀，以及泰萨利特基地的耻辱撤退让马里士兵极其愤懑，于是在2012年3月21日，马里士兵在巴马科郊外的一个老军区附近发动了暴乱。他们从武器库偷走武器，朝位于山顶上的总统府邸行军。当时，因为大部分总统保卫队的精英都被调去马里北部攻打叛军，所以总统府邸戒备不足。阿马杜·图马尼·杜尔总统和妻子在黑暗中悄悄溜出大理石别墅，经由一条崎岖的小径穿过树丛，上了一辆等候中的车子，然后消失在夜色里。暴乱的士兵们在府邸里四处乱窜，偷走电视机、床单、墙上挂着的书画以及电灯等，接着又洗劫了巴马科。新上任的军事委员会由受过美军训练的队长阿马杜·萨纳古领导。前美国国防部武官马歇尔·曼提普利还记得，阿马杜·萨纳古其貌不扬，时常随其他军官一起，周末时就到曼提普利在巴马科的家中观看电视转播的足球比赛。军方解除了马里的宪法和民主体制，实行戒严，封闭了国界。军队“终结了杜尔无能的政权”。一位发言人这样宣布。杜尔在塞内加尔大使馆寻求庇护，最后乘飞机前往位于达喀尔的庇护所。

在某种程度上，杜尔总统对政权的瓦解完全没有掌控能力：他无法预见到“阿拉伯之春”，也没有预见到北约国家的空袭会导致卡扎菲垮台，更没预料到利比亚的军火库会被图阿雷格族叛军和他们的盟军——激进分子洗劫；依靠这些武器，他们一举击败了马里的军队。但他一直忽略西方大使们和他的将军们提出的强化军队、更加果决地对付圣战士的种种建议和请求，而且他还像一头被追捕的野兽般，仓皇之中逃窜进夜色里。

此时的圣战者们却呈破竹之势。八个月前，阿拉伯半岛的“基地”组织跟马格里布的组织一样，为呼应奥萨马·本·拉登以及艾曼·扎瓦赫里，攻占了也门阿比扬省的首府津吉巴尔，并宣称这是他们在21世纪建立的第一个哈里发国。这是“基地”组织想要扫荡一切穆斯林与阿拉伯世俗政权、代之以泛伊斯兰激进政权的第一步。马里的胜利又给这些激进分子增强了信心，他们将更积极、更有侵略性地追求这一目标。在马里的胜利，至少一定程度上促使他们在2013到2015年之间占领了叙利亚和伊拉克的大部分地区。

马里的叛乱进入了尾声。士气低落的马里军队不得不放弃他们的基地。加利和他的圣战分子于3月26日攻占了基达尔。3月30日的时候，他们又拿下了廷巴克图下游两百英里处的加奥。这座北方第一大城市曾是中古时代桑海帝国的首都。在圣战分子一举进攻加奥的时候，图阿雷格族战士从沙漠一路前进，在距廷巴克图北部四十二英里处扎营。廷巴克图最受欢迎的广播电台——布克图社区广播的台长是位六十七岁的老人，他也是廷巴克图主要部族桑海族里最受人尊敬的长者。他最先发动成立委员会，成员为廷巴克图市里大部分族群的发言人。他们准备与这些图阿雷格族叛军进行面对面的谈判，恳请他们不要以武力洗劫这座城市。

这位桑海族的老者，在一位贝拉代表和一位富拉尼族代表的陪同之下，于3月30日周五的日落时分离开了廷巴克图。在前殖民时代，贝拉人是指讲塔玛舍克语的低阶层黑人，被高阶层的图阿雷格族人奴役。夜幕降临，很快，这行人便被黑色的沙漠夜晚笼罩，车灯发出的磷光偶尔在黑暗中划出一线光亮。他们开车行驶了一个小时左右，紧张地聊着天。在距离叛军基地三英里处的位置，他们用卫星电话打给了联系人。"关掉车灯。"对方命令道。代表团只得借着点点星光，摸黑前行，最终发现了一群叛军，以及四辆停放在沙地上的SUV，在车的中间，有张羊毛毯铺在沙地上。

三位代表与叛军一一握手，指挥官毫不客气地让他们坐到那块破旧的毯子上。据这位电台台长回忆，那晚是如此漆黑，来自廷巴克图的三位代表根本就看不到聚会现场"五英尺"以外的任何东西；也许有一整支军队就潜藏在附近。叛军们吸着烟，点燃的香烟发出星星点点的橙色光芒，照亮了他们的面容——他们接连数月扎营于沙漠中，已经疲惫不堪，个个面露倦意。他们默默地注视着彼此。电台台长请求指挥官放过廷巴克图。

"我无法做到。"指挥官回答，"今晚我们就要行动，拿下廷巴克图。"

"再给我们一点时间，让民众做好准备，迎接你们的到来吧。"

指挥官问："你们要多长时间才能准备好？"

"两周。"

"我们只能等到星期四。"

委员会的代表们和指挥官及其手下一一握手后，爬上车子，连夜开了回去。第二天早上，台长通过广播告诉廷巴克图的市民，他们还有六天时间做准备。然而，另一边，叛军们已经开始行动了。

占领廷巴克图

阿卜杜勒·卡迪尔·海达拉一直相对平静地留意着图阿雷格族世俗叛军和他们的圣战士盟军的动向。他认为最近的一波叛乱只会发生在距离廷巴克图数百英里的马里东北部，就像他在过去二十年所经历的其他大范围或小型的暴乱活动一样。他并不是特别担心，因此也几乎没有和朋友或同事讨论在沙漠地区发生的马里政府军基地受攻击的事情——叛乱似乎还很遥远。2012 年 3 月，他带着一小队图书管理员和手稿保护专家前往邻国布基纳法索的一个小镇，协助政府图书馆进行手稿数字化项目。在开车回家的路上，他们了解到马里军方宣布发动政变，并封锁了国界。海达拉和他的团队在布基纳法索又多待了一周。最后，在 3 月的最后一个星期，边界得以开放，他们驱车回到了巴马科。

到达首都以后，海达拉才首次意识到事态的严重性——显然政府军队已经溃不成军，叛军以迅雷之势攻占多地。他在巴马科熬过一个晚上，然后打定主意，他必须赶紧回家。“阿卜杜勒·卡迪尔·海达拉，你现在不能走。这很危险。”朋友和同事都劝他。但海达拉耸耸肩，对这些警告不理不睬。他拉上司机，开着SUV往北走。第一天晚上，他与巴马科的朋友们一起在尼日尔河旁位于巴马科和廷巴克图之间的塞瓦雷镇过夜，这座小镇有这个区域里唯一的机场。

“不要去廷巴克图。”他的朋友请求他。

海达拉说：“我必须得回去，我在那里有重要的事情要处理。如果我不在那里，我也不会心安。如果战争爆发，我必须跟我的家人待在一起。”

海达拉与司机在黎明时分出发，驾驶四个小时后，遇到了从北方来的车队长龙，导致交通堵塞。大家都在逃难。货车、卡车、小型汽车、越野车、小型巴士、客车、摩托车和吉普车组成长长的车队，车轮滚滚，在高速公路上缓慢而曲折地前行。还有许多徒步的行人，全都笼罩在喇叭声、引擎声和刹车声等各种噪音之中。士兵、教师、职员、图书管理员、商人、家庭主妇、摊贩、儿童——似乎大部分廷巴克图人都逃出来了，有的挤在拥挤而闷热的轿车和公共汽车窗前，纷纷将头伸出车窗外；有的紧贴在摩托车的后座上；有的拥坐在巴士车顶上，跟成堆的衣服、床垫、塞得满满的行李箱、帆布袋、手提箱和纸箱紧紧挤在一起，保持平衡。尘埃飞舞，柴油尾气弥漫在空气中，无尽的人流在往前慢慢挪动，裹挟在恐惧之中，焦虑地希望在叛军占领廷巴克图之前赶紧逃离。

有史以来，海达拉第一次对发生在自己家乡的事情感到恐惧。然而，他已经走了这么远，回头也来不及了。他只好继续向北行进，惊慌失措的人们仍在继续往南。路边的难民纷纷劝他掉头。铺好的柏油路很快就变成一条红土路，这条路蜿蜒地经过一片奇异的地质区——锯齿状的平顶山，在陡峭的山丘之间，高高地如手指般耸立的红色砂岩清晰可见。紧接着，红土路慢慢消失，成了沙地上两条浅浅的槽。海达拉穿越刺树海、浅洼地和干燥的河床，继续驰骋了一百英里，越过一个宽阔、贫瘠的斜坡，最后到达尼日尔河边。

图阿雷格族的世俗叛乱分子已经在当天早晨占领了廷巴克图，他们开着八十辆汽车进城，车上飘扬着独立派的三色旗——绿色、红色和黑色，一旁还有个黄色的三角形。渡轮已经不再行驶。海达拉在贫瘠的河岸搜寻着，最后雇到了一艘小船，可以载他穿过宽阔的水道，他和司机道了别。他们在宽阔的尼日尔河航道上以稳定的速度行驶了大约二十分钟，慢慢靠近布满黄沙的北岸，岸边滚滚的沙丘和低矮的灌木丛越来越近，最后他们看到成群的泥屋和棕榈树。他们把船停泊在距离廷巴克图西南十一英里的科里欧梅小港。一个朋友开着破旧的奔驰车来接他。在尼日尔河水灌溉的稻田之间，他们驱车行驶在通往廷巴克图的高速公路上。似乎每一棵树后边都埋伏着一个穿着迷彩服、手持 AK-47 的图阿雷格族士兵。叛军搜查了这辆车，撕扯开行李，并审问了他们十几次。

“你从哪里来？”

“巴马科。”

“你自己的车在哪里？”

“我把它留在河对岸了。”

当海达拉和他的友人穿过廷巴克图的南大门——由石灰砖堆砌而成的两个八英尺高的方柱，一阵阵热风吹过沥青路面，枪声不断响起，有些近得让人害怕。他们小心翼翼地进了城，看到“阿扎瓦德”的埃贾德旗帜——图阿雷格族人梦寐以求的独立家园的象征——现在分别悬挂在市政厅、州府总部和地方法院。在警察和军队仓皇逃离后，包括一些图阿雷格族叛乱分子在内的掠夺者在整个城市内进行疯狂的抢夺。他们闯入房屋、商店和政府办公室，攫取一切可能带走的东西。海达拉的车被强行拦下，他被搜身，之后在更多的图阿雷格叛军检查站被搜查。海达拉的朋友把他送到位于廷巴克图东缘靠近沙漠的贝拉法伦加社区的家中，之后便互相道了别。

在他家围着十二英尺高墙、铺着石头的院子里，他和妻子、五个孩子重新团聚，几个侄子、侄女和三名家庭员工也都借住在海达拉的家里。从晚上到第二天清晨，枪声不曾停歇，所有人都无法安睡。最后，枪声终于停止了，海达拉冒着危险走到主要的市场和廷巴克图的政府办公区。一路上只见被洗劫一空的商店、被毁坏的市政厅、其他被捣毁的行政大楼——大门被拆除，文件散落一地，窗户被打得粉碎。

有个念头闪过了海达拉的脑海。

“他们将会闯入图书馆，洗劫一空，并毁掉手稿。我该做些什么才能拯救这些手稿？”

就在海达拉回到廷巴克图并躲进家里的那个混乱的午后，“大胡子”们也抵达了这座城市。激进分子三大巨头——一名马里图阿雷格族人和两名阿尔及利亚阿拉伯人——伊亚德·阿格·加利、穆赫塔尔·贝尔摩塔尔和阿卜杜勒哈米德·阿布·扎伊德，三人并肩坐在一辆丰田陆地巡洋舰上，率领着一百辆飘着圣战组织黑色旗帜的汽车。他们在廷巴克图各处设立哨站，停止打劫，取下代表图阿雷格族的三色旗，代之以黑旗，并要求图阿雷格族世俗军盟友撤到廷巴克图市外。他们的合作伙伴已经被吓破了胆，只能被所谓的“盟友”没收了枪支，心不甘情不愿地从廷巴克图撤出，在市区以南五英里的卡巴拉港口以及城外三英里外的机场建立基地。圣战分子们一下就占了上风，向廷巴克图惶恐不安的平民宣布他们的到来。

圣战分子侵占廷巴克图的第二天早上，一名布克图酒店的店员匆忙将他的老板布巴卡尔·杜尔从家里叫了出来。布克图酒店是一座两层楼的石灰石建筑，宽阔的后方大露台正对着撒哈拉沙漠。这里一度是廷巴克图最受欢迎的饮酒场所，吸引着众多西方游客、当地导游和美国特种部队的训练官。1995年，我在廷巴克图当《新闻周刊》的记者时，正是在这里停留了两个小时，第一次遇到老板杜尔。十一年后，也是在这里，我听了阿里·法尔卡·杜尔的音乐录音带，同时注意到有四名美国特种部队训练员在露台上谨慎地喝着啤酒。然而，到了2012年的春天，这家酒店和廷巴克图所有的旅游产业一样，都陷入了困境。

老板布巴卡尔·杜尔五十岁左右，为人非常慷慨。他急忙赶往酒店，刚从家里开车出来大约五分钟，就看到门口停着三辆丰田陆地巡洋舰，在天线上挂着黑色旗帜。“十二名来自巴基斯坦、索马里、沙特阿拉伯等不同国家的恐怖分子站在车旁边。”一年以后，杜尔老板回忆道。这时我们正坐在酒店前沙地广场上的塑胶椅子上，在一丛厚厚的金合欢树旁，现场还有他的职员和朋友。在酒店的后方，风卷起沙土，吹过荒凉的沙地，吹过枯黄的金合欢树，吹过步履蹒跚的骆驼，以及用纸板和塑料搭建起来的圆顶帐篷——这些帐篷里住着那些没有钱在镇上租房的图阿雷格族牧民。

这是廷巴克图被占领的第一天。布巴卡尔·杜尔走下车，注意到一个身材矮胖的人，他携带着黑灰色的AK-47，并被周围的众多保镖保护着。这名圣战分子身高不到五英尺，长着一张鹰一样的脸，戴着黑色的头巾，头巾的一端一直垂到蓬松的灰色胡须旁。他手中的那件武器，对他这样身材的人来说，大得有点荒唐。他一直用很低沉的声音说话，在几乎只有他自己听得见的介绍中，他称自己为廷巴克图的“埃米尔”阿卜杜勒哈米德·阿布·扎伊德。他说，他正在寻找一个可以让他和手下驻留的地方。

“你的顾客都是些什么人？”阿布·扎伊德问道，并用一种奇怪的方式耸了耸肩。

“有游客、商人、政府官员，谁付钱谁就是我们的客人。”杜尔老板回答。

“你是说你也接待白人？”阿布·扎伊德问道，“你也接待那些异教徒？”

老板杜尔努力遏制他心中的怒火。近几年来，由于马格里布“基地”组织的毒品贩运和绑架活动频繁，杜尔老板的生意快做不下去了。自从马格里布“基地”组织武装分子于2011年11月杀死了德国游客，并绑架了另外三名欧洲人后，酒店里再没有一位客人来过。他说：“阿布·扎伊德先生，我们的旅游业早已经破产。我的员工和他们的家人正在受到伤害。你们绑架了游客，现在又要杀了他们。你究竟要怎样？”

“等着瞧吧。”阿布·扎伊德低声说道。

布巴卡尔·杜尔心想他应该更加谨慎点，毕竟阿布·扎伊德是一名杀人犯，他不仅处决了两名西方人质，还可能在他的祖国阿尔及利亚杀死了许多穆斯林平民。但杜尔老板还是努力镇静下来，不被恐怖分子头目和他那暴徒般的保镖所吓倒。杜尔老板一直是个心直口快的人，而且据他估计，马格里布“基地”组织的头目并无意谋杀他们，以疏远他的新臣民。他将这次与扎伊德的会面作为他唯一的机会，来倾诉他多年的艰辛。

“不，不，这是不行的。”他告诉阿布·扎伊德。他在恐怖分子头目前的鲁莽让他自己都吓了一跳。他感觉自己在超速前进，无法脱身而出，速度越来越快，开始变得兴奋，不计后果。“你要么给我钱，帮助在这里工作的人和他们的家庭，”他故意抬高声音，说道，“或者你另想一个解决方案。”

杜尔老板回忆说：“阿布·扎伊德瞪大了眼睛。”突然间，他转过身去，坐上汽车，和他的手下扬长而去。

自称为“廷巴克图埃米尔”的阿布·扎伊德翌日返回了酒店。但这一次，他带上了他的搭档伊亚德·阿格·加利。他们两人真是绝配，杜尔老板心想：一个驼背、跛脚的阿拉伯人，一个身强体健、高过同伴很多的图阿雷格族人。两个新的统治者开始视察这个地方，他们绕过走廊，又来到餐厅，盯着酒吧后方架子上排列着的杜松子酒、伏特加酒和威士忌。他们宣布，决定将布克图酒店作为总部。但是，得先做一些改变。

加利告诉杜尔老板："你们先收掉所有的啤酒和其他酒，撤掉所有的照片，我们再来决定能不能在这里办公。"杜尔老板只能沮丧地苦笑。他已经赢得了马格里布"基地"组织的生意了，但他同时也意识到，这生意最终会付出高昂的代价。他召集所有的工作人员。

他说："撤走所有的东西，酒和照片都撤走。"

布克图酒店的工作人员非常听话地从大厅和公共区域撤下所有象征着传统廷巴克图生活的照片：骆驼牧民、尼日尔河渔民、纺织工以及音乐家的照片，并将客房里的照片也一并撤下。他们在酒店后面挖了一条沟，将数百瓶啤酒、葡萄酒和烈酒倒入其中。他们用锤子砸碎酒瓶子。冒着泡沫的啤酒、琥珀色的苏格兰威士忌和波本威士忌、血红色的勃艮第、清澈的伏特加酒，最后都在爆裂声和玻璃破碎的声音中，一起渗入了沙土之中。杜尔老板神情失落地看着价值几千美元的酒就这样流失，而加利和扎伊德对此则非常满意。

第二天下午，加利和扎伊德与廷巴克图的长者们在布克图酒店的餐厅举行了第一次会议。阿卜杜勒·卡迪尔·海达拉待在家中，刻意避免引起注意。在场有五十个人，其中包括廷巴克图市长，大家坐在长方形的白色硬背椅上，在这个空荡荡的酒吧中，被漆成蓝色的破旧吧台最扎眼。阳光穿过覆盖着粉色百叶窗的窗户照了进来。几十名全副武装的激进分子和三四名世俗图阿雷格族指挥官坐在外面的长椅上。加利开始用法语跟人群讲话。

“廷巴克图的市民们，我们是你们的新领导人。”他说道，“从现在起，我们计划在廷巴克图市推行伊斯兰教。”

这时，西迪·叶海亚清真寺的伊玛目打断了他。“我们不想听你在这儿胡说，”他朝加利喊道，“滚出我们的城市，还我们太平。我们不想要你们的那种伊斯兰教。”西迪·叶海亚清真寺是伊斯兰教最古老、最受崇拜的清真寺之一，于1440年竣工，共修建了四十年，以两扇摩洛哥式的木门闻名。据当地传说，这两扇门只有等到“世界末日”的时候，才会开启。

廷巴克图的长者们听到后惊恐不已。其中一位小声低语道：“不要这样说话。这些人都是野蛮人，他们会杀了你的。”

这位伊玛目并不理会。“你怎么敢说你要‘教我们伊斯兰教’？我们天生就是伊斯兰教徒，伊斯兰在这个城市已经一千多年了。”

加利转向阿布·扎伊德。

他说：“我们将不得不更换城里的伊玛目了。”会议在争吵中结束了。

一周后，加利和他的手下接管了布克图社区广播电台。这是廷巴克图市里七家广播电台中，在城市沦陷后唯一还继续广播的。该电台中立妥协的节目设计反映了廷巴克图族群和文化的融合：用阿拉伯语、桑海语、塔玛舍克语以及豪萨语等语种播放的新闻，廷巴克图的五万四千名市民在电话脱口秀里共同讨论个人问题、婚姻问题或者政治问题，能接收到法国国际电台的广播新闻，还会播放各种类型的音乐。圣战分子交给节目主任一个U盘，里面存有MP3版本的《古兰经》，并命令节目主任要日日夜夜播放。

跟经文朗诵唯一不同的一档节目，是加利热情的布道，这其中充斥着动用鞭刑和截肢的威胁。“我们曾经走访尼日尔河周围的四十七个村庄，去寻找、录制他们的传统音乐。”这位头发花白、脸颊瘦削的六十七岁的电台台长告诉我。那是几个月之后的事情了，当时我们坐在市政厅办公室外的门廊里。“但是自打圣战分子接管了廷巴克图，除了《古兰经》之外，其他什么也没有了。”负责接管该站的武装激进分子更是强行拿走已经收藏了二十年的卡带——里面记载的是民俗音乐、采访、祝祷等，将它们塞进四个大米袋子里，装上车拿去烧掉。

加利通过广播进行严厉的宣教，圣战分子头目则为迎合廷巴克图的民众，做了一些微不足道的努力。他们协助红新月会（Red Crescent Society）运送粮食，从四处作乱的图阿雷格族叛乱分子那儿抢来被劫走的救护车，并送回市医院，还同意每周与该市的委员会开会，其成员有宗教人士、医生、教师和社区代表。阿卜杜勒·卡迪尔·海达拉被邀请加入该委员会，但他还是选择与之保持距离。他还有其他的工作要做。

4月末，阿布·扎伊德、加利和世俗图阿雷格族指挥官们甚至邀请廷巴克图各界名人组成的“危机委员会”一起庆祝“阿扎瓦德”宣布独立。六十七岁的易卜拉欣·哈利勒·杜尔是一名手稿收藏家、私人博物馆的所有者，同时也是津加里贝尔区的领导人。他很不情愿地接受了圣战分子的邀请，并说服许多同事加入其中。易卜拉欣·哈利勒·杜尔说："我去参加了这个庆祝活动，他们告诉我，'我们已经占领了阿扎瓦德，我们有义务与大家一起共同生活。'"杜尔有着壮硕的体魄、古铜色的肤色，身上的翠绿色长袍与米白色头巾形成鲜明的对比。那时，在他津加里贝尔区家中的一个接待室里，我们坐在二楼客厅的地毯上聊天。这个建于中世纪的社区与那个建于14世纪的清真寺同名。客厅里装饰着图阿雷格族长剑，以及布满灰尘的家庭照片。一台燃气式"冷气机"搅动着呆滞的空气，我们说话时，它也呼呼作响。

穆赫塔尔·贝尔摩塔尔已经被升为加奥的总司令了，他跟阿布·扎伊德和加利都是庆祝典礼的主办者。易卜拉欣·哈利勒·杜尔说，他们在港口附近的一栋别墅里接待了廷巴克图的长老们，并带着他们来到一张摆满芬达、雪碧和可乐的桌子前，圣战士屠夫为他们宰了一只羊，整只穿起来烤。圣战分子的指挥官们用比较平和的语气说道："伊斯兰教法会一步一步地推行，但如果你们想让它尽快到来，我们可以加快速度。"阿布·扎伊德向委员会成员保证，但加利一言不发，只是不快地哼了一声。

"阿布·扎伊德异常镇定。"数月后，易卜拉欣·哈利勒·杜尔这样回忆道，"也许他的心就像石头一样硬，但是他常常保持微笑，看起来很平静，实际上他也在运筹帷幄之中。他从不大声咆哮，也不提高嗓音。当你听到他那舒缓的语调，你就会情不自禁地平静下来了。"整整五个小时，圣战分子和代表团成员一起祷告、狂欢、聊天。他们交换手机号码，互相握手，再道别。圣战分子的领导者们向代表们保证："我们会一起合作，不会有什么问题的。"

然而，这样良好的感觉并未持续多长时间。黑色旗帜很快便挂满了廷巴克图的每一栋市政大楼。Orange电信、马里航空、可口可乐和其他商品的广告牌都被撤了下来，马格里布"基地"组织及其同伙们在街上大摇大摆，恐吓路上的行人。圣战分子的人数到底有多少，各界的估计都不相同，但是大多数市民估计在廷巴克图的圣战分子大约有五百到一千人，因此市民们无论走到哪个角落，都可能碰到他们。4月下旬，圣战组织的指挥官们宣布"阿扎瓦德"独立后，立即部署了执法警队，他们留着胡须，穿着黑色长袍、蓝色马甲，衣服后面印着用法文和阿拉伯文写成的"伊斯兰警察"字样，其中还有很多非常年轻、尚未进入青春期的少年——他们搭乘着黑色圣战旗帜飘扬的货车，在廷巴克图四处巡逻。"一切发生得太快了，"易卜拉欣·哈利勒·杜尔回忆说，"他们摧毁了饮料仓库和酒吧，并任命一名法官负责监督道德风气。法官非常享受他的工作，以致于开始亲手逮捕那些被认为穿戴不合时宜的女性，并威胁她们。他坚持认为女性必须用面纱覆盖整个脸部，长袍要遮住除双手以外的所有部位。"

"伊斯兰警察"在各个角落里大呼小叫，在沙尘中袭击无辜的人民，夺走人们嘴里叼着的香烟，逮捕那些没有用头巾遮住脸部，或者喷香水、戴手链和戒指的女性。他们用枪口抵着这些女子，将她们带到马里商业银行，这栋沙土色的三层建筑早在被占领之前就被洗劫一空。办公室变成牢房和审讯中心，前门边上那个由封闭的铁门围成的闷热的自动提款亭也被改成了一间惩罚室。

在这间惩罚室里，那些被认为穿戴不合时宜的女孩和妇女被关押好几个小时，也得不到食物和水。身穿黑色袍子的警察们，手持AK-47游荡在廷巴克图的市场上，鞭打那些没有用头巾遮住身体和脸部的女性市民。一名商人向人权观察组织回忆说："我看到三名'伊斯兰警察'殴打一名鱼贩，只是因为她没有将自己该遮盖的地方遮盖起来。他们要一个卖芒果的中年妇女遮掩好她的身体，但她拒绝了。他们便开始打她。她试图保护自己的面部，并挑衅着说：'不，你们还是算了吧！侵占村子，毁掉我们所有的生意，你们才应该服从伊斯兰教法。'他们揍了她五次、十次、二十次，但她还是拒绝服从他们的命令。"

圣战分子当局禁止使用音乐作为手机铃声，坚持只有《古兰经》的经文是可以接受的。据一名目击者回忆说，当一个年轻小伙子走过"伊斯兰警察"总部时，他的手机铃声刚好不巧地响了起来，"他疯了一样把手伸进口袋里试图将铃声摁掉"。"警察叫住了他，并叫他进去，但这个少年回嘴了。两名极端分子开始用棍子打他，直到血流满地，并一边叫着：'如果我们是马里军队，你们就不会这样对我们说话了！'"圣战分子在廷巴克图城里禁止所有受洗礼、婚礼和割礼，以及其他轻松欢快的仪式。婚礼游行、妇女们的喧嚣声、锣鼓声，就这样消失了。商店也很早就得关门，人们在街上流连，却害怕碰上巡逻的"伊斯兰警察"。一个之前组织旅游团的人士与朋友一起坐在路边的咖啡馆，一边喝茶，一边听着从随身携带的音响里放出来的音乐。这时，一辆载满警察的货车在他们面前停了下来。圣战分子告诉他们，这音乐"受到真主的谴责"，并用手枪威胁他们。“他们从音箱里取走了存储卡，三天之后，又把存储卡还给了我们，”旅游团组织者说，“他们删除了里面的音乐，并放入了《古兰经》的经文。”

后来，一群成年男性和小孩聚在电视机前观看欧洲冠军联赛，也被“伊斯兰警察”们打扰，警察告诉他们在公开场所观看电视是非法的。一个咖啡馆老板被要求把摆放在外面的两张桌上足球机搬进室内，因为“他们会对孩子产生很大的不良影响。男孩们应该祈祷，而不是在街上玩耍”。四名激进分子又在街上随机地拦住一名二十九岁的女子，并对她进行搜身，发现她手机里有席琳·迪翁等西方流行明星的照片。他们当场用骆驼皮鞭打她。她说：“我数不清他们打了我多少下。”一群在河里一起游泳的男孩和女孩后来也受到了“伊斯兰警察”的惩罚。

一名从北部逃离的女裁缝告诉人权观察组织：“整个北方死气沉沉，作为女性，我们不能化妆打扮、不能喷香水、不能和朋友一起外出散步……甚至连三五个人聚在一起聊天也是违法的。他们说，与其到处说闲话，不如回家多读《古兰经》。”到了5月，廷巴克图城里的五万四千人中有三分之一已经逃去了巴马科或毛里塔尼亚和布基纳法索的难民营，整个城市陷入了一片死寂与停滞之中。廷巴克图的一个居民感叹道：“他们带走了我们生活中的所有乐趣。”

马格里布“基地”组织接着通过广播电台颁布了“伊斯兰教法典”，宣布对未婚同居者、酗酒者、偷听音乐者、吸烟者、不蓄胡须的男子，或者穿长过脚踝裤子的男子进行关押或者惩以鞭刑，因为根据极端分子所引用的某些圣训，这些人的行为都是非法的，应该被禁止。

一项“圣训”指出，“先知（愿真主安拉赐平安于他）说：到脚踝以下的长袍一律都是禁止的。凡是自大傲慢、让衣服长得拖到地板的人，安拉在审判日时不会看他一眼。”

“我们被要求像先知一样留起我们的络腮胡。”易卜拉欣·哈利勒·杜尔回忆道，“他们会在大街上把你拦下，抓住你的脸来细细检查。你可以理发，可以剔除嘴上的须发，但是必须蓄起络腮胡。”

5月份，拉梅森别墅酒店被宣布用来作为“圣训法庭”。这座在斜坡上用石灰石修建的别墅酒店已经有一百来年的历史了。2012年1月，波诺及他的随从就下榻在该酒店。一夜之间，它就成了廷巴克图城里最令人害怕的地方。我在一年以后拜访了那里，当时圣战分子的统治已经被瓦解了。管理人是一名图阿雷格族人，他带我上了楼，来到一个拱形阳台，从阳台上可以俯瞰院子中间的马赛克喷水池。（该别墅酒店的法国老板于2012年3月，也就是廷巴克图被叛乱分子攻占的前几天逃往欧洲。）在这两间相邻的原本是客房的房间里——房间内的横梁是圆木的，石墙也非常厚重——伊斯兰法官主持听证会并宣布判决。管理人告诉我：“他们在这里宣布哪些人该受鞭刑。”在市场旁边的一个广场上——这个广场因为曾经一度作为圣战分子统治期间骚乱和暴力的中心而被称为“解放广场”*，或者在桑科雷清真寺广场上——这里曾经有廷

* 解放广场是位于埃及开罗的一个大型公共广场，一直是埃及抗议活动和示威游行的主要场所。

巴克图城里最伟大的大学，那些被定罪的人被脱了个精光，用骆驼毛做的鞭子、树枝或者电线鞭打，打得皮开肉绽。

而在下游两百英里处，该地区最大的城市也同样遭遇了圣战分子的严酷统治。加奥这座城市沿着尼日尔河的南岸而建，城里的泥砖小屋和阿拉伯毒品走私贩的豪华住宅鳞次栉比。伊斯兰极端分子在进城的第一天晚上就大肆破坏。用机枪扫射城里唯一的娱乐设施——数家酒吧和夜店。“拉来斯”“英雄”“营地班歌”“佩提多贡”“阿贝尔格安斯基”等非常受欢迎的店面都被数百颗子弹扫射成了马蜂窝状的废墟。马格里布“基地”组织派出一支小分队统治加奥，其中多半是毛里塔尼亚黑人和马里的极端分子，他们听从穆赫塔尔·贝尔摩塔尔的指挥，将市政厅改成了审判厅，并执行教法惩罚。“嫌犯被捕后，被带到‘伊斯兰警察署’进行审问，并被关押至开庭之前。”据一位目击者说，一次，约有十名嫌犯被拘留在这里，有些会被关上两个星期，他们全都挤在这拥挤不堪、长八英尺、宽八英尺的水泥房中，房间的墙上画满了涂鸦。“审判在每周一和周四召开，被拘留者被带到司法厅进行判决。”目击者继续说，“有五位法官，有些是外国人，但全程没有律师，辩护的权利因此完全不被尊重。如果这些审判是在那些比较大的房间进行，其他市民也可旁听。”

就跟在廷巴克图一样，“伊斯兰警察”也曾就地处罚、鞭打数十名喝酒抽烟的市民，其中包括老人。有个泥瓦匠就因为喝酒，就被戴上了镣铐，带到警察局拘留了一夜，之后被“伊斯兰警察”用骆驼皮和骆驼毛做的皮鞭抽打了四十来下。这名被害者描述道：

“他抽打了我四十下，他边打边用阿拉伯语数着，先打我的双脚，然后打我的上身。我现在伤痕累累，非常痛苦。”“伊斯兰警察”遇到一个正在抽烟的男子，并让他熄掉香烟，但该男子反抗道：“我就喜欢抽烟，我今天要抽，明天还会抽……实话跟你们说，我要一直抽烟抽到死。人们因为抽烟而要受到惩罚，这难道就是真主的旨意吗？”他们残忍地鞭打他，然后把他连夜扔到了监狱里。还有目击者表示，一个身患重病、七八十岁的老人被发现抽烟后，被一名十几岁的“伊斯兰警察”狠狠地鞭打，“抽烟的刑罚是鞭刑十下，但他被打五下就尿失禁了，他承受不了这酷刑。”

一些男孩和青少年成为圣战分子在北方的眼线，他们被圣战分子雇佣，埋伏在小巷里窥视街坊邻居。武装分子也招募小男孩担任“伊斯兰警察”，把他们带到廷巴克图最主要的军营，在靶场里训练射击技能。“我看到他们出操，有时拿着步枪，有时又没拿，有时会对着空中射击……总共约有二十五到三十人，其中有十二名儿童。训练官是塞内加尔人。”看到靶场情况的人这样描述。一个廷巴克图市民告诉人权观察组织，他看到十一岁左右的小男孩在“伊斯兰卫士”军团的车上,并且跟着“伊斯兰警察”一起步行巡逻。

每个周四和周日，易卜拉欣·哈利勒·杜尔和危机委员会的同事们会一起穿过廷巴克图的大小街巷。杜尔鄙视地盯着那些穿着长袍、乘坐吉普车在城里穿梭的“伊斯兰警察”。《古兰经》语录的标牌已经全部取代了商品广告牌，市政厅到处挂着黑色的旗帜。墙上的窗户都被抢匪打破了，他们一行人穿过廷巴克图市政厅的大门，来到一个昏暗、密闭、电灯时亮时灭的房间里坐了下来。会议桌那面坐着阿布·扎伊德和他的同伙们。跟往常一样，阿布·扎伊德紧握着AK-47。笨重的半自动枪与这名矮小又跛脚的马格里布“基地”组织头目形成鲜明对比，廷巴克图的居民们自然地发出尖刻的评论：“他哪里来的力气开枪呢？”他们隔着桌子握了握手。阿布·扎伊德和他的圣战者讲阿拉伯语，而危机委员会的成员说法语，一位廷巴克图的伊玛目担任翻译员。双方讨论了医疗、电力、食物配给和教育等问题。自从廷巴克图被占领后，政府工程人员和其他专家纷纷离去，人力严重不足，各项社会服务每况愈下。

讨论非常激烈。“我们别无选择，只能继续和他们谈判，因为我们必须保障我们的生活。”易卜拉欣·哈利勒·杜尔这样告诉我。圣战组织宣布男生和女生必须分开教育，委员们只好顺从地重新分配学校。当南部的马里政府官员因害怕而拒绝到圣战分子占领的地方进行全国性的考试时，委员会便安排数百辆公共汽车，带着学生们一路南下到莫普提，那里离政府控制的领土最近。然而，在相对克制、和平的谈判之下，危机委员会的成员们其实心中已经非常愤怒了。“在我们这座城里，伊斯兰教已经存在了千余年，”易卜拉欣·哈利勒·杜尔几个月后对我说，“我们有最优秀的老师和大学。现在，这些贝都因人，这些文盲，这些无知的人，却来告诉我们如何穿裤子、如何祷告，教我们的妻子应该如何穿戴，就好像他们是所有这一切的创造者和发明者一样。”

北方的新统治者们在沙漠营地和洞穴里过了好几年粗陋的生活，现在已经越来越习惯于城里的舒适。每到祈祷时间，阿布·扎伊德和他的随从就前往距离海达拉的家只有一步之遥、耸立在撒哈拉边缘沙丘上的一座奶油色堡垒建筑进行祷告，一天五次，一次不落。这是廷巴克图三座瓦哈比清真寺中的一座。“他们进清真寺祷告的时候，不脱鞋，也不卸下步枪。”易卜拉欣·哈利勒·杜尔不屑地回忆，这是“野蛮人”的行为，而他自己则大半生都是在沙漠中祈祷。日落时分，阿布·扎伊德会回到布克图酒店的露台上，这里曾是帮助马里训练士兵的美军特种部队训练员们喝啤酒的地方。在这露台上，阿布·扎伊德与他的同伴伊亚德·阿格·加利会一起放松一下。一到晚上，这个阿尔及利亚指挥官要么就睡在酒店的套房里，要么就在沙丘中露营。

大约过了一个星期之后，阿布·扎伊德突然退房了。这名圣战组织的指挥官让仆人从一辆车上好几捆的现金中拿出了几张一百欧元的钞票，结了账单。酒店老板杜尔认为这钱不是绑架所得的赎金就是毒品交易的赃款。阿布·扎伊德带着一小群人住进卡扎菲在 2006 年间修建的一座摩尔式别墅。这栋别墅孤零零地立在沙丘之上，周围环绕着棕榈树和松树。根据杜尔和其他目击者的说法，阿布·扎伊德常和一个十岁左右的男孩在一起，大家猜想这个男孩应该是他的儿子。没有人知道他的妻子被安顿在何处。

廷巴克图的居民晚上看到有人秘密地送来食物，并听说那两名在洪博里被绑架的法国地质学家和在廷巴克图被带走的三名欧洲旅客就被关押在这栋别墅内。还有人看到人质出现在城北一名阿拉伯圣战士的家中——有个清洁女工看到了一张白人的脸孔惊慌地贴在铁窗后边。据另外一个人说，他发誓他曾看到人质被带下车，蒙着眼睛被带进拉梅森别墅酒店。

加奥城里也一片死寂。宽阔的红色沙地街道参差不齐地林立着泥砖建筑物，金属大门后面是水泥制成的、坚固无比的别墅。穆赫塔尔·贝尔摩塔尔在别墅区的高墙后有一套牧场风格的别墅。与他住在一起的还有一个十岁的儿子，名叫奥萨马，以纪念他的精神导师奥萨马·本·拉登。还有他的阿拉伯妻子经常从阿尔及利亚过来探望。沿着这条街道再往下走，五十名来自尼日利亚东北部的恐怖军团“博科圣地”、说着豪萨语的圣战士——他们大部分是自杀式袭击者、暗杀者，与其头目阿布巴卡·舍考就住在一间曾是福利组织机构总部的地方。人们相信就是这个疯狂的阿布巴卡·舍考，两年后在齐博科的一所中学里绑架了两百七十六名女生。这些恐怖分子就在城外的前政府军营中接受训练。穆赫塔尔·贝尔摩塔尔每次都以四辆车组成的车队展开行动，无论他何时在公共场合出现，总有一队武装人员包围着他。他去最喜欢的理发师那里剪发，在城里的市场中心买全羊，有时还去国立医院治疗疟疾的门诊部看病。“请治好王子。”他的随行人员告诉紧张兮兮的医生，实际上，这些医生已经尽力在圣战指挥官面前保持镇静了。

像阿布·扎伊德一样，“王子”也喜欢在夜晚出城。在三艘全副武装的军舰的护卫下，穆赫塔尔·贝尔摩塔尔带着一名马格里布“基地”组织的副官乘船从加奥港口出发。这名副官曾在阿富汗与贝尔摩塔尔并肩作战。他们驶向尼日尔河岸边八十英尺高的“粉色沙丘”。这里由于长期的风蚀，巨大的山丘如刀口一般。贝尔摩塔尔从山丘往下看，所见的景观历经漫长历史而不曾改变。遥想当年，桑海帝国最伟大的国王阿斯基亚·穆罕默德·杜尔也在这里俯瞰大好江山。尼日尔河蜿蜒着流经几十个大不相同的小岛，然后渐次被分割成许多分支。朝另一边望去，则是广阔的撒哈拉大沙漠，上面点缀着黄色的枯草。日落时分，保镖们宰了一只羊，在沙丘上烤了一个小时。光线渐渐暗了下来，沙丘慢慢从橘色变成了粉红色。穆赫塔尔·贝尔摩塔尔及其随行就在这星辰之下扎营露宿。

夜色中的救书行动

在贝拉法伦加的家里，阿卜杜勒·卡迪尔·海达拉在院子里踱步沉思，思索着该如何应对叛军占领廷巴克图一事。多亏海达拉的努力，廷巴克图城里现在已经有了四十五家图书馆，从小型的档案馆，到有着上万藏本、宽阔的展示空间、储存与数字化设备，可与欧美图书馆相媲美的大型图书馆。其中最知名的，还是位于桑科雷社区附近的海达拉家族纪念图书馆和艾哈迈德·巴巴研究院。艾哈迈德·巴巴研究院2009年以后搬到了由南非政府出资八百万美元建造的新建筑。四十五家图书馆一共收藏了三十七万七千多份手稿，有的手稿厚达四百页，包覆着皮革封面，有些手稿就只是单页作品，还有几本世界上最伟大的中世纪文学作品。

廷巴克图的骚乱对手稿的直接威胁已经消退，但海达拉却逐渐意识到它们即将面临更大的危险。他知道许多作品是理性话语与知识探求的结晶，但这些是与极端分子的僵化观点不相容的。极端分子没有什么包容性，对现代性与理性也是恨之入骨，想将它们一一毁灭。因此，海达拉不得不相信，手稿迟早会成为圣战分子的目标。

可以肯定的是，在占领廷巴克图后，为了让市民们放心，圣战分子发言人曾经两次通过电台和电视向人们保证：“我们绝对不会损坏这些手稿。”但是，海达拉和他的大部分朋友和同事把这项承诺看作是圣战分子的公关手段。“他们上电视，向我们保证，说：‘我们知道这些手稿的价值，我们发誓会守护这些无价之宝。’而当他们这么说的时候，人们反而开始害怕了。因为我们知道，他们只是在说谎而已。”廷巴克图旅游局局长，也是海达拉的好朋友萨内·希尔·阿尔法这样说。

希尔·阿尔法解释说，廷巴克图的市民们很聪明，他们知道圣战分子既然提到手稿，就是将它们视为眼中之物了。只待时机成熟，他们就会进行破坏。“我们摸得清他们的门道，看得清他们的阴谋，”希尔·阿尔法接着说，“他们告诉我们，我们偏离了伊斯兰教的正轨，说我们现在信奉的伊斯兰教是后来创造的，不是对原始经文的正确阐释。”荷兰的克劳斯王子基金会是廷巴克图手稿保存的主要资助单位之一，其主任德博拉·斯托尔克最初就低估了情势，尽管后来她很清楚地认识到手稿所处的危险情况。她说：“这些手稿反映了一个科学与宗教和谐并存的社会。然而，这个社会显然不符合‘基地’组织的设想。”

从3月发生政变的那一刻起，艾米莉·布雷迪就已经预料到廷巴克图即将面临的麻烦。五十来岁的艾米莉·布雷迪来自美国华盛顿州西雅图，是一名律师、学者、插画家和翻译家（她翻译过一部出版于1839年的法国魔法书，名为《金字塔老人的宝藏》)，同时她也是消除贫困的专家。(在本书中，她要求不能用她的真名。)她在20世纪90年代首次访问马里。在那次访问期间，她见到了阿卜杜勒·卡迪尔·海达拉，并立即为他收藏的手稿着迷。

2013年，她对《新共和》杂志这样说道："这些手稿给我留下了无与伦比的印象。"布雷迪还保留着位于西雅图南部海边的房子，但她开始在马里停留更长的时间：她在巴马科当装订师的学徒，并学习在马里占主导地位的班巴拉语；之后嫁给了一个马里青年，并在巴马科的尼日尔河附近购买了一套住宅，每年在此停留很长一段时间。"我是一名书籍艺术家，图书和纸张的保管员，同时也是律师和管理专家。"谈论手稿时，她这样描述自己。

布雷迪于上世纪90年代在廷巴克图与海达拉初次见面的时候，这些手稿呈现出来的多面性、开放性，以及文学、科学与伊斯兰传统和谐共存的繁荣状态，均让她印象深刻。她沉浸在关于音乐学的古代手稿之中，她说："这些是教人们弹鲁特琴的杰作。"她还赞扬那些史诗，描绘着绝美的意象，传达着强烈而隐晦的情感。"诗人描述着他与一杯茶的关系，而实际上他是在谈论与女人的性生活。"布雷迪观察到这些。她清楚地知道，这些都是极端分子极其厌恶的主题。2012年3月下旬，在与海达拉商议之后，她从位于马里首都的家里寄信给她资料库里的所有两千个联络人和组织。在信里，她告诉他们圣战分子带来的危害。但是，她连一封回信都没有收到。

两年后她回忆道，当叛乱分子占领廷巴克图的时候，"阿卜杜勒·卡迪尔·海达拉打电话给我，他说：‘如果我们不采取行动，手稿一定会受到不好的影响。手稿都收藏在战区，圣战分子会将它们视为具有某种政治价值的东西。’我们于是向赞助者求助，想让他们再资助一点钱，用于手稿的转移。然而，音讯全无，无人响应”。

叛军占领廷巴克图几天以后，海达拉和他的同事们在“捍卫伊斯兰文化之手稿保护与价值评估协会”的办公室开会。这是他于十五年前创立的廷巴克图图书馆协会。

海达拉发问：“我们该怎么做呢？”

“你意下如何？”一位同事回答。

“我认为我们应该把手稿从大楼里搬走，藏到城里各家各户之中。希望不要被找到、偷走或是毁坏。”

“但我们没有资金了，没有安全的办法来搬走所有的手稿。”

“别担心，我会想到办法的。”海达拉说道。

数月前，尼日利亚拉各斯的福特基金会曾向海达拉提供了一万两千美元，供他在2012到2013年的秋冬期间到牛津大学学习英文。这笔钱已经电汇至他在巴马科的储蓄账户。他向基金会发送电子邮件，要求获得授权重新分配这笔资金，用以保护手稿不落入廷巴克图占领者手中。三天之内，他就获得了授权。

海达拉找来了他妹妹的儿子穆罕默德·杜尔。他的外甥从十二岁开始就在图书馆和海达拉一起工作。杜尔非常崇拜他的舅舅，并期待自己能一辈子都从事手稿保存的工作。阿卜杜勒·卡迪尔·海达拉已经答应他，将他作为家族中的下一个学者进行培养，正如他自己的父亲满玛·海达拉在他十几岁的时候就选中他成为一代学者。“我经营图书馆，接待代表团、研究人员、记者，以及任何来这里参观的人。”几个月后杜尔告诉我。当时我们坐在尼日尔河东岸一家由法国人经营的苏丹别墅宾馆的庭院里。这座别墅就坐落在马里首都的大使馆围墙后的别墅区里。杜尔才二十五岁，他身材瘦长而结实，嗓音高亢，但常常坐立不安，显得注意力不集中。他娴熟地使用着两部手机，一部公用，一部私用。一旦接起电话，他能立即流利地用不同语言，如阿拉伯语、法语、塔玛舍克语、图阿雷格族语，以及他的母语，也就是尼日尔河北岸地区的主要语言桑海语进行通话。

杜尔和他的舅舅四处寻找可以向他们伸出援救之手的可信的人，无论是档案保管人、秘书、廷巴克图的导游还是海达拉的几个侄子和堂兄弟，杜尔和海达拉都会请他们帮忙。为了协调整场救援活动，他们也请志愿者在廷巴克图商业区的各个商店里尽可能谨慎地购买金属箱。他们一天总共要买五十到八十个左右的金属箱。他们认为，如果每个志愿者每天只买两到三个箱子的话，就不会引起别人的怀疑。“这些箱子看起来像普通的行李箱。在圣战期间，商业活动是照常进行的。”杜尔解释说。当金属箱售罄时，他们便让志愿者去购买质量较差的木箱。然后，他们将廷巴克图城里的木箱也买光了，又前往南边两百四十英里、尼日尔河畔尚未被叛军占领的莫普提的商业中心去购买。当他们将莫普提的箱子也买完了的时候，志愿者们开始在廷巴克图市里购买石油桶，然后用船顺流而下将它们运送到莫普提的工厂。在这个熙熙攘攘的河边小城，铁匠们把桶拆开，重新改制成储物箱——廷巴克图城里已经没有人能胜任这份工作了——改装好后，再把它们送回到廷巴克图。整整一个月的时间里，他们准备好了两千五百个箱子，并搬到市内图书馆的储藏室里，为疏散行动做好充足的准备。

海达拉四处寻找相对安全的房子来存放手稿。他对自己的行为会招致什么样的反应完全没有概念。他首先找到住在贝拉法伦加附近的一个女性亲戚。“听着，”他告诉她，“我想把几个装满手稿的箱子存放在你家里。你要把它们藏好了。这可能会招来危险。你愿意接管它们吗？”

“当然。为什么不愿意？我家随时欢迎这些手稿。”她说。她带他来到屋内一个比较隐秘的储藏室里，房间里面装满了麻袋。“你什么时候用都行。”他又向另外几十位亲戚朋友求助。海达拉说，没有一个人把他拒之门外。

4 月下旬一个晚上的 7 点钟，海达拉、穆罕默德·杜尔和其他几名志愿者在海达拉家族纪念图书馆门口集合，开始了手稿包装、装箱和搬运转移的危险任务。等夜幕降临后，他们又等了一个小时才开始行动——夜深以后，他们在图书馆内工作才不会引起“伊斯兰警察”的注意，这些警察一直在小心翼翼地留意着任何可疑的行动。这样一来，在马格里布“基地”组织规定的晚上 9 点钟宵禁之前，他们还有两个小时可以用来打包、搬运等。所有人都知道，若在宵禁后还在街上出现，一旦被“伊斯兰警察”逮住，就会受到盘问、鞭打或是囚禁。他们几个人搬了两个大箱子，蹑手蹑脚地穿过中庭，进入主楼，然后轻轻地把门锁上。叛军在夜间会切断廷巴克图城里的电力，因此他们只能使用手电筒——而且只能用一两个，很显然，太亮的话就会引起注意。他们在黑暗中压低声音说话，并在夜班守卫的指示下，打开主展厅的展示柜，小心翼翼地将展示中的手稿取出来。手电筒射出来的光线穿过一片黑暗，照射到展览柜的玻璃上，工作人员的脸孔和发黄的手稿都笼罩在一片奇怪的光彩之中。他们既担心被“伊斯兰警察”发现，一边又感到异常兴奋，在这复杂而矛盾的心情中，他们一个接一个地传递手稿，轻轻地将它们放在储物箱里。

阿卜杜勒·卡迪尔·海达拉的收藏中最有价值的一些手稿也已经放进了储物箱里。其中有一卷很小、形状不规则的手稿，蓝色阿拉伯字母和金箔装饰闪闪发光，这是写在一张鱼皮上的12世纪的《古兰经》，数十年来，它都是满玛·海达拉最重要的收藏。还有一本厚约两百五十四页的医学专著，里面的内容涉及外科手术，以及从鸟类、蜥蜴等动植物身上获取灵丹妙药的方法。这是一本名叫《身体内外疾病之疗法》的书，创作于1684年，也就是摩洛哥结束其在廷巴克图的统治之后，廷巴克图城迎来第二次学术繁荣的时期。还有一卷手稿厚达三百四十二页，创作于18世纪，手稿中闪闪发亮的红墨书法字体清晰可见，但中间竟然被白蚁啃食出一个拳头大小的洞。海达拉选中它作为展品，提醒人们这些嘴巴锋利的微小生物具有非凡的破坏力量。还有一本《古兰经》是用环形的马格里布体写成，里面画满了横横直直的线。这卷《古兰经》就躺在一本刚好翻至画有黑白图标的苏菲派哲学手稿旁边。这个神秘的黑白图标由八个同心圆组成，象征着伊斯兰教思想家、长老及其后代的善良与光辉。海达拉还有另一卷珍贵的手稿，反映了海达拉的信仰，即最纯粹的伊斯兰教实际上是一种和平的宗教。这卷手稿记载的是当今尼日利亚地区的博尔诺王国与索科托王国如何解决纷争。撰稿者是一位苏菲派知识分子，他曾经在19世纪中叶短暂地统治过廷巴克图。海达拉认为，这位作者之前就是一个圣战者，“圣战者”最初的意思也是最美好的，即对抗邪恶想法，抵抗欲望，压制燃起的愤怒，用理性加以克制，并时刻听从真主的命令。

清空展示柜后，他们在黑暗中摸索着穿过走廊，时刻担心着手电筒的光亮会引起巡逻的“伊斯兰警察”的注意。进入存有大量手稿的实验室和图书室后，他们有条不紊地收走手稿并小心地保存起来。他们密切关注着时间，打算尽量在两个小时内打包最多的手稿。他们都一言不发，人人竖起耳朵听着外面任何可疑的声音。每卷手稿的大小都不一样，有的跟今天的平装书一样，也有的是像百科全书那样的大开本，因此需要巧妙地排放，像拼七巧板一样，最大化地利用空间。志愿者不得不以最快的速度工作，再加上资金短缺，为了节省时间和成本，他们没有使用保护垫、纸板箱或除湿盒以保护手稿不被挤压或受到其他潜在的损害。“这些手稿就这样被挤在金属箱里，这意味着它们很可能因为没有做好防护措施和隔离而受到一定程度的损害。”大约一年之后，艾米莉·布雷迪在美国社交网站Reddit*上发起筹资时这样写道，“铁箱一搬动，手稿之间就会相互磨擦，因而造成损害。”

打包完毕，志愿者们用挂锁密封箱子，并锁好图书馆的门，

* Reddit是当时全球最受欢迎的网络论坛之一。

就急匆匆地穿过昏暗的巷道往回走，并时刻警惕着“伊斯兰警察”的巡逻。翌日傍晚，他们再次回到图书馆，搬走装满手稿的铁箱。一个铁箱需要两名男子才能搬得动。他们用毯子将箱子包裹起来，并运装上骡车。在接下来的几个星期里，每天晚上，在整个廷巴克图，手稿包装和运输工作都在暗地里如火如荼地进行着，而志愿者总共只有二十来人。除了跟图书管理员通气，海达拉没有跟外面的任何人说起他在做什么，甚至对他的直系亲属也没有透露半点消息。他的妻子和孩子们注意到他每天都在傍晚出门，很晚才回家。他们追问他原因，他总是避而不答。他不想让他们担心。

手稿撤离行动一年后的一天晚上，导游带领我穿过廷巴克图露天市场旁堆满垃圾的巷弄，去见当时参与行动的一名驴车司机。在大街上，这个身材瘦削的年轻男子显得很紧张，他用支离破碎的法语讲述着他如何从海达拉家族纪念图书馆和其他图书馆里运载了几十只箱子。他告诉我说：“我们只有到了晚上才搬运，一定得在晚上。”但他拒绝透露更多的细节，甚至都不愿给出他的名字。圣战分子当时已经结束占领，退出了廷巴克图，但其成员还在城外的沙漠中虎视眈眈，因此也还没有人愿意承认参与了海达拉的秘密运送手稿行动。“我不能再说了。”他说完后，便在黑暗中走开了。

宵禁之前的7点到9点，街上还是川流不息，非常繁忙，这个时候运输装满手稿的箱子最不会引起别人注意。包括这位年轻人在内的其他车夫赶着驴子走在沙地上，在车轮发出的嘎吱声响的陪伴下，来到属于“捍卫伊斯兰文化之手稿保护与价值评估协会”网络的数十个家庭门口一一敲门。但所有的环节都是事先安排好的：驴车夫、运输人员以及答应暂时保管手稿的人们共同合作，借着烛光或是打着手电筒，抬着箱子，穿过巷道，最后将箱子放在储藏室最隐秘的地方。“这些愿意保护手稿的人，要么是图书馆馆长，要么就是馆长的亲戚朋友——姐妹、堂兄弟、兄弟、侄子。我们自己也有几十个亲戚帮忙。”穆罕默德·杜尔说。

2012 年 5 月底，秘密救援行动的势头正猛，海达拉前往巴马科参加联合国教科文组织的紧急会议。教科文组织的十几位官员、马里的文化部长，以及二十几名记者聚集在文化部会议室里。现场的摄像机和录影机在做记录，海达拉被要求就廷巴克图手稿所面临的风险做一个报告。

海达拉拒绝发言。海达拉告诉记者：“如果我在这里谈论所面临的情况，可能会让问题变得更加糟糕。”他指出，如果引起大家对手稿的注意，只会恰好提醒圣战分子，手稿是多么价值连城。激进分子甚至可能会把它们作为讨价还价的筹码，或者出于厌恶而将其肆意摧毁。会议结束时，联合国教科文组织的代表问海达拉他们应该怎么做。

“保持沉默。”海达拉提出建议，“你们什么都不要做，让我们来处理吧。”

经过几天的思考，海达拉决定留在巴马科。他坚称，这个决定和他的人身安全没有任何关系：在叛军接管后的整整一个月里，他没有见过阿布·扎伊德、伊亚德·阿格·加利或城里的其他任何圣战分子。他刻意保持低调，没有人找到他，似乎也没有人注意到他。但他却发现，越来越难以与世界各地的捐助者保持联系，以便让他们随时了解廷巴克图的危险情况，以备捐款。海达拉在巴马科也有一个家。只要他来首都，就会与他作为外交官的第二个妻子住在这里。但在叛乱开始之前，她已经被调到巴黎担任大使。他决定不让她担心，因此这次救援行动对她也只字未提。

海达拉指定穆罕默德·杜尔作为他在廷巴克图的代理人，他自己则定居在离尼日尔河几个街区的一栋简陋的出租公寓内，这里很快便成为北方亲戚们的避难所。（他觉得不应该将大老婆一家接到他二老婆的家里。）海达拉把三个最年长的孩子接过来，以便他们能继续上学。廷巴克图整座城市都笼罩在不安与暴动之中。城里的许多老师也纷纷逃难去了，迫使学校关闭。现在，孩子们与他们的外祖母——海达拉大老婆的母亲，以及好几位阿姨、舅舅和堂兄弟住在一起。亲戚们也一直不断寻上门来。

在接下来的六个月内，海达拉只在廷巴克图进行了两次短暂的停留，每次都是悄悄地与他的外甥穆罕默德·杜尔和其他参与救援行动的人会面，为他们加油打气。直到圣战分子撤离廷巴克图，海达拉一直待在巴马科。

截肢、石刑和禁止音乐

在夏季一个既刮风又下雨的早晨——那时叛军的占领已经结束——曾担任危机委员会成员的廷巴克图旅游局局长萨内·希尔·阿尔法带我坐上四轮驱动车，一路经过绵延起伏的沙丘，来到城外一个足球场大小的墓地，墓地被装饰着摩尔风格孔隙图案的橘色矮墙包围着。四十多岁的希尔头戴白头巾，身着白色长袍，只见他神情哀伤，沉默不言。我们下车后，他用一把铁钥匙打开了门上的挂锁，带我徒步穿过一片沙尘斑驳的地带，除了散布的荆棘树，到处一片荒芜。我们经过许多七歪八斜的陶制水槽、陶瓷碎片、石头和混凝土块，上面刻着死者的姓名、出生和死亡日期等信息。

突然间，我们来到一堆十几英尺高，由砖头、石块和泥土组成的土堆旁。这里原是廷巴克图城里最受人崇敬的圣人之一的陵墓，但在前一年已经被破坏殆尽，根本看不出一点陵墓的痕迹。1591 年，摩洛哥侵略者占领廷巴克图时，城里共有三百三十三名伊斯兰学者，一些学者奋起反抗，在津加里贝尔清真寺前被侵略者处死。这些烈士也因此被市民们视为圣人。

希尔告诉我，2012 年 7 月 1 日星期五，在伊亚德 · 阿格 · 加利的命令下，数十名"伊斯兰卫士"军团的士兵用车辆封锁了这座墓地和城里另一座墓园的大门。加利的手下走近墓碑，手上挥舞着斧头、锤子和凿子，嘴上一边喊着"安拉胡阿克巴"，即"真主至大"，瞬间把它们砸得粉碎。就在前一天，加利的人闯进津加贝里尔清真寺，砸毁了三座小型墓龛，伊玛目只能惊恐地在一边看着他们胡作非为。圣战伊玛目在墓地袭击后的一天出现在电视上和廷巴克图清真寺里，向震惊和沮丧的民众解释他们的行动。"他们说，圣人在伊斯兰教中是不可接受的。"希尔说着，风在这荒凉的景象上呼啸。他们明确表示要继续下去，直到廷巴克图所有的神殿都被毁灭。

先知穆罕默德过世后，圣徒崇拜和建造神龛等活动在伊斯兰世界的大部分地区流行开来，包括波斯、伊拉克、阿拉伯半岛的汉志地区和非洲的马格里布地区。但直到 18 世纪，廷巴克图圣战分子的精神导师穆罕默德 · 阿卜杜勒 · 瓦哈比开始他的宗教净化运动之后，这种崇拜仪式和做法才开始被视为异端。瓦哈比一心狂热地想让伊斯兰教回到其 17 世纪的根源，禁止信徒为死者祷告、在坟墓和神龛前祭拜、崇拜圣者、树立墓碑等活动，甚至连庆祝先知诞辰都不允许。瓦哈比布道说，沉迷于这些非法行为的人，犯了偶像崇拜、多神教和亵渎神明等罪行，他们本人应该被处死，他们的女儿和妻子应该被强奸，而且所有的财产都该被没收。

瓦哈比的讲道驱使他的追随者胡作非为，并在几个世纪后还激励着廷巴克图城里的圣战分子。1801年，阿卜杜勒－阿齐兹·本·穆罕默德·伊本·沙特的瓦哈比部队夺取了伊斯兰教什叶派最神圣的两个城市纳杰夫和卡尔巴拉的控制权，并摧毁了穆罕默德的外孙侯赛因·伊本·阿里和他的父亲阿里伊玛目（先知的女婿）的坟墓。两年后，当沙特人从阿拉伯哈希姆族人手中夺走麦加的时候，他们摧毁了先知的女儿法蒂玛以及他的第一任妻子赫蒂彻的陵墓。瓦哈比人引用圣训说："要小心那些在你们之前，把先知和义人的坟墓作为崇拜场所的人。你们不能把坟墓当作清真寺：我禁止你们这样做。"

几个世纪以来，廷巴克图的苏菲派都顺顺利利地进行着崇拜的仪式。即使19世纪在圣战分子的枷锁之下，他们仍然坚持进入这些扎维亚，即简陋的泥土小屋，那里只有一扇雕花的木门和许多从棺木上悬垂下来的白色亚麻布，他们在一种叫作"dhikr"的神秘仪式上，与当地的神灵交流，一遍一遍地重复吟唱着同样的祷告词。"我们向他们祈求生活中所需的一切。"2012年袭击事件之后，一名女裁缝向人权观察组织的调查人员解释道，"不育者祈求得到孩子，母亲求子女健康平安，以后嫁一个好丈夫或娶个好妻子。如果你或者你的家人要出门远行，我们就祈祷你们能平安归来。"

圣战士们效法伊本·沙特的狂热军队，捣毁苏菲派圣人墓地几周之后，就开始巩固他们在马里北部的控制权。伊斯兰激进分子已经在战略上胜过了他们的世俗图阿雷格族盟军——他们不顾后者的反对，执意施行教法，并将图阿雷格族士兵驱赶到廷巴克图城市的外围地区。但是在加奥，图阿雷格族反叛军还是紧紧抓着些许权力，占领着多数的行政大楼，包括市政府以及加奥市长俯瞰尼日尔河的豪宅。但到了7月末，这样的日子戛然而止了。

该事件的导火索发生在一个午后。一名图阿雷格族叛军正想在加奥街上抢走一个非常受欢迎的老师的摩托车，但那个老师极力反抗，因此被枪击身亡。而早在3月底到4月初占领加奥后，图阿雷格族叛军已经在城里进行了一系列抢掠活动，加奥人民对他们早已异常愤慨。一个加奥市民向人权观察组织透露："不过就在几天之内，整个加奥城便被图阿雷格族叛军彻底地、系统地、全面地抢劫一空——政府办公楼、银行、学校、医院、教堂、国际人权组织的仓库和办公室以及政府官员的官邸，全被掠夺了。加奥市政府和加奥市民为大家的福祉所做的一切努力，短短几天之内付诸东流。"当时，怒不可遏的民众聚集在市长宅邸的大门口，要求图阿雷格族叛军指挥官交出杀人凶手。慌张的图阿雷格族叛军从别墅的门口朝着民众扫射，杀死了好几个人。激进分子抓住民怨四起的机会，对图阿雷格族军团发起攻击，经过一整天惨烈的街战后，杀死了二十八名图阿雷格族士兵，并把他们赶出了加奥。图阿雷格族人于是逃进了沙漠。

在廷巴克图的机场和港口等基地，图阿雷格族叛军在恐惧中四处张望。"我们知道下次就轮到我们了。"曾和我约在城外母亲家见面的优素福跟我说。他与几百名同伴一起狼狈地从城里退了出来，意识到被圣战同盟羞辱并夺权了。

三十多年来，建立一个独立的图阿雷格家园一直激励着叛军，并成为他们的梦想。这个梦想曾在马里北部短暂地实现，但如今已土崩瓦解。优素福说："我们的'阿扎瓦德'梦想破碎了。"当时他骑着一辆摩托车逃到了位于毛里塔尼亚的难民营。数十万来自马里北部的平民在优素福及其叛军同伙发动暴乱之时逃到此处。在这之前，图阿雷格族人对"萨拉菲斯特组织"几乎是零容忍，但如今却极力克制。图阿雷格族人一走，马格里布"基地"组织和"伊斯兰卫士"军团就可以任意妄为，再次将时钟拨回到一千四百年前。

加利可以说完全推翻了他前半生的名声，对马里北部的音乐家们宣战了。2012 年 8 月，"伊斯兰卫士"军团的发言人表示："我们不要撒旦的音乐。这里只能有《古兰经》的经文，我们的伊斯兰教法是这样规定的。我们必须听从真主的指令。"加利的圣战士们捣毁了乐器和音响设备，将那些本来就很简陋的录音室也烧成灰烬。在尼日尔河上游距廷巴克图大概四十英里的小镇尼亚丰凯，这里也是已故沙漠蓝调音乐大师马里·法尔卡·杜尔的家乡，圣战分子威胁杜尔的学生们，一旦发现他们弹吉他，就要剁掉他们的手指头。艾哈迈德·阿格·凯迪是图阿雷格族一位放养骆驼的牧人，他同时也是阿曼纳尔乐队的吉他手。这个乐队从基达尔塔里温乐队那里获得灵感。2012 年 8 月，艾哈迈德·阿格·凯迪在巡视完他放养的骆驼后回家，发现有人闯入他的房子，破坏了他的乐器。他回忆道，"伊斯兰卫士"军团的极端分子"看到了我的乐谱和乐器，便倒上汽油，将它们一把火烧掉了。他们跟我姐姐说：'艾哈迈德回来后告诉他，如果再让我们逮到他在基达尔弹吉他，我们一定回来砍掉他的手指头。'"。

圣战组织的伊斯兰教法惩罚变得愈加严厉。8月，廷巴克图的"伊斯兰警察"将二十三岁的穆哈曼·贝鲍传唤至由拉梅森酒店改造的法庭。贝鲍蓄着胡须，身材瘦弱。他被判入狱一个月，罚款七百五十美元，理由只是因为他以二十二美元的价格购买了一张盗来的床垫。贝鲍承认是从一个朋友那里购买了床垫——但他声称自己并不知道床垫是这个朋友于4月份在廷巴克图的抢劫狂潮中从商店里抢来的。在贝鲍服刑期将满、要被释放的前一天，一项新的判决加到了他身上：要将他的右手截掉。

"当我听到这句话时，我的腿都软了。"贝鲍告诉我。当时我们正坐在巴马科一个机构的办公室里，这个机构给那些"伊斯兰卫士"的受害者提供慈善帮助。警察用自行车内胎将他绑在椅子上，派出志愿者到市场买了一把水果刀。贝鲍被注射了麻醉剂，随后，他迷迷糊糊地感觉到自己和椅子一起被抬到了利比亚酒店后面的沙地上——当年卡扎菲花费数百万美元，修建了一条长达五英里的运河，将尼日尔河与他的度假别墅相连通。贝鲍所在的地方，正是当年那条运河的残留部分——他完全记不得他的手被锯断的情景。当时在现场的一位目击者回忆说："他们认为只要一刀就可以砍下了，但是，那是一把水果刀，他们用水果刀慢慢地锯着，就好像这是一只动物。"贝鲍痛醒后，发现自己躺在廷巴克图的一家诊所里，他一边跟我说，一边向我展示他空空荡荡的袖子。一名当地的医生一直照顾他到恢复健康，之后贝鲍便逃离了廷巴克图。

7 月下旬，“伊斯兰警察”在加奥周围的一个村庄里逮捕了一个名叫阿尔马哈默德的男子，指控他偷盗牲畜，并称他们一路从事发地点沿着摩托车胎的痕迹追踪到他家。在监狱里待了两个星期之后，“大约下午 3 点左右，他们把我带到挤满了人的广场，”他告诉一位人权观察调查员，“他们把我的手脚和胸膛都紧紧绑在椅子上，我的右手被橡皮绳紧紧绑住。那个首领像宰羊一样砍掉了我的手。当时他一边砍，一边大喊‘安拉胡阿克巴’，整个过程大概持续了两分钟。我在牢房里待了一个星期，没有看医生……后来圣战分子给我钱去修理我的摩托车，买茶叶和衣服，并把我送回了家。我是无辜的，因为我并没有偷这些牲口。”

几周后，在廷巴克图附近的一个村庄，当地的一个图阿雷格人与一个桑海渔夫发生争吵，并开枪打死了渔夫。他很快就被判处死刑。星期五早上，好几辆装有扬声器的卡车在廷巴克图的小巷里穿梭着，命令人们第二天下午到卡扎菲修建的运河旁见证这次行刑。圣战分子命令已经改名为“阿扎瓦德电台”的布克图社区电台通过广播宣布即将举行的活动。五百名观众聚集在运河旁的贫瘠洼地上，前面就是利比亚酒店，不过现在这里成了截肢等刑罚的行刑场所。一名犯人坐在货车的后面，到达后被扔在沙地上，双脚跪地祈祷着。阿布·扎伊德和马格里布“基地”组织成员站在受害者母亲的身边，两名蒙面枪手举着 AK-47，瞄准跪着的囚犯。阿布·扎伊德和他的手下大声喊道：“安拉胡阿克巴！”枪手便在十五英尺以外的地方开了枪。

在基达尔附近的阿盖洛克小镇，效忠于伊亚德·阿格·加利的

"伊斯兰卫士"军团将一对未婚生子的年轻男女一路从临近的农村地区拖到了小镇的广场上。早上5点左右,两百名观众聚集在那里,默默地观望着。极端分子挖了两个四英尺深的洞,将这对男女脖子以下的身体都埋在洞里,并朝他们扔石头,将他们活活砸死。"这太恐怖了。"一个目击者说。他看到那个女子先是呻吟了几声,然后放声大哭。她的伴侣在死前大喊了几句,但没听清楚在喊什么。"这是不人道的。他们就像杀死动物一样杀死了他们。"但"伊斯兰卫士"军团的发言人则为这种惩罚辩护:"他们两人必须马上处死,甚至还必须主动受死,有关教法的执行问题,我们无需做过多的解释。"

几乎在同一时间,由五名法官组成的审判小组在加奥的教法法庭上判定四名年轻男子持枪抢劫一辆公共汽车,因此要对他们实行截掉右手和左脚的刑罚。几个小时后,判决很快就被执行了。四名年轻人就在军营被砍断手脚。第五个*则被带上一辆丰田陆地巡洋舰,来到加奥市中心的独立广场。警察头子的保镖,一个名叫阿利乌的人用绳子将他绑在椅子上,给他注射了药水。"阿利乌拿了两把屠刀,把它们放在一块黑色的橡胶上,嘴里喊着'安拉胡阿克巴',其他极端分子也重复着这句话,"一位当时在场的见证者这样回忆道,"然后,他放下一把刀子,用另一把刀把那个年轻人的手切了下来——只用了十秒钟,然后他把剁下的手拿给周围的人看。另一个留着胡须的极端分子则拿起第二把刀,一边说着'安拉胡阿克巴',然后剁下了那个男子的脚。随后圣战分子们

* 前文提到"四名年轻男子",此处疑似有矛盾,原文如此。

开始祈祷，并说他们正是应了真主的号召。阿利乌命令将该男子松绑，并让人从他的车里拿来一个袋子，袋子里装的是其他四名罪犯被剁下的四只脚和四只手。他将新砍下的手和脚放进袋子里。极端分子异口同声地喊道：‘安拉胡阿克巴。’”

圣战分子犯下了种种暴行。就连马格里布“基地”组织的最高埃米尔阿卜杜勒马利克·德罗克戴尔都对其表示不满。几个月来，德罗克戴尔一直看不惯他的下属在马里的挑衅行为——宣布成立独立国家，殴打、鞭笞廷巴克图和加奥的普通百姓。虽然他赞同轰炸政府目标，对使馆进行恐怖袭击以及绑架西方人士以获取赎金，但阿卜杜勒马利克·德罗克戴尔逐渐认为加利、阿布·扎伊德和贝尔摩塔尔是浮躁的狂妄之徒，他们很可能会疏远那些他们正在尝试笼络的人。现在，截肢、石刑和处死等事件频繁出现，更加证实了人们认为他们非常过分的想法。

然而，这三名圣战组织的指挥官早已经习惯了近乎完全自治的权力，因而对德罗克戴尔的警告置之不理——他们甚至一度吹嘘自己的野蛮行径。在这个新的圣战组织中，极端分子创建了一个平行宇宙，他们将中世纪神学与21世纪发达的通讯科技结合起来，在YouTube、Twitter和各大网站中肆无忌惮地炫耀他们的绝对权力和极端的伊斯兰教法惩罚。

有些人向圣战分子发出挑战。在加奥，贝尔摩塔尔的追随者宣布将在一天早上8点在独立广场执行公开的截肢刑罚。几千名市民走上街头，阻挡了通往广场的街道。“加奥决不允许这样的事情发生。”他们如此宣称。圣战分子只好取消那天的行刑，并将其改在一周之后，在黎明之前悄悄地行刑。

一个炎热的夏日夜晚，海达拉的外甥兼首席助理穆罕默德·杜尔离开海达拉图书馆所有者协会，即“捍卫伊斯兰文化之手稿保护与价值评估协会”的总部，还搬走了一个装满手稿的金属箱子。当天晚上他独自工作了很久，当他锁住身后的大门，走进巷子里的时候，马格里布“基地”组织最狂热、最不按常理出牌的头目之一——号称“红胡子”，时年五十岁的奥马尔·乌尔德·哈玛哈刚好与保镖经过这栋大楼。“我甚至都不知道，他就住在总部旁边的房子里。”杜尔说道。奥马尔·乌尔德·哈玛哈脸色憔悴，长着大而厚的嘴唇，留着别具特色的红褐色山羊胡子，总是戴着黑色的头巾。哈玛哈自加入马格里布“基地”组织以来，地位不断上升，已经升至贝尔摩塔尔党羽里面的最高地位。最近，这两名圣战分子也刚好结成亲家，贝尔摩塔尔娶了红胡子十几岁的女儿做他最新的妻子。“红胡子”在廷巴克图，以及世界上大部分地区，都是声名狼藉的。这个基达尔骆驼车夫之子，在廷巴克图的一所中学掌握了法语，后来在电视上用流利的法语威胁西方国家。他用手电筒在杜尔的脸上划下一道亮光。

他质问杜尔：“你在这里做什么？”

“抱歉，”杜尔结巴着说，手电筒的亮光一时之间让他什么都看不清楚，“我们很快要搬家了，我正要把这些手稿转移到更加安全的地方。”

“说谎，”红胡子语气严厉，“你是盗贼。”

“绝对不是。”

“大半夜偷偷摸摸地搬，谁给你的权利？”

“我……我不知道搬运自己的东西还要别人给我权利。”

红胡子招来了“伊斯兰警察”。三辆货车满载着戴着黑色头巾的“伊斯兰警察”赶到了现场。他们要求查看杜尔的授权证明，但杜尔拿不出来，于是他们逮捕了他。

“你是小偷。”杜尔被如是告知。

杜尔知道这些极端分子在教法审判后会迫不及待地行刑。幸好他素来对伊斯兰教法有深厚的钻研，他引用《圣训》和《古兰经》的经文，极力强调必须要有犯罪证据才能行刑。

“铁证如山，你抢劫了图书馆，还要别的证据吗？”红胡子厉声呵斥道。

杜尔只能不卑不亢地辩解：“这是我的图书馆，我只是要把书稿搬到更为安全的地方。”

“那证明一下这是你的图书馆。”红胡子要求道。

“好。”杜尔说着，脑子在飞速地运转，“我会找来伊玛目和本社区的居民，明天早上 9 点整，他们会来证明我是这座图书馆的主人。”

杜尔争取到了一点时间，但是他的命运仍然不在自己的掌控之中。听到杜尔被拘留的消息，留在巴马科的海达拉心急如焚，到处打电话，联络伊玛目、社区领袖和当地的图书管理员。这些人忙了个通宵，整理文件和档案，准备好口供，证明杜尔和海达拉家族纪念图书馆及图书馆所有者协会的关系，以及他作为手稿看管人的身份。翌日上午9点，证人一行早早地聚集在行政办公室前，当时现场有“伊斯兰警察”、法官、“红胡子”、阿布·扎伊德，以及其他圣战分子。法官先是问讯证人。不同于许多在北部教法法庭受审问的人，杜尔有足够多的优越条件来动员城里宗教、商业和文化领域的重要人物，来获得他们的支持。在被捕二十四小时后，法官告诉杜尔，所有的证据都对他有利，因此他被无罪释放。那天晚上，他继续打包手稿。“有且仅有一个目标，那就是拯救马里的知识。相比之下，我的命轻如鸿毛，不值一提。”杜尔坚定地说道。

在刚开始的时候，并非每个图书管理员都参与到拯救手稿的行动之中。廷巴克图艾哈迈德·巴巴研究院的一些策展人就对手稿拯救行动一直犹豫不决。叛军攻下廷巴克图后，二十个马格里布“基地”组织的圣战分子占领了该机构斥资八百万美元修建的新总部，当时新总部里存放了大约一万四千卷手稿。他们随即将该处改成了武器仓库和宿舍。他们就在那里祷告，研读《古兰经》，吃饭和睡觉，旁边触手可及之地躺着的就是廷巴克图黄金时代最为辉煌的宝藏。除此之外，他们还在大楼的院子里进行操练，手持AK-47或其他武器。幸好，在旧大楼里边，还存放着两万四千本手稿——并不为占领者们知晓。一切都还在艾哈迈德·巴巴研究院员工的掌控之中。在4月份与研究院的员工们开会的时候，海达拉就跟他们说：“这些手稿有危险了。但它们是我们的遗产。政府是不会帮忙了，只能靠我们把它们运走，保护起来。”

但众人告诉海达拉:“我们也无能为力啊。”

海达拉安抚这些策展人和职员:“我有办法,你们就把这一切交给我吧,这是我的责任。”

一些员工认为占领不会持续太长时间,或者盲目地相信圣战分子不会去碰这些手稿。而有的员工则很不情愿将控制权交给一个外人,即使这个人曾经穷尽半生以丰富研究院的藏书。一个策展人跟海达拉说道:“等到危机结束,如果手稿全不见了,研究院的主任会拿我们是问,说是我们偷了手稿。”员工的消极应对让海达拉很是失望,他只得垂头丧气地离开。但是,一想到辛辛苦苦花了十五年才搜寻到的一本本手稿即将落入阿布·扎伊德及其他圣战分子的手里,海达拉就备受折磨。终于,过了数个星期之后,他直接找到研究院的主任,请求他采取行动——主任在圣战分子到达廷巴克图不久后就逃往巴马科。“你指派两名代表,让他们来找我的代理人。我们很快就会把手稿划入我们的看管之下。”海达拉很快做出安排。在廷巴克图,穆罕默德·杜尔很快将储物箱送到艾哈迈德·巴巴研究院的志愿者手里。在穆罕默德·杜尔以及海达拉团队其他成员的监督下,研究院的员工整夜加班加点地工作,持续了两周之后,终于将两万四千卷手稿全部搬到事先就找好的比较安全的民宅里。按照海达拉的计划,这些手稿是最后一批从廷巴克图搬运到民宅去避难的手稿。到了月底,杜尔和他的团队已经将廷巴克图图书馆三十七万七千卷手稿中的百分之九十五搬到城内各个角落里比较安全的地方。唯一处于危险中的一处手稿收藏地就是位于桑科雷社区的艾哈迈德·巴巴研究院的新总部,因为那里一直被圣战分子占领着，并被改成了军营。

在杜尔侥幸地避开教法审判后不久，廷巴克图危机委员会要求与阿布·扎伊德进行对话，讨论“伊斯兰警察”在城里肆无忌惮的打压行为。在被征用的原行政总部办公楼里，阿布·扎伊德用饮料招待了危机委员会的成员，并一一叫出名字进行了问候，询问他们及其亲人的健康状况。

“为何鞭打那些无辜的妇女，把她们囚禁在银行里？”易卜拉欣·哈利勒·杜尔质问阿布·扎伊德，“她们是穆斯林，不是泛灵论者，不是异教徒。她们信奉真主。怎么可以如此残忍地将这些妇女囚禁起来，不让她们祷告？”

阿布·扎伊德表示很惊讶：“你说的是真的吗？我们必须针对此类事件进行讨论。”易卜拉欣·哈利勒·杜尔后来表示，这次会面让阿布·扎伊德的个性得到凸显。这名马格里布“基地”组织指挥官不喜欢任何形式的正面冲突，总是试图与他下令执行过的罪行保持一定的距离。易卜拉欣·哈利勒·杜尔回忆说，阿布·扎伊德的行为举止跟绅士一般无二。“他很尊敬我们。”但是，他们不会忘记阿布·扎伊德在廷巴克图城里有着最高决定权这样一个事实，他们一致认为他和他的手下一样残忍不堪。“阿布·扎伊德是只冷血动物，非常镇静。”易卜拉欣·哈利勒·杜尔这样回忆说，“他杀人时，脸上也挂着微笑。”

在廷巴克图的大街上，一些女性商贩因为拒绝穿戴罩袍——一种将脸全部遮住的面纱——而受到“伊斯兰警察”的骚扰和鞭打，于是她们奋起反抗，数十人走上桑科雷社区的街头，一边挥舞着那令人生厌的面纱，一边大声喊道：“打倒伊斯兰教法！”“伊斯兰警察”对着天空鸣枪，然后把她们都抓去拘留所。六名带头者被带到行政总部，阿布·扎伊德已经在那里等候她们了。

这个马格里布“基地”组织的头目端坐在沙发上，旁边站着警察长和道德执行部部长。阿布·扎伊德摸着他那糟乱的胡子，故意不与这些妇女有眼神接触。

他用一种轻柔的语调问道：“女士们上街工作，男人们却待在家里，这是为什么呢？”

一个带头者说道：“男人们找不到工作了。”她是名鱼贩，生硬地说道：“要是他们为了生计而偷盗，你们会剁了他们的手脚。”

面对这个在廷巴克图城里权力最大、曾经杀害了两名西方人质，并下令对她的同胞们处以截肢、鞭打等暴行的圣战分子，这个女士丝毫没有畏惧，她后来说，她当时已经没有什么可以失去的了。她拒绝戴上那个面纱，眼睛直直地紧盯着阿布·扎伊德，好像要用眼神让他退缩。阿布·扎伊德紧盯着地板。

她继续说道：“我们的丈夫丢了工作，身无分文，你还想要我们在这些面纱上花钱？我们没钱买这种布料。即使我们花钱买了，你们圣战分子又会为难我们，说这样的布料不好，逼着我们买更多。”

阿布·扎伊德说话的声音是如此之小，她必须俯过身去才听得清他的话。他说：“我们的宗教不允许女人上街游行，没有女人上街抗议的先例。”

他的表情沉重起来，说道："我们才是这里的当权者，如果你们不听劝告，想再进行游行或抗议，将来万一发生了什么事情，那可是你们自己的责任。"之后，这几个女士便被带离了房间。从那以后，一直到占领结束，女贩们再也没有上街进行抗议。不过，她们也坚持不戴那令人生厌的、只露出两只眼睛的罩袍。她们继续着她们的抗议，尽管以一种消极的形式，因此她们也必须得应对极端分子的怒火。"大部分圣战士通常把目标锁定在街上结伴而行的年轻女子和男子身上。"这位女鱼贩回忆道，"可是，每周五，在清真寺祷告完毕之后，他们会到市场给我们一顿打。"

一路向南

从圣战分子攻占廷巴克图的第一天起，来自美国华盛顿州的手稿保护专家艾米莉·布雷迪就一直催促海达拉将城里的手稿撤到马里政府掌控的区域。但海达拉总是给她同样的答案："时候还未到。"他不能忍受将这些手稿重新分散在各个角落，他可是费尽千辛万苦才将它们收集起来的。他坚持认为，廷巴克图才是数百年来创造、交换、保存这些手稿的地方。但是到了后来，海达拉意识到，他不得不将手稿全部搬走。

"你得想法办把它们弄出来。"西方国家的大使馆官员，以及海达拉在欧洲和中东的几位赞助者纷纷向他提出建议，"他们是穷凶极恶之人。没有摧毁这一切，他们绝对不会离开。"

2012 年夏天发生的一系列事件促使海达拉迈出最后一步，数月以来，他一直犹豫不决。7 月的时候，廷巴克图城里的圣战分子依然到处为非作歹，摧毁了十几座苏菲派神龛。8 月，利比亚的瓦哈比教派（又被称为纳吉迪）到处作乱，甚至超过了他们在廷巴克图的同伙。他们在的黎波里老城的一个苏菲派墓园里捣毁了几十座坟墓，在米苏拉塔捣毁了三座坟墓，接着又在的黎波里毁掉了三座陵墓，并在地中海沿岸城镇兹利坦推翻并炸毁了一座属于 15 世纪苏菲派学者的神龛，也是在同一个城市，他们还轰炸市里的清真寺和当地阿斯马里亚大学的图书馆。炸弹落在图书馆后，引起一场大火，馆内成千上万的手稿一瞬间燃成灰烬。“显而易见，这些极端分子的所作所为——挖掘古墓、捣毁清真寺等——跟伊斯兰传统教规与学者的言论是南辕北辙的。”利比亚伊斯兰教法权威、该国逊尼派穆斯林社会的精神领袖阿卜杜勒拉赫曼·加里亚尼这样表示。他极力想牵制、阻止“萨拉菲斯特组织”的罪行，但结果是徒劳无功的。无疑，这一系列骇人听闻的行动已经预示了廷巴克图将要面对的命运。

海达拉回忆说：“我那时就知道，留给我们的时间不多了。”

雪上加霜的是，马里北部的经济开始崩溃，廷巴克图的法律和秩序也随之瓦解，这大大增添了海达拉的压力。牲畜交易和屠宰是该地区的主要经济支撑，但是图阿雷格族人以及阿拉伯牧人因为担心被指控与入侵的极端分子互通关系，纷纷赶着牲畜逃离廷巴克图。阿拉伯人与图阿雷格族人合起来组成了廷巴克图总人口的百分之四十。阿拉伯商家用木板将商店封了起来——圣战分子攻占廷巴克图后对城里进行第一轮洗劫时，许多店面其实都已被抢劫一空。旅游业也早已凋敝、萎缩，更不要提已经停滞的当地市政服务。各家银行也被抢劫，客户已经无法再从银行里取到钱了。廷巴克图的许多居民只能依靠他们在巴马科或是莫普提，以及其他南方城市的亲戚朋友的周期性接济勉强度日。失业率显著上升，贫困情况愈加严重，偷盗与抢劫事件四起。不法分子组成的团伙闯入私人民宅，顺手牵走一切可以拿走的东西。“恐慌袭击了整个城镇。”艾米莉·布雷迪这样回忆着，“我们说：‘这下好了，等抢完了这些东西，很快就只剩下那些手稿可以抢了。我们得赶紧想办法把它们运走。’”

布雷迪很快就捕捉到一个机会：7月底，世俗图阿雷格族叛军从廷巴克图逃离。在人手短缺的情况下，圣战分子不得不拆除廷巴克图和政府领地之间的大部分检查站，最后只留下两个检查站。通往南部的道路控制设施几乎全部被撤除。

“是时候了。”布雷迪告诉海达拉。

“是时候了。”海达拉表示同意。

布雷迪每年都会在巴马科待上大半年，到现在也保持着这个习惯。在她那洒满阳光的餐厅里，她和海达拉面对面坐着，讨论摆在他们面前的挑战，即如何安全且迅速地送出这些手稿。他们很清楚，要将成千上万卷价值连城却又脆弱无比的手稿运过长达六百零六英里且地形不可预知的路段，无疑是非常危险且代价昂贵的。他们需要雇用运送员和司机，还要租数百辆卡车、四轮驱动车和出租车。他们还需要足够的现金来贿赂相关人士，购买备用零件，修理车辆，光是给车辆加油就需要一笔钱。布雷迪估算了一下，大约需要七十万美元。之后，她便和海达拉尽力联络散布在世界各地的熟人。在援助计划刚实行的时候，捐助者们都犹豫不决，但见识到了圣战分子们残忍无赖的真正面目后，大部分人都急于做出贡献。海达拉最慷慨的捐助方，即迪拜的朱马·阿勒马吉德中心，就捐助了十万美元。救援人员也即刻向其他长期支持者发出求救信息，其中包括荷兰的克劳斯王子基金会。“我们走投无路了。”布雷迪说。一笔十三万五千美元的赠款已经到位。Kickstarter* 上的活动又筹集到了六万美元。荷兰国家彩票公司——荷兰最富有的文化基金会之一，也向巴马科捐赠了二十五万五千美元。

布雷迪又转向了荷兰政府发展局在巴马科的一名主任。自从军事政变之后，欧盟禁止向马里政府提供双边援助，因此，欧洲各国驻马里的代表处还有大量未支付的款项。荷兰又拿出了十万美元。KeyBank——一家总部位于俄亥俄州克利夫兰的美国地方性金融机构——通过电汇的形式，将这些捐款汇入马里的银行，并分别存入廷巴克图城里几位值得信任的商人在巴马科的账户里。然后，这些商人再根据需要，将现金取出，交给海达拉的团队。

在廷巴克图，穆罕默德·杜尔四处寻找坚实耐用的四轮驱动汽车，花费了很大的功夫——因为城里的车几乎没有状态好的——找到车后，他又招募了驾驶员和运送员。艾米莉·布雷迪和海达拉不愿意反复使用同一批人，因为他们经常出现的话，很可能会被认出来并被逮捕，因此，他们建议穆罕默德·杜尔尽可能地多雇用一些运送员。最终，杜尔找到了数百位运送员，他们大多数是青少年，是廷巴克图城里众多图书管理员的儿子和侄子——很显然，

---

* Kickstarter 是一家网络众筹平台，人们可通过它为各种创意项目募集资金。

他们在忠诚度上不存在任何问题。

8月下旬的一个拂晓时分，穆罕默德·杜尔将一辆丰田陆地巡洋舰停放在廷巴克图城里一所比较安全的民宅前，然后从这里搬出五个大箱子，里面装着之前从海达拉家族纪念图书馆里运送过来的大约一千五百卷手稿。每个箱子都长约四英尺，宽两英尺，高两英尺，最多可以装下八层手稿——从单张或对开口的夹页，到有皮革封面的厚手稿都有。他在这些箱子上盖了一条毯子，然后爬上车，坐在司机旁边的座位上。杜尔的这次行动是试探性的，其成功或失败将决定手稿拯救行动的未来。

当他们驶离这座民宅时，一股寒冷的沙漠风刚好吹过。天空已经大亮了，他们一路往南行驶，陆续经过前身为马里商业银行的“伊斯兰警察”总部、主街道两边曾经红极一时现在已荒凉不堪的宾馆，然后通过了南边的大门。在廷巴克图南部郊区的第一个检查站里，戴着头巾的圣战分子朝杜尔挥手，示意他通过。他们接着又通过了市政机场，到这里，城里的公路就到头了。他们把车开上渡轮，渡过尼日尔河，然后在通往南部的一条沙路上畅通无阻地开了好几个小时。一路上，地势起起伏伏，眼前所见的是干涸的河床、枯草堆、散乱的仙人掌和矮树丛。在一个名为杜恩扎的集镇上，他们遇到了圣战分子布置的第二个路障。杜尔装作毫不知情地朝圣战分子挥了挥手，然后直接开过了检查站。

不久之后，他们来到尼日尔河岸边一座叫作孔纳的小镇，城镇里泥屋林立，到处是迷宫似的小巷，还有一座小型清真寺，是仿照杰内大清真寺修建的。孔纳是马里政府辖区的起点。杜尔给海达拉打了电话，说他们已经处于安全地带，让他安心。然而，就在控制线的南边，他对安全的幻想被打破了。在边境以南三十四英里的塞瓦雷，马里军队拦下了他们。这些军人急躁不安，士气低落，对任何从北部被占领区来的人都心存疑虑。

士兵们看了一下后车厢，问道："你们运了什么？"并用枪指着杜尔和司机的胸膛，命令他们下车。"把东西拿出来。"杜尔跟他的司机只好将手稿从后备厢中一箱接一箱地取出来。

"这里面藏着什么？你们是在走私军火吗？"

"没有，长官。"杜尔结结巴巴地说，担心他会被投入监狱，或者，现在是战时，他甚至可能会被当场枪毙。

"你是间谍？圣战士？"

"不是，长官。"

士兵们用枪托撬开箱子上的锁，粗暴地取出好几卷手稿，粗鲁地乱翻着脆弱的书页。杜尔就这样看着他们粗暴地对待珍贵的手稿，却一声也不敢吭。杜尔感觉非常沮丧、愤怒，但是他努力克制着自己的情绪。到了最后，他们终于告诉他可以离开了。在塞瓦雷，他给司机结了账，又雇了一辆新车。从廷巴克图出发后，一路上都是沙道和土路，长途奔波已经破坏了汽车的悬架、转向箱和减震器。此外，他也担心之前那些扣留他的士兵会将车牌号记下来交给他们在南部的同伙，这样的话，他很可能会被再次拦下。

这一次，他们避开了前往巴马科的主路，以免遇到更多的军事检查站。他们沿着红土小路往前开，一路上都是枯瘦的荆棘树和黑色的石灰岩，偶尔会看到路过的牧羊人赶着他们的羊群，鲜有其他的生命迹象。因此，司机一再迷路。交错的小径让人迷乱，更糟糕的是，由于负荷超重，四轮驱动车只能低速行驶，在这望不到尽头的荒漠中也不可避免地发生了两次故障。他们之后来到了河边的塞古小镇，它位于巴马科北边一百四十英里，城镇虽然破旧，但是让人愉悦。路上的摩托车、驴车非常忙碌，一些印刻着殖民时代标志的别墅散布在城里。杜尔和他的司机来到了另一个检查站，这个检查站用一些四英尺高的金属油桶堆砌而成，挡住了马路。“这是什么？你在做什么？你在走私什么？”这些士兵询问道。再一次，杜尔无助地看着士兵们用枪托打破了锁，并逐个翻看手稿。他之后将手稿整理好，又雇了另一辆车，然后重新上路。此时，他真的已经受够了。杜尔于是决定，为了不再受到骚扰，唯一的办法就是雇用士兵护送他。

在塞古郊区，他找到一个军事哨所，自我介绍后，他说明了来意，并与当地的指挥官聊了一会儿。他跟对方说：“我需要两辆载有士兵的车陪同我通过检查站。我可以支付优厚的酬金。”指挥官组织了车辆和士兵。如今，杜尔的身前身后都有军车相互照应，他们马不停蹄、畅通无阻地开了一百四十英里，到了巴马科。凌晨1点，杜尔将酬劳付给这些陪同的士兵，并与他们一一握手告别，然后他们返回塞古。杜尔继续驱车往前，即将通过一座呈泥棕色的双拱城门，这座城门建筑上有很多跟杰内大清真寺一样的装饰。就在这个入口，有士兵在搜查任何一辆想要进城的车辆。杜尔再一次被拦了下来。筋疲力尽、饥肠辘辘的他被带到一个军事营地肮脏的牢房里，不给吃也不给喝，之后进行了好几次审讯。他们允许杜尔打一个电话给海达拉，海达拉在天亮的时候带着茶和面包赶到监狱，和杜尔在牢房里一起吃了饭，然后将准备好的“礼物”送给了看管监狱的人，杜尔才被无罪释放。

这是一场可怕的磨难，差不多持续了整整一个星期。而杜尔刚把手稿交给海达拉，他又立即赶往廷巴克图，准备下一次运送的行程。在整个手稿拯救的过程之中，杜尔在廷巴克图和巴马科之间往返了三十多次，亲自拯救了数万卷手稿。运送行程一次比一次轻松，因为士兵和警察都能很快认出他，并且每次都欣然接受他的贿赂，让他安全通行。

海达拉每天都会去巴马科北缘的城门，有时一天得去五次，去那里进行漫长的谈判——而且每次都要准备贿赂的礼物——以便让他的运送员可以顺利地通行。有些运送员回到巴马科后，因为过度惊吓，会选择只参加一次任务就中止，但大多数人仍然坚持到了最后。海达拉在巴马科的支持者们把抢救出来的手稿暂时放在自己家里，直到找到更持久的解决办法。藏在廷巴克图安全民宅中的手稿大概共有三十七万七千卷。在头九十天的时间里，就约有四分之三，即二十七万卷手稿被运走。尽管检查站的士兵粗暴地对待这些手稿，但最后，它们还是奇迹般地完好无损。

7 月，圣战组织控制了廷巴克图，并制定了伊斯兰教法统治，海达拉接来他的妻子和三个小孩。他们两天后抵达巴马科，在全新的环境里陷入了困境。流离失所的亲戚朋友挤满了房间，外面的街道嘈杂而肮脏，混杂的混凝土建筑毫无生气，摩托车整天在街上呼啸，排放着难闻的尾气。海达拉的妻子曾在廷巴克图度过了大部分时光，除了大学生涯之外，她几乎都待在廷巴克图。在巴马科的新家里，她变得忧郁，很少出门。可是，海达拉却无暇将注意力放在家人的需求上。手稿拯救行动、他作为廷巴克图手稿主人和运送员的责任感，以及他对自己手稿档案馆的依恋，可以说已经占据了他的全部心思。几个月后，他回忆说："我那时真的是有太多烦恼了。他们已经把一切交托给了我。如果他们的手稿发生任何意外，那都是我的责任。"

"我看到他爱护着他的手稿的样子，便知道它们与他那种直接的、亲密的关系，"艾米莉·布雷迪说，"就像跟自己的孩子一样亲密。"

每天似乎都有新的危机出现，或者拯救行动有被曝光的危险。就在手稿秘密运送行动进行到高峰期时，一天早晨，当海达拉的外甥杜尔正要离开廷巴克图的时候，他的好运似乎到了尽头。马格里布"基地"组织的警卫拦住了他的车辆，搜查了后车厢，发现藏在毯子下面的箱子里装满了手稿，便用枪口指着司机，命令他将车头掉转过来。"伊斯兰警察"将这些箱子和穆罕默德·杜尔一起转交给了阿布·扎伊德。这位二十五岁的年轻人想尽一切办法打电话给所有有关系的人，让他们想办法帮他逃过这一劫。

津加里贝尔区的区长易卜拉欣·哈利勒·杜尔是危机委员会里非常有影响力的成员，也是海达拉的密友。他与委员会主席来到行政总部，再一次拜访了阿布·扎伊德。两人都再次为穆罕默德·杜尔担保，并“保证”手稿只是从廷巴克图运出去进行修复。“只是为了去进行修复，修复完了他们会将手稿再带回来的。”哈利勒·杜尔这样向圣战组织头目做出承诺。也许阿布·扎伊德脑海中还在筹划着其他的事情，或者他对哈利勒·杜尔很有好感。“他相信了我们，我们是他在廷巴克图城里与民众联系的唯一通道了。”哈利勒·杜尔回忆说。不管出于什么原因，阿布·扎伊德愿意接受哈利勒·杜尔的说辞。让危机委员会成员非常惊讶但也让他们松了一口气的是，仅仅在四十八小时之内，这名廷巴克图的埃米尔就释放了海达拉的外甥，允许他带着装满手稿的箱子继续上路。

到了晚上，杜尔就睡在海达拉家族纪念图书馆空荡荡的展览室里，以免图书馆被人破坏。一天早晨，他听到前门响起敲门声。打开门后，他看到三名男子拿着摄像机和麦克风。他们做了自我介绍，表示是一家国际新闻频道的电视纪录片制作小组，他们已经获得马格里布“基地”组织和“伊斯兰卫士”军团的许可，来拍摄被圣战士占领的廷巴克图的情况。

“你们不能进来，”杜尔大声告诉他们，并把大门上了两道锁。半小时后，拍摄人员又返回这里。这一次，他们带了士兵一起过来。圣战分子强行进入了图书馆，杜尔只好无可奈何地退到一边，让拍摄小组进入图书馆。玻璃展览柜里没有一件展览品，工作室也空空如也。要在平常，工作室里一派忙碌景象，手稿在这里进行数字化，并用韧性很好的日本喜多方纸进行修复，修复后再将手稿存放进防潮盒中。“手稿去了哪里？”圣战分子厉声问道。

“我……我并不知道，”杜尔结巴着说，“一定是手稿所有者自己把它们全部带走了。我不知道发生了什么。”

拍摄小组和圣战分子随即离开了。自那之后，杜尔再也没听到这件事被人提起过。

孔纳沦陷

2012 年秋季，马里北部的情势越发紧张。那年夏天，跟随伊亚德·阿格·加利的狂热分子在廷巴克图大肆拆毁了苏菲派圣者的坟墓，并开始实行伊斯兰教法，执行石刑和截肢等残忍刑罚来惩罚嫌疑犯。法国总统弗朗索瓦·奥朗德宣布，就在距离巴黎只有五小时飞行时间的地方，一个激进的伊斯兰国家正对法国形成重大的生存威胁。2012 年 9 月，美国国务卿希拉里·克林顿也向联合国表示："马里的混乱和暴力如果继续下去，恐怕会破坏整个地区的稳定。"到了 10 月，联合国安理会颁布了第 2071 号决议，派遣军队进驻马里，进行武力干预。秋末，打着非洲联盟和西非国家经济共同体旗帜的三千三百支部队，在美国和欧洲的部署支持下，制订了进攻北方的计划。"时间一天天流逝，'基地'组织和恐怖组织在马里北部的势力也一天比一天强大。"12 月初，美国驻非洲的首席军事指挥官卡特·哈姆将军提出警告，声称"基地"组织正在到处运营恐怖营地，同时向残酷无比的伊斯兰组织"博科圣地"

提供武器和炸药。马里显然已经成为国际干预的一个试验性案例：马里上下几乎三分之二的领土已被圣战组织控制，这个国家已经陷入瘫痪。

马格里布“基地”组织以威胁回应。“我们警告所有计划对我们进行攻击的国家，我们将会还以无情的惩罚。”那个被称为“红胡子”的叛军发言道，他是圣战组织头目穆赫塔尔·贝尔摩塔尔的岳父，海达拉的外甥在秘密运送手稿至安全民宅的途中正是被这个狂热的极端分子意外地逮到。“我们会将战火烧至他们首都的正中心。我们警告他们，我们有数以百计的圣战士随时准备为我们的伟大事业牺牲。”他声称，自杀式炸弹袭击者已经携带炸药埋伏在各国首都的各处。12月下旬，伊亚德·阿格·加利、穆赫塔尔·贝尔摩塔尔、阿布·扎伊德，以及八百多名圣战分子，聚集在之前举办过沙漠音乐节的埃萨卡纳，召开了战前准备会议。音乐节的主要负责人曼尼·安萨尔并不奇怪圣战分子为什么会选择这个地点。正是在撒哈拉的这个角落里，音乐巨星曾登台表演，西方乐迷们彻夜狂欢，马格里布“基地”组织聚集在此的目的不言而喻，他们在向所有曾梦想在廷巴克图建立一个世俗自由社会的人传达这样的信息：“这里将不再是犯罪的温床，不再是放荡的场所，不再欢迎世界各地的嬉皮士。”安萨尔说：“这里从此将是圣战士的根据地。”

廷巴克图城里有一名屠夫专门受雇于圣战分子，为这个大集会提供食物。据他表示，整整十天，三名圣战指挥官头目和他们手下的圣战分子就在沙漠中一个近乎坚不可摧的天然堡垒里面进行训练、祈祷和宴会。这是一片种满相思树的沙地，周围锯齿状的砂岩墙形成天然的保护屏障，只留有一个狭窄的入口，因此很利于防止外来者入侵。圣战组织绑架了一名廷巴克图温和派伊玛目到这里，以报复他在周五祈祷期间不合时宜的发言，并拿枪口对着他，胁迫他带领他们在一座被荆棘树包围的户外清真寺里做祷告。每天早上，他们会跑上几英里，进行模拟地面攻击训练，并朝着岩石壁用 AK-47 进行射击，之后再进行迫击炮、火箭发射器和榴弹炮等发射训练。他们粉碎巨石，打破坚硬的岩壁。到了晚上，他们屠宰牛群，交给那位屠夫，屠夫再把牛肉分成几百块，供大家分食。偶尔，他们也吃烤全羊，将一整只羊插起来，大家围着火堆坐着，讲着先知们的故事。十天之后，他们返回廷巴克图，在入城处，圣战士们在摄影团队的帮助下拍摄了影片，他们高高地举起来复枪，齐声大喊道："安拉胡阿克巴！"

1 月初的一天早上，穆罕默德·杜尔和海达拉手稿救援队的成员看到一百多辆货车轰隆地穿过廷巴克图大街，车上共载有八百名男子，还载有重型武器。车队开过，扬起一地的沙尘，就像悬挂在空中的云朵。车队随即通过廷巴克图的南城门，前往尼日尔河港口卡巴拉。每辆车上分别有十来名持 AK-47 和火箭榴弹发射器的圣战分子。"他们要发动战争了。"易卜拉欣·哈利勒·杜尔心想。为此，他很是担忧，但同时，因为战争不会发生在廷巴克图城里，这让他松了一口气。在廷巴克图以南五英里处，激进分子一步一步地穿过排列在市场上的摊位，并在尼日尔河边的沙岸上集结。他们找来了三艘渡轮，花了整整一天时间，把全部车辆运过了尼日尔河。

他们的目标是孔纳，这座位于尼日尔河畔、约有三万五千人的城镇位于马里领土的最北边界。在城北稀疏的树丛中间，五百名马里士兵、几辆卡车和装甲运兵车在那里部署了一条力量单薄的前线。从廷巴克图一路沿着两百英里的道路赶来的民众纷纷向马里部队通报圣战士马上就要来到这个地方了。碰巧的是，圣战分子离开了公路，改走前往孔纳的暗道。当时是冬季，骤雨过后，北边的小路都变成难以行走的泥潭，因此敌军在泥地里被困了差不多二十四小时，让马里军队获得了一些优势。

2013 年 1 月 9 日星期三的晚上，圣战分子终于从泥泞中挣脱出来，但同时因为耽搁了时间，错失了突袭的机会。尽管如此，圣战组织还是发动了袭击。孔纳的居民们都躲在家里，听着外面重型武器的爆炸声和 AK-47 的枪声，看着枪火在黑暗的夜空中闪烁。六个小时后,数量仅为五百人的政府军成功击退了马格里布“基地”组织的攻击者。“马里军队击退了圣战分子的第一次袭击后，在黎明时分回到他们的营地，赶紧吃了饭。他们认为已经大获全胜了。”一年后，我和孔纳的一位教师漫步在被紫色九重葛花装饰的泥建筑旁。当时也是冬季下过雨后不久，到处都是泥潭、洼地和草丛。旁边就是一座仿照杰内大清真寺建造的小型清真寺，这座清真寺不止一个尖顶，圣坛由棕榈树干制成。

“他们开始就餐，全都热情高涨。”这位老师还清晰地记得当时的情景。他们与孔纳市民们欢欣鼓舞，庆祝自己躲过了这意外的危险。“他们为自己感到开心，”那名老师继续说道，“热闹最后还是归于平静——圣战分子们在第二天早上9点卷土重来，发起了进攻。”

他们这次增加了兵力。一百五十辆满载着圣战士的货车分别从北部和东部向孔纳发起袭击。另外五十辆货车则从加奥包抄孔纳的南部。

“圣战士从四面八方包围孔纳，到处都是圣战分子。”这名老师这样告诉我。圣战分子用重机枪扫射，并使用火箭推进榴弹。惊慌失措的马里士兵在肮脏的街上到处逃窜，有些士兵被吓得赶紧扯下身上的迷彩服，乞求当地居民能给他们便服，以躲避圣战分子的屠杀。最终，混乱之中，五十名马里士兵牺牲，数百名士兵受伤。

那一周的星期四下午，激进分子占领了孔纳，并将市民召集到清真寺。一名激进派伊玛目对在场的市民们说：“马里政府已经恐吓你们很长一段时间，现在我们赶走了他们，孔纳是我们的了。”“这里不会再有市长，也不会再有警察和军队。只有我们。”他说，随后，伊斯兰教法会立即生效，所有女性必须将身体全部遮住，否则就会被拉到镇广场上执行鞭刑。傍晚，市民们看到另外九辆车从廷巴克图方向驶入城里。在队伍的最前方，那个头戴白色头巾、身穿淡蓝色长袍的正是伊亚德·阿格·加利。毋庸置疑，他很享受圣战分子取得的最新胜利。占领孔纳后，圣战组织更进一步接近了他们的目标，即夺取整个国家的控制权，让外国更加难以插手干预，即使做不到让外国势力完全停止干预。加利的计划已然明了。他要在南边等待阿布·扎伊德军团的到来，当时，他们正从廷巴克图出发，沿着一条不同的路线赶过来。两军会合后，他们将沿着高速公路，带着部队和车辆一路直驱巴马科。

“薮猫行动”

1 月 10 日星期四，也就是伊亚德·阿格·加利的圣战部队攻占孔纳并准备继续往南推进的那一天，阿卜杜勒·卡迪尔·海达拉与美籍人士艾米莉·布雷迪在后者位于尼日尔河附近那宽敞明亮的家里筹划着。他们一直在向欧洲的捐助者筹集资金，开展众筹活动，并向北边的手稿运送员送去现金。海达拉还得在布雷迪家和巴马科北边的那座双层拱门城口之间来回奔波，和手稿运送员碰面，带领他们将珍贵的手稿分别送到城里的二十五处安全民宅。

海达拉没有预料到的是，圣战分子的地面袭击行动使救援行动陷入了混乱。数百辆圣战车辆开进孔纳，将其据为己有，手稿运送员不得不暂时停止活动。如今，他们又信誓旦旦说要接管整个马里。而此时的马里军队也已经退到了该区域的机场所在地塞瓦雷。士气低落的马里部队显然已经无法抵抗圣战分子的屠杀，他们的指挥官更是公开提到，要脱掉制服，窜入灌木丛，再创建一支游击部队来对付叛乱分子。

巴马科的外交官和马里政府官员都做出预计——新的前线将很快崩溃。从塞瓦雷出发，伊斯兰军队只要沿着高速公路行驶七个小时，就可以到达巴马科。到那时，就没有什么能阻止他们把马里变成“萨赫勒斯坦国”（Sahelistan）——一个位于非洲中部的武装恐怖主义国家。他们很可能会绑架西方人质，索取赎金，并在首都实施伊斯兰教法。驻巴马科的外交人员家属和其他外籍人士已经开始撤离巴马科，美国大使馆已开始测试紧急服务功能，以备疏散两千名在马里的美国公民。海达拉本人，以及他藏于各处的成千上万卷手稿都面临危险，他们即将找不到藏身之处了。

时间一天天过去，每一天，海达拉都忙个不停。两耳各听一个电话，两手各拿一部手机，每隔几分钟就得接听手稿运送员打来的电话，流下的汗水就像胶水一样，将手机紧紧粘在他的耳朵上。“给我多来点茶。”他向布雷迪的管家说。他每天喝几十杯甜度非常高的茶，通过不断补充糖分来保持体力。但持续不断的压力让他的体重如吹胀的气球般不断上升，血压升高，甚至给他造成了胃溃疡。

“你的肠胃不好，不应该喝太多茶。”布雷迪说。他挥了挥手，又喝了一杯。

当海达拉和布雷迪在应对马里北部不断恶化的危险时，非洲大陆外的另一个地方正在做出一个重大的决定。在法国巴黎的爱丽舍宫，法国总统弗朗索瓦·奥朗德与他的内阁正在召开紧急会议，接听驻巴马科大使和马里临时总统迪翁库昆达·特拉奥雷的电话。

马里临时总统特拉奥雷曾是马里国会前议长，在地方政府的斡旋下，取代了军政府领导人并开始和白宫的贝拉克·奥巴马协商。

早在圣战分子接管马里北部之前，法国军队就一直在加强沙漠地区的地面行动，那里近乎被马里军队遗弃。2011年1月，在尼日尔首都尼亚美的一家餐厅，两名二十五岁的法国人文森特·德洛里和安东尼·莱奥古被极端分子绑架，一架法国侦察机一路追踪马格里布“基地”组织，从沙漠地区直到马里的东部。在那里，法国特种部队伏击了绑架者，不幸的是，人质在交锋中丧生。十个月后，十几支法国特种突击部队在莫普提附近的塞瓦雷做好了部署，追踪并寻找在洪博里被绑架的法国地质学家。法国人对马里军队失去耐心，也早已不满他们与毒品贩子狼狈为奸，以及他们向潜藏在沙漠中的激进分子出售武器和弹药等行为，因此决定不让他们参与救援行动。“法国人可以说是对马里军队感到非常厌恶。”当时在华盛顿担任国防部非洲事务助理副部长的薇姬·赫德尔斯顿这样回忆说。

法国与其前殖民地在历史和语言上有着密切的联系，同时又考虑到圣战分子控制西非法语区的前景，以及有大概八千名法国侨民在巴马科这一事实，奥朗德迅速做出了决定：法国将采取军事行动，拯救这个掌控在马格里布“基地”组织魔掌之中的国家。近年来，奥朗德这位欧洲大国领袖频繁介入相关问题，从卢旺达到科特迪瓦、中非共和国，他都积极地介入其中，但动机各异，获得民众的支持程度也各不相同。然而这一次干预马里的事务，他获得了强有力的民意支持。在一项民意调查中，百分之七十五的法国公民表示他们支持迅速对激进分子展开攻击。法国一位国防事务分析人士告诉《纽约时报》："只要目标清晰且合法，法国人民已经做好支持军事行动的准备。"

就在伊亚德·阿格·加利以胜利者的姿态趾高气扬地穿过孔纳城的泥泞小巷几个小时之后，居住在南方三十六英里之外、塞瓦雷机场附近的居民看到一架直升机就着黑夜的掩护悄悄降落，从直升机上下来十五名白人士兵。1 月 11 日星期五上午，一架五人座的瞪羚直升机从低空扫过孔纳，并对激进分子的营地发射了红色火箭。在塞瓦雷的一个朋友家里，我有幸遇到一名司机，他刚好亲历了这次袭击。"一开始我们以为是马里军队。"这名卡车司机在几天后告诉我，直升机抵达时，他正在将阵亡士兵的尸体埋进渠沟里。他赶紧回到孔纳，爬上自家屋顶，"但我只能看到满天的尘土"。激进分子开始进行反击，击中直升机驾驶员的腹股沟，割断了他的股动脉，使他成为了此次冲突中法国军队的第一名阵亡者。

当天下午，第二架瞪羚直升机也投入作战，再度袭击圣战分子。天黑以后，四架幻影 2000D 战机精准射中了位于孔纳镇一块俯瞰尼日尔河的高地上的十二部圣战车辆及其军营。加利和他的武装分子把士兵的尸体堆起来，将伤员送上货车，开始向北撤退。数十具尸体就这样散落在大街上。

一年后遇见我并讲述了这次战斗的那位孔纳教师陪我一起走到了尼日尔河上方被废弃的军营，这块营地先是被圣战分子占领，随后又遭到法国飞机的轰炸。圣战分子曾在此驻扎过一两晚的那两个营房，如今只剩下一个十二英尺深的弹坑，里面装满了扭曲的金属和混凝土。这位老师随后带我回到了他执教的幼儿园和日托中心，并拿出一面非常简陋的圣战士旗帜，这面旗帜由白色亚麻布制成，中间涂了一块黑色，旁边空白处画着一对黑色和棕色相间的AK突击步枪。他将这面旗帜展开放在我面前。这是他在马格里布“基地”组织士兵逃离孔纳城之后，从一辆废弃的圣战车辆的天线上扯下来的。“这面旗帜只存在了短短十九个小时，即从1月10日星期四下午3点45分起，到11号星期五上午10点。”他在这面旗帜的底部边缘写上这段话。

“薮猫行动”（Operation Serval）——以撒哈拉土生土长的小型猫科动物命名——在之后的几天里愈演愈烈。法国的C-160和An-124运输机运载着地面部队、车辆和装备来到巴马科，更多的法国部队通过陆地从科特迪瓦陆续抵达。法国政府宣布，到1月15日，法国在地面上的士兵将增加到三倍，由之前的八百名增加到二千五百名。几天后，法国轰炸了马格里布“基地”组织在杰内附近的迪亚比利阵地。这里曾于1月14日被阿布·扎伊德和他的几百名手下攻下，占为营地。当时，这名圣战分子头目正在迪亚比利一户农民脏乱破败的家中盘腿而坐，他的士兵在附近的芒果树下扎营，他计划将迪亚比利作为圣战组织的基地，然后继续朝巴马科推进。然而，让他失望的是，法国战机精确地炸毁了他们数十辆车。1月17日，极端分子在法国的陆空双面夹击中往北逃窜，他们用大量的树叶伪装残存的车辆，非常逼真，以至于迪亚比利的居民都认为那是会移动的树丛。

美国也对马里军队的崩溃负有一定的责任——他们挥霍了数千万美金，对马里军队的训练却并不充分。此时，五角大楼也加入了战争：美国派 C-17 运输机空运了数百名法国士兵和武器，并派遣 KC-135 空中加油机为法国战机加油，还派出无人机进行侦察。那时刚离开国防部不久的薇姬·赫德尔斯顿在《纽约时报》上呼吁美国积极参与“西非干预部队的情报、装备、资金和训练等工作”。

虽然马里人对美国的援助迅速做出肯定的回应，但一些马里知识分子抨击法国的干预是奉行新殖民主义，并猛烈抨击法国前总统尼古拉·萨科齐在北约袭击事件中发挥的核心作用，这些袭击直接导致了卡扎菲下台，破坏了该地区的稳定。但是，包括阿卜杜勒·卡迪尔·海达拉在内的大多数马里人似乎都愿意原谅法国在利比亚的失误，并以法国三色旗欢迎他们，感激他们解放了马里。

尼日尔河上的手稿

阿卜杜勒·卡迪尔·海达拉的手稿运送员已被迫停止运送，马里北部也爆发了战争。法国的干预阻止了圣战组织占领巴马科、将马里变成哈里发统治之地的企图。但是，随着数百名法国士兵向廷巴克图挺近，被激怒的圣战分子扬言要进行报复。这些手稿因此面临双重危机。一方面，马格里布“基地”组织很可能会对西方认为有价值的一切事物发起攻击，另一方面，法国军队显然已经将整个北部变成了枪林弹雨与毁灭之地：飞弹猛烈地攻击着圣战分子的兵舍和军事基地、指挥控制中心、被强行占领的别墅和数百辆汽车；幻影喷气式飞机、美洲豹直升机、猛虎战机、无人机、阿尔法喷气战机、C-130 运输机和 Mi-35 直升机划破了马里北部的天空；法国直升机追逐激进分子的车队一直到沙漠，地面部队则向北挺进廷巴克图和加奥，并封锁了通往民用道路的路口。在廷巴克图那些比较安全的民宅里，共有装着十万卷手稿的七百九十一只箱子。它们被发现并被破坏的可能性越来越大，海达拉一刻也不能等待了。他不得不考虑唯一可行的替代路线——尼日尔河。

艾米莉·布雷迪在疏散初期就催促海达拉把至少部分手稿经由水路运到马里政府控制的领土上，但海达拉一直表示犹豫。他担心快速的水流和不可预测的风速会导致意外的发生，更不用说，万一小船倾覆，所有的手稿将沉入尼日尔河底，那后果简直不堪设想。现在他虽然不情愿，但不得不改变主意了。于是，夏天时，将装满手稿的箱子从图书馆搬运到安全民宅的那些驴车再次被召集回来，负责运送箱子到河边。这些驴车在狭窄崎岖的路上行驶，穿过片片稻田和菜地，小心翼翼地将箱子运送到河边。早些年，海达拉为了搜集手稿在这片区域奔走，因而认识了很多村落的酋长。现在，这些酋长都很讲义气，二话不说就打开了自家泥墙的大门，将手稿箱子暂时寄存在家里。在距离廷巴克图约七英里一个名叫托雅的桑海渔村，沿着沙岸排列着数十间平顶的小泥屋。世袭酋长穆罕南·西迪·麦加起到非常重要但又很秘密的作用。

在 8 月一个闷热的午后，我去拜访了托雅村。那时，船运工作早已结束。我在廷巴克图的主要港口卡巴拉租了一艘平底船，这是一艘长三十英尺、有五个红色软垫长椅的小船，船身漆上了明亮的蓝色、黄色和绿色的蔓藤花纹。船长驾驶着驳船，在橄榄绿的尼日尔河中心慢慢前进。用木架子撑起的帆布顶遮挡了炙烤的阳光。河面越来越开阔，阵风吹过船头，摇摇晃晃的木船随之发出嘎嘎作响的声音，左右摇晃得越来越厉害，让人心惊。河流两岸的景观呈现出一片褐色和贫瘠的景象，但地势缓缓上升，依稀出现了点缀着沙地的草地和形单影只的合欢树。“尼日尔河河面广阔、迷蒙，与其说它是一条河流，不如说更像是内陆海洋。”我随身带着费利克斯·迪布瓦的《神秘的廷巴克图》一书，他在书中这样描述：“河水拍打着河岸，就像地中海沿岸那节奏单调的浪潮一样，在沙漠里鼓起阵阵强风时，河里的波浪也一波高过一波，坐船的人开始晕船，这晕船的程度让即使经历了汹涌海浪的人也会误认为尼日尔河就是海洋。”

我在船上经历了摇晃不堪的三十分钟，我越来越理解当初海达拉对于水路运输手稿的犹豫不决。我们抵达了托雅，上了岸，看到许多拿着厚厚的棕色肥皂条在浅水边擦洗衣服的妇女，穿过一片沙地便来到麦加的家。身材瘦小的麦加当时穿着红色T恤和灰色休闲裤，他枯瘦如柴的两臂垂放在两膝之上。“当圣战组织于2012年4月抵达时，我们嗅到了危险的气息，‘捍卫伊斯兰文化之手稿保护与价值评估协会’的人来访，告诉我们，他们可能需要我们的帮助。”他这样告诉我。当时我们在他家房子旁边的一片户外空地上，坐在用竹竿撑起的麻布棚子下面。

1月中旬一个月光皎洁的夜晚，法国地面部队正向廷巴克图挺进，驴车运来了箱子。麦加将它们分送到了村民家中。“托雅村地处偏僻，比主要港口隐蔽得多，因此我们认为装满手稿的箱子在这里要安全很多。”他告诉我。尽管如此，麦加知道“伊斯兰警察”还是很有可能随时袭击村庄。“在占领期间，圣战分子已经多次经过这里，他们到处检查妇女们是否穿戴合适，也就是要遮蔽全身，以及到处督查人们是否谨遵他们使用的伊斯兰教义版本。”他说，“他们逮捕了未婚情侣、女人，以及男孩和女孩们，把他们反绑着，抓去了廷巴克图。”

海达拉和其他酋长正准备通过水路运送手稿时，海达拉在廷巴克图的团队则先行一步来到了位于廷巴克图以南五英里处的卡巴拉。在被圣战分子占领之前，来自巴马科和普莫提的驳船会频繁地来到这里，送来电器、谷物和其他货品，以及西方游客。这个曾经熙熙攘攘的辉煌港口如今一片死寂。来自廷巴克图的团队成员们和船员谨慎地聊着天。这些人多半都闲着，迫切希望找到一份工作，他们对极端分子持敌对态度，因此渴望加入这个拯救国家遗产的行动之中。

海达拉的团队雇用了数十个船员，并制定了工作规则：每艘驳船配备两名运送员和两名船长，以便他们能够每天二十四小时持续不断地进行工作。一艘船每次只能载最多十五个箱子，以减少任何船只被扣押或沉没时造成的损失。船长负责在托雅这类河滨村庄卸下箱子，避免引起圣战组织的注意。水上的行程大约需要两天，目的地是位于尼日尔河和巴尼河之间的冲积平原——杰内，这里位于廷巴克图以南二百二十三英里。箱子一到政府控制的领土上就卸载，再雇货车、出租车和其他车辆继续南行，送往三百三十二英里以南的巴马科。

当海达拉和他的团队成员准备展开船运时，圣战分子已经开始撤退。伊亚德·阿格·加利和阿布·扎伊德带领着狼狈不堪的军队，载着士兵的尸体和流血的伤员，一路逃回廷巴克图，一路则逃向加奥。在炙热的阳光下，阿布·扎伊德和加利的车沿着颠簸不平的路匆匆向前驶去，扬起的漫天尘土令人窒息。激进分子头目本来计划带着军队一路高歌猛进，到巴马科与其他士兵顺利会师，一举拿下马里，将其转变为圣战国家，却没有预料到法国军队会如此迅速地进行干预。他们的失误导致了全军的溃败。他们到达廷巴克图后，将伤者送到政府医院，将死者埋葬，并命令前身为布克图广播电台、现在已经成为“阿扎瓦德电台”的台长宣布圣战组织已经击败马里军队的消息。

“我们杀死了数百马里士兵。”加利宣称。

“你们损伤了多少？”台长问道。

“这无需你关心。”圣战组织领导人这样回答。

很快，法国军队在这个城市展开了首次空中突袭。无人机和法国战机在天空呼啸而过，预告着袭击的到来。

津加里贝尔清真寺是廷巴克图最受尊崇的清真寺，寺里的伊玛目找上了圣战组织的领导头目，想要沟通一个对廷巴克图苏菲派人士来说非常重要的事项。但很显然，圣战组织头目变得日益激动，并充满了仇视情绪。为期一周的穆罕默德先知诞辰庆祝活动，同时也是廷巴克图城里每年最为欢快的活动——圣纪节庆典即将在1月21日举行，只剩下几天时间了。圣纪节庆典本是12世纪波斯什叶派的节日，于1600年左右被引进廷巴克图，并从此成为廷巴克图最为热闹的庆祝活动。在庆典期间，人们参加盛宴、歌唱并跳舞，将苏菲派仪式与廷巴克图丰富的文学传统结合起来。在庆典的高潮，数千人聚集在桑科雷清真寺前的大广场上，聆听城里最为珍贵的手稿被诵读。廷巴克图已经快一年没有举办任何庆祝活动了，津加里贝尔清真寺的伊玛目因此认为圣纪节庆典将极大地提升士气，为处于消沉时期的市民们提供一线希望。

伊玛目要求阿布·扎伊德批准他举办庆典。伊玛目解释说："这场庆典通常都要邀请伊斯兰教修士来朗读手稿。"

阿布·扎伊德说："这个没有问题，伊玛目。"阿布·扎伊德对这个建议的欣然接受让这名伊玛目非常惊讶。但阿布·扎伊德补充说，他不是知识分子，他必须尊重他的"宗教专家"。

廷巴克图马格里布"基地"组织的道德执行部长面无表情地听着，廷巴克图危机委员会的成员也一起到来，希望能就庆典之事对这些圣战士们动之以情。

"那个庆典并不存在。"等他们都说完了，部长开口说道。它有"应受谴责的创新"，他引用了先知的圣训，"我劝你们坚持遵循我的圣训和哈里发的正确指导。要小心新发明的东西，因为每一个新发明都是一种创新，而每一种创新都可能会走向歧途。"

"但它是受到其他圣训同意的。"伊玛目据理力争。

"拿出证据来。"留着胡子、包着头巾的道德部长回答说。

廷巴克图城里的苏菲派伊玛目、伊斯兰修士和危机小组成员成立了一个"证据委员会"，从现存所有支持庆典的文献中搜集证据。尽管许多逊尼派学者曾反对将先知的生日变成一个庆典，但证据委员会发现有些圣训为庆典留有一些空间。几个圣训命令穆斯林"崇拜"先知，但没有规定应该怎样去崇拜。《古兰经》筵席章第 114 节中也提到，最早的先知追随者认为举办盛宴是纪念重大宗教事件的适当形式。"麦尔彦之子尔撒说：'真主啊！我们的主啊！求你从天上降筵席给我们，以便我们先辈和后辈都以降筵之日为节日，并以筵席为你所降示的迹象。'”“穆罕默德本人也曾承认并感激他出生那天的荣耀，神圣的先知（愿安拉赐他平安与祝福）说：'当我的母亲生下我时，她看到从她身上传来一道光，指引着她来到叙利亚的城堡。'”

证据委员会背诵了相关的经文，但马格里布“基地”组织的道德部长还是跟之前一样面无表情。“很好，”他们说完后，他这样表示，“但你们还是不能举办这个庆典，因为男人和女人会在街头相遇，这是不合适的。不能办这个庆典，就这样，这个圣纪节庆典不能举办。”

紧接着，这位道德执行官传递了一个令人不寒而栗的信息。“我需要你们把这些手稿带给我们，”他说，“我们要尽快烧掉它们。”

夜幕日渐深沉，廷巴克图的圣战分子头目命令危机委员会成员交出手稿，委员会成员不得不先答应会交出手稿，但一直想各种办法拖延时间。与此同时，在托雅村的驳船尝试了第一次航行。一艘三十英尺长的驳船开进尼日尔河，经过泥滩、茅屋和暮色掩映下的沙丘。“落日融进河里的那一刻，是人生中生命感受力最强烈的时刻。”迪布瓦在《神秘的廷巴克图》中写道，“渔船排列在村子附近，带来田地里的水果，村民们翌日就可以在市场上买到……此时，岸边的参天大树被熟睡的鱼鹰染得雪白，仿佛被大雪覆盖。”船身冲破了河浪，一直朝杰内开去。突然，运送员和船长听到了引擎和螺旋桨的声音。一架法国攻击直升机正从低空飞过，盘旋在河面上方。飞行员打灯照着驳船，让船上的人一时睁不开眼睛。“打开这些箱子，”法国士兵在扬声器里喊道，并警告船员，如果拒绝，他们就会以涉嫌走私武器的理由将驳船击沉。年轻的运送员们吓坏了，在强光灯的照射下，他们紧张兮兮地开了锁，打开箱子，然后战战兢兢地走到一旁。飞行员看到箱子里全是纸张之后，开着直升机飞走了。

不久之后，二十艘驳船分别载着十五个装满手稿的箱子从廷巴克图附近的港口依次驶入尼日尔河。海达拉和布雷迪决定，这些驳船应该以小队的形式航行，他们希望这样可以加快撤离的速度，还可以壮大声势，以此得到更多的安全保障。船队经过图阿雷格族单调的领地之后，来到了一个过渡地带。在这里，干旱的撒哈拉荒漠开始转变成更加肥沃的地区——棕榈树、灌木丛也渐次出现。前方就是德博湖，这是一个位于马里内部、因尼日尔河三角洲季节性泛滥而形成的内陆湖。“这是一片宽阔的水域……可以说是一片海，无边无际，远处看不到山脉的踪影。”迪布瓦这样写道。

但当他们走近湖面时，尼日尔河似乎消失在眼前，被一片巨大的草海所吞噬。“实际上它是一种独特的元素，既不是陆地，也不是水，而是奇特的混合，”迪布瓦观察到，“从水下六到八英尺深长出一片草地，又浓密又翠绿，外面看起来就像有个巨大的草原……我们不再是在水面上行驶了，而好像是……在被水淹没的草原上滑行。”在这个混乱的时期，水草刚好成了人们的理想避难所。当船队沿着渠道穿过草地时，十几名戴着头巾的男子挥舞着AK-47，从密集的植被中窜出。他们命令驳船停止前进，强迫船员们打开锁，并用手指擦过异常脆弱的手稿封面，那上面写着阿拉伯文，并装饰着鲜艳的几何图案。

“这些东西需要留下。”他们宣布说。

手稿运送人员恳求他们，并拿出廉价的卡西欧手表、银手镯、戒指和项链，以求他们放过一马。但这些男子对运送员们的哀求无动于衷，运送员只好与身在巴马科的海达拉接通了电话。海达拉敦促这伙强盗释放运送员和手稿，并承诺他们很快会获得相当可观的赎金。

“相信我，我们会将钱送到你们手上的。”海达拉说。

海达拉承担不起不支付这笔钱的风险，他后来解释说，因为成千上万的手稿都已经上了水路。

运送员们在金属箱旁边紧张地等待着，而土匪们则争论着该怎么办。最后，持枪的土匪们终于还是理解了海达拉的困境，释放了船只和手稿。四天后，根据承诺，海达拉的代理人之一向他们交付了赎金。

在布雷迪位于巴马科的家中，海达拉每天花十五个小时、同时用八部手机和他的手稿运送员们保持联络。他曾指示他们，一旦上路，每隔十五分钟就要跟他通报一次。一面墙上贴着巨大的棕色厚纸，上面记着每一位青少年运送员的姓名、最后一次通话时间、每个人运送的箱子数量、他们的位置和途中的状况。布雷迪则给她的捐助者们发短信，告诉他们进展情况：“七十五个箱子已经安全通过。孩子们已经穿过德博湖。现在到了莫普提。”在运送计划的最后几天，他们简直忙到疯狂的程度。共有一百五十辆出租车，每辆都带着三个大箱子和一名运送员，从杰内前往巴马科。

在廷巴克图，法国幻影喷气机轰炸了马格里布“基地”组织的军营后，又袭击了阿布·扎伊德的住所——一枚火箭炸毁了曾经是卡扎菲别墅的后半部分，并毁掉了这个非洲的“国王之王”、马格里布“基地”组织埃米尔用来开会和接待客人的客厅。阿布·扎伊德料到法国军队会进行攻击，已经提前搬离了住所。

攻击发生的几个月后，我沿着沙地上似有似无的车痕，经过一片荆棘树和几幢没有围墙的建筑物，来到沙漠中一块地势比较高的地方。铁门后面是一座摩尔风格的米色混凝土别墅，门上面有长方形窗户和绿松石装饰的边缘，别墅周围则环绕着松树和棕榈树。“我们仍称这个地方为‘希拉克的沙丘’。”我的图阿雷格族导游阿齐马·阿格·阿里·穆罕默德这样告诉我。他解释说，2003 年，法国总统希拉克在西非法语区访问期间，在图阿雷格族的一个帐篷里接见了数百名政要。2006 年，卡扎菲要求在同一地点建造一幢沙漠度假别墅。“卡扎菲非常嫉妒西方领导人。”阿齐马继续说道，卡扎菲一直想证明他可以和西方领导人平起平坐。

我们挤过铁门的缝隙，穿过未上锁的前门。“这里是阿布·扎伊德召开会议的地方。”阿齐马一边说，一边带我进入一个由方柱分隔开的、天花板很低的房间。只见玻璃碎片、大理石碎片和大块混凝土散落在地上，残破不堪的平板屋顶阻挡了花园的景色。我在房子外面走来走去——走过一辆被烧焦的本田房车的残骸、成堆的子弹壳，还有这座大楼里现在已经破旧的灌溉用的橡皮水管——我听到一阵沙沙声传来。我随即抬起头，看到一位身穿白色长袍的放牧人领着六头驴子在巨大的废墟处上上下下。“愿真主赐你平安。”他对我说着，并恭敬地点着头，然后继续往前走了。

法国军队炸毁阿布·扎伊德的住所之后，这个马格里布“基地”组织埃米尔召集危机委员会召开了最后一次会议。易卜拉欣·哈利勒·杜尔还记得，医院里已经人满为患，圣战组织头目的心情也非常沉重。阿布·扎伊德第一次失去了惯常的冷静，在黑暗的会议室里，他用手捶打着桌子。“有人胆敢嘲笑我们，”他警告说，“如果我们发现任何人在他自家门前庆祝，等待他的将是死亡。如果我们看到有人嘲笑、戏弄我们，等待他的是同样的结果。”阿布·扎伊德警告杜尔和其他委员会成员说，若掠夺阿拉伯商店，后果一样是死刑。“只要我们还在这里一天，人们就应该保持冷静，不应该帮助敌人，更不应该嘲笑我们。”他再次强调。那天晚上9点，阿布·扎伊德宣布散会。杜尔相信，他们的末日即将到来。

第二天早上，伊亚德·加利准备好了他的丰田陆地巡洋舰，然后开车溜出了城。他想要建立一个哈里发，以伊斯兰教法治国的梦想显然已经破灭。而身份多变的加利——从反叛军领导者、总统安全顾问到圣战士头目——如今又有了一个新的身份：逃犯。阿布·扎伊德则在城里多逗留了四天。1月25日星期五，在祷告结束后，他和他的侍卫宰了一只羊，准备做烤全羊——将一整只未剥皮的羊穿起来烤好后，在沙漠上分着吃完了。阿布·扎伊德将他的欧洲人质关押在两辆越野车中，然后一行人驾驶九辆车离开了城里。他的手下摧毁了廷巴克图的移动电话塔，拆除了电台的控制台和电脑，并最终把注意力转向他们迄今为止还一直忽略的对象：手稿。

当文明化为灰烬

2013年1月25日星期五早上，十五名圣战分子闯入桑科雷艾哈迈德·巴巴研究院一楼的手稿修复与保存室。早在去年4月份，马格里布"基地"组织就接管了政府图书馆。这中间将近一年时间里，艾哈迈德·巴巴研究院的工作人员将成千上万卷手稿一直放在展览架上，或是摊放在修复桌上，而圣战士们则在它们中间祈祷、训练、吃饭和睡觉。

如今，马格里布"基地"组织就要被逐出廷巴克图，圣战分子要借机报复、泄愤，于是将桌子和书架上的四千二百零二卷手稿全部卷走，并将它们堆在庭院的瓷砖上。圣战分子说要进行报复已经好几个月，但现在真的要付诸行动了。他们将这些古籍堆成一座小山——其中包括14、15世纪的物理、化学和数学著作，这些手稿脆弱的页面上写满了代数公式、天体图形和分子结构图。他们将汽油浇到手稿上，满意地看着液体渗透书页，然后将点燃的火柴扔进书堆里。易碎的纸张和干燥的皮革封面立即被点燃。

火焰蹿得越来越高，沿着混凝土柱子往上燃烧，吞噬了周围排列着的所有手稿。这些保存了几百年、由廷巴克图有史以来最伟大的学者和科学家创作的杰作，虽然躲过了19世纪圣战士和法国殖民者的魔掌，也逃过了洪水、灰尘、细菌、潮湿气候以及昆虫的损害，却在短短几分钟内消失于火海，化为灰烬。

七个月后，我来到桑科雷区，走进艾哈迈德·巴巴研究院这座三层楼高的建筑，里面有着迷宫般的长走廊、摩尔风格的拱门以及类似传统泥砖的米色灰泥墙。在入口处，有一位七八十岁左右的老者坐在地上，只见他戴着白色头巾，穿着白色长袍，一条腿伸直，另一条腿则靠在以前用来装手稿的纸板箱上，纸盒里还装着烧焦的纸屑。他拼凑着这些纸片，就像在拼图一样。他一边专注地看着这些灰烬，一边自言自语，迷失在这徒劳之中。

“一个看守人看到浓烟升起。”身材并不高大的策展人布亚·海达拉跟我说，他虽然也姓海达拉，但跟阿卜杜勒·卡迪尔·海达拉没有亲戚关系。他站在被烧成黑色的混凝土柱旁，这是除了盒子里烧焦的纸片外，唯一可以证明这里曾经发生过惨烈暴行的物证。看守人从火堆里抢救出了几张烧焦的纸页，手稿基本上都被烧毁了。之后，圣战分子跟随阿布·扎伊德和伊亚德·阿格·加利离开廷巴克图，进入沙漠，只在现场留下一堆烧焦的废纸和灰烬。

然而，尽管这肆意妄为的破坏造成了很大损失，艾哈迈德·巴巴研究院的策展人还是设法获得了一些小小的胜利。布亚带着我走下一段宽阔的楼梯，到达地下室，借着手电筒的光前进，因为廷巴克图被圣战分子占领之后，电力便被切断，一直没有恢复。

他将钥匙插到锁上，开始转动，并将手电筒照向整齐地排列在金属架子上的几十个黑色防潮纸箱上，这些箱子就跟美国大学图书馆中的书架一样整洁有序。在艾哈迈德·巴巴研究院的十个月里，这些圣战分子从来都懒得走下楼梯、打开上锁的门，到这间昏暗但温度控制得当的储藏室里来一探究竟。在这间储藏室里，存放了一万六百零三卷经过修复的手稿、文件、带有皮革封面的书卷，它们全都是最为珍贵的收藏。布亚·海达拉跟我说："所幸，所有这些都安然无恙。"

在巴马科，阿卜杜勒·卡迪尔·海达拉认为焚毁手稿充分证实了圣战分子的不良意图，同时也在某种程度上说明他之前做的种种努力都是正确且值得的。刚开始准备将手稿拯救行动付诸实践时，除了自己寥寥无几的存款之外，海达拉没有任何额外的资金，但他还是招募到一批忠诚的志愿者。同时，他大力宣传手稿救援行动，将其描绘成文明与野蛮势力之间的史诗较量，并不厌其烦地请求国际社会的帮助，最终国际社会也被说动，纷纷慷慨解囊，为该行动提供资金支持，最后海达拉一共筹集到了一百万美元——对廷巴克图来说，这可以说是一笔巨款。除此之外，他还在廷巴克图及其他地区雇用了数百名业余手稿运送人员。

在这个科技飞速发展的21世纪的第二个十年，他们使用的科技含量很低的土办法显然与时代格格不入。但他和他的团队利用水路和陆路，通过满怀敌意的圣战士检查站，骗过可疑的马里士兵，逃出土匪窝，躲避直升机，越过各种潜在的致命障碍，在没有损失任何一位小组成员的情况下，成功地将廷巴克图三十七万七千卷手稿运送到安全的地方。艾米莉·布雷迪在接受 Reddit 的访问时说:“我和阿卜杜勒·卡迪尔·海达拉在行动过程中所经历的,无法用动力、能力和毅力来说明。我们一直担心在行动过程中很可能会因为意外情况不得不丢失一些手稿,要么被偷、被抢,要么在战火中烧为灰烬……独木舟载着满是手稿的箱子在尼日尔河上,什么意外都可能发生,一定会有一些损失,是不是?但是,我们万无一失。在撤离的时候,没有一卷手稿被破坏,所有手稿都安然无恙。”

廷巴克图一直以来都是伊斯兰教丰富文化的孵化器,极端伊斯兰分子又总是想以变态的形式摧毁它。但是,文化本身的原始力量,以及像海达拉一样被这种文化力量所感染的人,最终还是成功拯救了这些伟大的手稿。在接下来的几个月里,海达拉总是会被问及他这样费尽周章、苦心经营是否真正值得。对方会问,如果他放任不管,什么也不做,会发生什么?“唯一的答案就是,‘我无法百分之一百确定’,”他总是这样回应,“但我还是认为,如果我们什么都不做,没有采取任何行动,很多手稿会遭遇到和艾哈迈德·巴巴研究院手稿一样的命运。”

海达拉也经常会选择这样的时刻,将廷巴克图描绘成一个温和节制和知识发展的典范,在这千年一遇的混乱之中受尽苦难,但仍不失辉煌。当然,实际情况更为复杂,而且廷巴克图的名声也不是如此完美。在 13 世纪,廷巴克图见证了暴君桑尼·阿里杀害学者的暴行;15 世纪 90 年代,反犹太传教士穆罕默德·马格希利占了上风,同一时期,阿斯基亚·穆罕默德国王下令禁止并囚禁犹太人；19 世纪早期和中期，圣战分子则在廷巴克图实施伊斯兰教法。这座城市似乎处于持续不断的动荡之中，开放和自由主义盛行一段时间之后，随之而来的就是狭隘的不容忍和镇压。“2012 年来到廷巴克图的瓦哈比代表了一些过去不曾出现过的东西。”海达拉总是坚持这样说，尽管很明显，它和过去几个世纪中反复出现在廷巴克图的反智主义、宗教净化和野蛮状态相差无几。

阿布·扎伊德正逃离廷巴克图，而他的手下烧毁了能找到的所有手稿。与此同时，我登上了从阿尔及尔到巴马科的航班，准备为《纽约书评》撰写圣战分子在 2012 年攻占廷巴克图的故事，同时也准备报道法国军方为打倒圣战分子所做的努力。整个马里陷入了混乱之中，一边对法国的突然干预感到兴高采烈，一边却担心马格里布“基地”组织和“伊斯兰卫士”军团会发起最后一次暴力袭击。到首都后的第一天早上，我打电话给伊玛目谢里·奥斯曼·曼达尼·海达拉。他与阿卜杜勒·海达拉没有任何亲属关系，是一位富有魅力的苏菲派传教士，也是马里北部第一位谴责圣战统治的穆斯林领袖，因而备受马里人的喜爱和赞赏。那时，圣纪节庆典已经在巴马科开始举办，这位伊玛目的清真寺位于巴马科城里一条封闭的街道上，是一座绿顶的苏菲派清真寺，众多朝圣者聚集在清真寺前的广场上，门口还设有金属探测器，另外还有一支戴着红色帽子的私人护卫队。在清真寺楼上一个尘土飞扬的房间里，伊玛目接见了我，房间里摆了金色的翼背椅、沙发和血红色的地毯。他告诉我，圣战组织的同情者曾经渗透进了首都。他害怕被暗杀，因此不敢离开院子的大门。更重要的是，他的温和伊斯兰组织在西非和中非有着一百多万信徒和多个分支，这个苏非派团体也叫“伊斯兰卫士”，名字还被伊亚德·阿格·加利给盗用了。因此他的追随者被几个非洲国家的警察和军队骚扰，被指控为恐怖分子。“伊亚德·阿格·加利是瓦哈比派，他的‘伊斯兰卫士’和我的‘伊斯兰卫士’不一样，我是一个和平主义者。”伊玛目特别强调说。他大概五十来岁，身材高大，仪表堂堂，穿着一身金色的袍子，搭配一条绿色的羊毛围巾。“他们成立‘伊斯兰卫士’军团只是为了给我制造麻烦。”在他的清真寺举行的圣纪节庆典没有遇到任何麻烦，但伊玛目对渗入首都的圣战者的担心后来成了现实。当时“基地”组织的恐怖分子朝外事人员常去的高人气酒吧“露台酒吧”投掷了手榴弹，并用机关枪扫射，造成两名西方人和三名马里人死亡。

第二天，我租借了一辆丰田陆地巡洋舰，往北部出发。柏油马路很快就消失了，变成了泥土路，我的司机落在了一个半英里长的法国军队车队的后面，一路驶向廷巴克图。1994 年，我曾在卢旺达的“绿松石行动”* 期间与法国军队同行，当时的场面与现在非常相似——法国国旗挂在泥砖小屋上，吉普车和货车扬起一片灰尘，路边的孩子们向我们挥手致意。人们对法国干预卢旺达

* 1994 年 4 月，卢旺达爆发种族大屠杀，法国于 1994 年 6 月 22 日通过联合国安理会授权在卢旺达采取代号“绿松石行动”的军事行动，在卢旺达西南部设立安全区以拯救平民。

的评价模棱两可：虽然法国总统弗朗索瓦·密特朗声称法国干预的目的是要将图西人从种族灭绝的屠杀中拯救出来，因而是人道主义的义举，但其真正意图似乎是为胡图族的杀人犯提供一个安全的避风港，并阻止保罗·卡加梅总统领导的英语区卢旺达爱国主义阵线夺取对该国的控制权。然而，法军在马里的任务就更加直接，再加上动作迅速，很快就获得了世人的认可。

在北部的旅程中，我不时想起我的老朋友阿卜杜勒·卡迪尔·海达拉。在圣战占领开始之后，我就没有跟他联络过，一直担心他的手稿的命运。我曾想象过，海达拉和他的同事可能会像法国殖民时期那样，将手稿埋藏在沙漠中。当时，我完全不知道，一队从廷巴克图出来、正往尼日尔河上游驶去的驳船上，载有七百多个箱子，一路向巴马科的安全区前进。

行驶了十个小时、三百八十英里后，我来到尼日尔河港口莫普提。这里曾经深受背包客和其他冒险旅行者的青睐，从这里也可以前往拜访住在附近悬崖处的泛灵派多贡族人。如今，酒店、旅行社，以及曾经热闹非凡的咖啡馆，如以河流落日景观而闻名的波佐酒吧，全都陷入了一片荒寂冷清，早就已经因为西方人士在这里遭到绑架和杀害而被关闭。我们离开巴马科后，在这里首次见到了尼日尔河：当时，我看到许多驳船在向上游缓慢行驶，可能就是那些满载着海达拉宝物的驳船，不过那时，我并不知道水运计划正在如火如荼地进行。

第二天早晨天亮后不久，在一片灰暗的天空下，司机带着我往孔纳前进。我们的计划是一直跟随法国军队到廷巴克图，如果凑巧，我们就可以看到法国军队将孔纳从圣战统治中解放的那一刻。但是塞瓦雷机场路障处的马里士兵却不这样想。他们叫我们停下来。我们把车停在路边，旁边是一大片带刺的金合欢和沙漠草。在接下来的一个小时内，又有二十部载着摄影人员、报纸和杂志记者的车辆在路边停下了。太阳升起，悬挂在一片蓝色的天空中，温度升至一百华氏度，记者们沮丧地蹬踢着泥土，反复向这些士兵发起请求，但他们还是一次又一次拒绝让车队通过。

一名法国伞兵驾驶着吉普车经过，他试图代表我们进行协商，并最终指引我们回到机场的道路上。在大门外，一名穿着迷彩服的马里上校悄悄告诉一群记者，是他制定了这个规则，而不是法国人，而且“行动区”是不对媒体开放的。法国电视台当天报道说马里政府军士兵杀害了十一名极端分子，并把他们的尸体扔到塞瓦雷的一处井中，有人推测正是这则负面新闻导致了马里士兵对新闻媒体的强硬态度。

当晚，在莫普提河畔的卡纳伽酒店——这是镇里唯一还在正常营业且对西方人开放的酒店，我和其他记者和救援人员一起，坐在游泳池旁边的酒吧里，在热带的热浪中驱赶着蚊虫，听着法国广播电台报道邻国的人质事件。这些报道让人联想到这可能是马里战争的外溢效应，动荡可能会扩展到北非。四十名伊斯兰武装分子抓捕并扣留了在阿尔及利亚撒哈拉的因阿迈纳斯天然气公司工作的数十名西方雇员。阿尔及利亚安全部队已经对恐怖分子发动了袭击，包括三名美国人在内的三十八名人质和二十九名极端分子在交战中丧生。躲在沙漠之中策划这起绑架案件的正是独眼穆克塔尔·贝尔摩塔尔，这个香烟走私者现在是加奥的伊玛目，正在逃离法军的追击，并时刻准备着要在马里北部进行报复。

在法国介入的几个月前，贝尔摩塔尔的特立独行就已经引起了他在阿尔及利亚山区里的前辈们的不满，因而发生了不愉快的争吵，显然，这场争端最终导致了这场恐怖行动。2012 年 10 月，马格里布“基地”组织舒拉委员会的十四人小组写了一封语气严厉的信斥责他，后来，一名美联社记者在廷巴克图一个废弃的马格里布“基地”组织军营里找到这封信。舒拉委员会谴责他未能像他的竞争对手阿布·扎伊德那样，在撒哈拉沙漠展开一场“壮观的攻击”，也没有全力以赴去夺取武器；在 2008 年加拿大外交官的绑架事件中表现“不佳”，虽然绑架到了最值钱的人质（加拿大外交官），却“以最低的价格（七十万欧元）收尾”；最令人震惊的是，贝尔摩塔尔似乎还对外泄露“家丑”，向敌军组织透露了严密的警戒信息。“他难道不是把组织的领导层故意贬得一无是处，来彰显自己是这个地区最了不起的领导者吗？”委员会成员发出诘问，“如果不是真主的恩典，他肯定早就把所有的秘密都泄露给全世界了。”

舒拉委员会成员以律师事务所和银行工作人员的那种官方而通俗的语言继续指责他故意不接听上级的电话、不理会委员会让他参加会议的通知，也从不提交支出报告。这样的行为很可能“对整个组织产生破坏性的影响，引起组织纪律的涣散”，舒拉委员会的秘书这样写道。主导舒拉委员会的都是 GIA(阿尔及利亚武装伊斯兰军事组织）和GSPC（萨拉菲斯特宣教与战斗组织）的前资深成员。由极端分子组成的GIA曾在阿尔及利亚内战期间，杀害了数百万无辜百姓。而GSPC组织则在本世纪早期绑架西方人质并索要赎金，还轰炸了北非的许多使馆和其他设施。“为什么这个地区的埃米尔只和你相处不好？”他们质问贝尔摩塔尔。舒拉委员会给他最后的难堪，就是宣布“暂停”他的领导权力。

2012年12月，贝尔摩塔尔做出回应：他从马格里布“基地”组织分裂出来，自创了一个新组织，即Al Mouwak-oune Bi-Dima，阿拉伯语意为“以血签名者”，该名字源于上世纪90年代阿尔及利亚内战时期的一个伊斯兰反叛组织。2013年1月，在撒哈拉天然气工厂的屠杀事件发生之前，他要求释放关押在阿尔及利亚监狱里的一百名囚犯，这很可能是贝尔摩塔尔做出的怪异举动，以示他对上级的挑战，并表明他也可以像疯狂的阿布·扎伊德那样，残暴无情地对待西方人质。

1月26日，加奥被收复，27日晚间，我正坐在塞瓦雷的路边，等待进入前圣战领土。法国的装甲部队在猛虎攻击机和空降部队的协助之下，没有开始攻击就进入了廷巴克图。数千名廷巴克图市民开着轿车、卡车或摩托车，穿过尘土飞扬的街道，按着喇叭，表示庆祝。穆罕默德·杜尔，也就是海达拉的得力助手，也在这熙熙攘攘的人群之中。

“感谢弗朗索瓦·奥朗德，感谢！”当满载着法国士兵的吉普车一辆接着一辆经过的时候，一名身上裹着法国三色旗的年轻男子对着法国士兵欣喜若狂地喊着。在广播电台里，经理把被破坏的设备重新组装好，电台又开始进行广播了，播放了时隔九个月后的第一首乐曲。数百名圣战分子逃往北部，撤退到他们熟悉的山区避难。他们会在那里与法军做最后的搏击。

围歼之战

1月21日，新任命的马里地区法国地面部队司令贝尔纳·巴雷拉将军抵达巴马科。十天之前，“薮猫行动”已经开始。当天，原本已经取消的圣纪节庆典在廷巴克图如期举行。贝尔纳·巴雷拉将军在机场附近建立了一个临时总部，一个星期之后，他搭乘直升机飞往刚刚解放的加奥和廷巴克图，并在美军的泰萨利特军事基地建立了一个前线指挥所。这里是通往伊弗哈斯山的入口。伊亚德·阿格·加利曾带着人马占领这里近一年时间，并用光了所有的资源。在被掠夺一空的总部，巴雷拉将军——这位来自马赛的第三代步兵军官，曾奔赴波斯尼亚、科索沃、苏丹达尔富尔和阿富汗参加战争——制订了搜寻和摧毁圣战组织的计划。在巴马科，马里的陆军参谋长曾预言，激进恐怖分子将躲藏在伊弗哈斯山最难攻破的角落。“去搜寻阿梅特泰谷吧，”他告诉巴雷拉，“你会在那里发现敌人的踪迹。”

巴雷拉知道他们必须迅速行动。他随身携带着约瑟夫·塞泽尔·霞飞于1893至1894年在廷巴克图远征探险的回忆录。霞飞将军后来成为第一次世界大战中西方阵线的法军总司令。在回忆录里，他这样描述："这是个在烈日炙烤下近乎沙漠的荒凉国家"，"水资源严重匮乏"，"酷热"，"山路狭隘，寸步难行"。种种描述都让他感到难受。伊弗哈斯山的恶劣条件和数百英里长的供给线会迅速消耗巴雷拉的军队。"我们必须在一周到十天内包围这个山谷，否则战役只会以失败告终。"他告诉他的士兵。此战至关重要：如果法军无功而返，没有给圣战分子致命一击，马格里布"基地"组织将以此作为大肆宣传的机会，说他们打了胜仗，因而可能会吸引成千上万的新兵加入组织，马里面临的局面将更加混乱。而对于阿卜杜勒·卡迪尔·海达拉来说，粉碎极端分子也是绝对必要的。虽然他一直是在巴马科的安全港湾里，但他一刻也没有停止关注北部即将到来的战争。他知道，只有到极端分子被全盘粉碎之时，他才能真正地完成他的巨大使命——将三十七万七千卷手稿运回它们在沙漠中的家园。

阿梅特泰谷是山区中心四个相互环扣的山谷之一，也是唯一一个全年都有水源供应的地区。几十年来，它一直是图阿雷格族叛乱分子、毒品贩子和极端分子的避难所。山谷从东到西一共延伸二十五英里，西入口处大约有八百码宽。两边伫立着低矮的黑灰色花岗岩山丘，这些山丘被侵蚀成碎石和洞穴。山谷的地面到处布满碎石、岩砺，以及数不清的缝隙。有两条被沙子覆盖的古老河床，一条从北向南，另一条从东向西。它们会在每年两三场暴雨的冲刷后成为巨流急湍。布满岩石的裸露山丘将夏日的雨水直接灌入山谷，山谷中的水井因此很容易就达到水位——在地表下面的可渗透层，水渗过土壤，填充了岩石之间的所有空隙。在山谷的北端、河道的中间，有一个小村落。整个阿梅特泰谷就只有四间由以前的游牧民建造的废弃石屋。附近有多刺的金合欢树和果树，在树荫下，图阿雷格游牧民在沙地上挖了四个深达三十英尺的洞穴，里面蕴藏着充足的水。

1 月下旬，穆赫塔尔·贝尔摩塔尔、伊亚德·阿格·加利以及阿布·扎伊德分别带着各自的圣战分子撤退到沙漠里。贝尔摩塔尔撤退到了马里与阿尔及利亚边境之处的无人地带，继续进行他的屠杀和劫持人质计划。加利从基达尔逃到了北部，可能暂时躲在苏丹西部的达尔富尔山区。还有报道说他在撒哈拉西边的摩洛哥境内，或者是毛里塔尼亚北部的沙漠之中。阿布·扎伊德和至少六百名马格里布“基地”组织的圣战分子，包括在艾哈迈德·巴巴研究院焚毁了四千多份手稿的那些人，则撤退到了阿梅特泰谷，他们准备在那里进行长时间的抵抗。圣战分子在山谷的入口处埋下地雷，把货车藏在金合欢树下，在山顶安排狙击手，并在洞穴里堆满了食物、水、枪支和弹药。阿布·扎伊德的目标很明确：他们要坚守住有石墙庇护的藏身之地，只要撑得比敌军久，就能逼迫敌军撤出山谷，好让自己保存实力，等待时机卷土重来。

在距离阿梅特泰谷西北四十八英里的泰萨利特军事基地，巴雷拉设计了一个三管齐下的攻击计划。来自乍得远征部队的一个营——全营都是已经在这类险恶环境中经过千锤百炼的士兵——将从东部进入山谷。一个由六百名步兵和若干装甲车组成的机械化部队将由西面进攻。这个营还配备有四门一百二十毫米的迫击炮和两门恺撒榴弹炮。第二外籍伞兵团派出的四个连队和法国的快速反应部队从北部进入。外籍兵团的这四个连队兵分两路将山谷团团围住，占领阿梅特泰谷的村落，并截断圣战士的水源。

2 月 22 日，乍得军队先在山谷东部的狭窄开口处展开袭击，分别靠装甲车和步行进入阿梅特泰谷。圣战分子们也做好了战斗的准备。他们在廷巴克图表现出来的热情与亢奋——那份驱使他们对廷巴克图城里的音乐、手稿和宽容文化展开战斗的狂热决心——如今在战场上呈现出令人恐惧的新高度。圣战分子带着装满弹药的腰带，排列在山谷的入口处，准备随时献身。在近距离战斗中，二十六名乍得士兵死亡，七十人受伤。直升机运送走死者和伤员，疲惫的幸存者乘坐卡车返回了泰萨利特军营，这座美军建造的军事基地现在被用作法军的指挥中心。他们花了三天时间休息和康复，然后宣称自己已准备好重返战场。2 月 25 日黎明前，他们联合一千二百名法国士兵进行协同攻击。“你们将面对一群坚固如铁、顽固不化的人，他们死守着易守难攻的基地。”巴雷拉将军在出发前告诉法国士兵，“我们可能会损失惨重，但我们必须继续战斗。”他给了他的手下最多六天时间拿下山谷，这比他最初预估的时间还要短。“除此之外，”他告诉他们，“这场战斗很可能会挑战我们的生理极限。”

2 月 22 日，也就是乍得军队在阿梅特泰谷东部入口处损失惨重的同一天，拉斐尔·乌多·丹维尔上尉乘坐运输机从尼日尔抵达泰萨利特营地。乌多·丹维尔上尉出生于军人世家，是家里的第三代军人，他于2005年毕业于圣西尔军校，这所军校被认为是法国的西点军校。他负责指挥由法籍士兵和外国雇佣兵组成的外籍军团。这些人多半在自己的国家不受待见，因而逃来这里寻找生命旅程中的第二次机会。他们的团队精神已经成为传奇。乌多·丹维尔上尉指挥的这支军团，成员来自英格兰、巴尔干、波兰、俄罗斯，还有好几个原苏联国家，他们曾经在科特迪瓦、中非共和国和阿富汗等地参加过战斗。2010年，乌多·丹维尔上尉曾率领他的伞兵进攻喀布尔东北部卡比萨省的塔格布山谷。当时，塔利班成员誓死反抗，在那里，乌多·丹维尔上尉也首次见识到极端分子那种战斗至死的狂热精神。乌多·丹维尔上尉认为自己的军团成员远比他们的法军同伴更强硬、更有纪律，并且更能适应艰难的环境。“他们会拼尽全力。”他说。

在天亮之前，乌多·丹维尔上尉和他的士兵在泰萨利特爬上军用卡车，向南开进了沙漠。路上铺满各种石头，像极了月球表面那荒凉的景象。他们坐在沙袋上颠簸了十个小时，终于在下午3点半抵达目的地。他们从卡车上跳下来，在阿梅特泰谷北部入口集合。工兵搜索着埋在沙土中的地雷。他们保持紧密的队形，穿过古老的河床，时刻警惕着可能发生的突袭。当时的气温为一百二十二华氏度*，每个士兵都戴着一顶头盔，身穿防弹背心，背着一个六十磅重的背包，包里装了六瓶水、速食食品和弹药。

* 相当于五十摄氏度。

他们背着法国制造的M4步枪、反坦克导弹、迫击炮管和拆解的12.7毫米机枪。阿梅特泰谷的村落距离山谷入口处四英里，在这段路程中，好几百名狂热的极端分子埋伏其中，包括祸害廷巴克图的圣战组织指挥官阿布·扎伊德。他们躲在山洞里，充足的水、食物和弹药能让他们在洞穴中待上好几个星期。

乌多·丹维尔上尉和手下进入阿梅特泰谷之际，圣战分子立刻用小型武器和火箭榴弹向他们开火。伞兵只好爬上巨石找掩护。子弹在岩石上跳动、反弹，射向防弹背心和头盔。防弹背心挽救了四名法国士兵的性命；有一颗子弹则射穿了一名士兵的头盔，直接击中脑袋。外籍军团利用敌人有限的能见度，赶紧慢慢向前移动，在圣战分子的洞穴两侧爬行，并将榴弹扔进洞中。爆炸声随后回荡在整个山谷中。他们爬过了布满碎石的空地，躲避山上狙击手的射击，一面搜索圣战分子和武器，抛掷更多手榴弹，一面继续前进。

到了晚上，他们在山谷里就着岩石扎营，用喝完的矿泉水瓶当成垫子，尽可能枕着休息。乌多·丹维尔上尉被他的手下围绕着，陷入了睡眠之中，卫兵们负责看守。这位法国军官非常清楚当年法国殖民指挥官艾蒂安·博尼耶上校，以及他的法国军队和塞内加尔军队士兵的悲惨命运。1894年1月14日晚上，他们在撒哈拉扎营，在这之前，他们从廷巴克图出发，行军三十五英里。图阿雷格族剑士和骑兵默默地等待着，直到凌晨4点，法国哨兵打起了瞌睡，随着一声声“杀了他们”的喊声，他们突袭了博尼耶上校和他的手下，杀死了十三名法国军官、一名军医、一名兽医以及六十六名塞内加尔步兵。只有一名法国军官幸存下来。有位法国军官后来写道："这是我们在非洲殖民战争历史上史无前例的灾难。"而这一次，法国情报部门截获了阿布·扎伊德的无线电通话，在电话中，这个圣战分子头目激励手下对"狗类"（即法国人）发动圣战，就像在那次大屠杀之前，图阿雷格族战士的首领恩古纳宣誓对抗博尼耶上校一样。就在距离法军只有数百码的地方，阿布·扎伊德正在鼓舞士气，激励圣战分子发起反击。

太阳升起了，军团士兵在岩石地面缓慢前进，并使用了当初殖民军队所没有的高科技：远程枪炮和空中力量。乌多·丹维尔军团先进的"空对地"控制器搅乱了敌人的注意力和无线电请求支援的计划。一百五十五毫米的恺撒榴弹炮能在二十五英里之外精准地射中目标。幻影喷气式飞机投下了四百磅重的炸弹，足以摧毁藏在地下深处的圣战分子的巢穴。猛虎攻击机在战场上低空盘旋，发射火箭打击圣战分子。阿布·扎伊德除了盘腿坐着，干巴巴地等待攻击结束之外，别无他法。

巴雷拉和他的后勤团队二十四小时工作，保证供应充足以保障高昂的士气。直升机每天给两个营运送十吨瓶装矿泉水——平均每个士兵每天要有 2.5 加仑的矿泉水补给；除了饮用水之外，还要每天给他们提供洗澡的水；此外还要运送额外的福利，如温热的卡斯特啤酒、从阿尔及利亚运来的香烟，甚至还有生洋葱可以用来做速食食品的下饭菜，以弥补新鲜水果和蔬菜的缺失——所有这些都是为了振奋他们的精神，保持高涨的士气。巴雷拉从泰萨利特搭乘直升机往返，他有时还在战场上待上几个小时，有时就睡在士兵旁边。

2月27日，经过五天的战斗，法军士兵很快就要接近巴雷拉所预计的耐力极限了。法军在山谷的东部入口处用大炮和空爆弹进行密集的轰炸，炸死了四十名极端分子。在阿布·扎伊德率领一组圣战士与五天前遭受重大损失的乍得士兵进行战斗时，空军也及时前来支援。

“法军猛烈攻击我们，”一名圣战士指挥官发送的无线电通话被拦截下来，“我们要完了。”

白天的时候，阿布·扎伊德的声音没有出现。惨重的伤亡显然已经改变了战斗的进程。“在接下来的几天里，”巴雷拉将军告诉我，“圣战士的士气非常低落。看得出来，他们已经不再顽固抵抗了。”

密集轰炸后又过了两天，外籍伞兵拿下了圣战组织的唯一水源所在地——阿梅特泰村，甚至连枪战都没有发生就轻易拿下了。一个军团的士兵占领了石屋，并在井边搭起警戒线，乌多·丹维尔上尉军团则占领了村庄上方的高地。躲藏在山洞和岩缝中的圣战士现在只能完全依赖于他们事先藏在洞穴里的水了。乌多·丹维尔知道，胜利只是一个时间问题了。

很明显，阿梅特泰谷的战斗从一开始就对比悬殊。一边是装备有先进武器和先进通信系统的现代化军队，而另一边则是装备参差不齐的狂热分子，他们只有两个优势，一是易守难攻的地形，二是视死如归的勇气。当他们预存的水源耗尽时，不得不溜出洞穴去找水。此前，法军面对的都是负责运送枪支弹药的未成年圣战分子。而如今，面对的却是一群狗急跳墙、从洞穴里爬出来的战士，他们个个嘴里都大喊着“安拉胡阿克巴”。有的时候，他们会冲到距离乌多·丹维尔和他的手下只有六十英尺的地方，但很快会被炮火给击毙。

3 月 4 日，法国外籍军团和乍得军营的士兵在山谷中央相会，他们成功完成了在阿梅特泰谷的和平行动。最后一批圣战分子趁着半夜从山谷中悄悄溜出，留下六百名同伙的尸体，这些尸体大都被炸成了碎片。法军只牺牲了三人。与此同时，其他法国部队也将极端分子赶出了加奥和尼日尔河岸边的泰勒姆西山谷，这个山谷曾是瓦哈比派圣战分子的安全之地。

法军只花了五十三天的时间就一举歼灭了一支曾经撼动世界、几乎控制整个国家的反叛力量。巴雷拉在几个月后回忆说，这些圣战分子“以勇气和顽强的毅力”进行战斗，但他们在数量相对较少的控制区里缺乏民众支持，而且还被迫撤离到更为偏僻、荒无人烟的角落里。很自然，马格里布“基地”组织的游击队无法抵挡现代欧洲军队的大规模袭击。法军并没有杀死马里境内的每一个圣战者，但的确已经大大削弱了他们的军力，他们也再无法组织大规模的攻击。幸存者陆续撤离到了沙漠中，圣战组织无法再控制廷巴克图或北部的任何其他地区了。

“薮猫行动”几乎被普遍誉为未来军事干预的典范——一个欧洲国家进入前殖民地并快速有效地消除其境内的恐怖主义势力，同时把自身损失降到最低。与此同时，法军轻而易举取得的大捷也凸显了马里武装力量的薄弱，关于和平状态能够持续多久这一问题，有些人会表示质疑。弗朗索瓦·奥朗德明确表示，法国军队

尾声

暴雨席卷了整个巴马科，雨水打在凌乱的街道上，把满是车辙的道路变成了障碍赛赛道，到处是淤泥和散发着恶臭的棕色水池。这是 2013 年 8 月，夏季的雨水非常丰盛，此时距离法军在马里北部击败圣战组织已经五个月了。仍住在巴马科的阿卜杜勒·卡迪尔·海达拉安排我们在阿曼迪恩咖啡厅前见面，这家人气很高的餐厅提供咖啡和糕点，坐落在名字非常好听的巴达拉布古河边街区。海达拉将在这里告诉我，他的救援小组抢救出来的手稿的状况。他的司机开着一辆丰田陆地巡洋舰，将车停下来后，身着浅蓝色刺绣长袍、戴着褐红色帽子的海达拉从车里走了下来，在路边向我招手。我跳过停车场里的泥潭，爬上车子的后排座位。我们在浓厚如云的废墟中穿梭，一路经过破旧的黄色出租车、铁锈斑斑的公共汽车、小型货车，以及被当地人称为“雅加达”的中国产的廉价摩托车。街头小贩在车队中钻进钻出，叫卖着手机充值卡、充气塑料猎豹玩具、橘子、手电筒、运动短裤、山寨版雷朋眼镜、炸小米甜甜圈、木瓜和烤羊肉串——一个贫穷城市里绝望的喧嚣。

我们转过一条宽阔的土路，路两边是一排排棕榈树和桉树，混凝土墙后是住宅。我在街道的尽头瞥见了尼日尔河的踪影——橄榄绿的河水缓慢地流动着。一名保安打开大门。我们将车开上泥土车道，穿过一个杂草丛生的花园，并在一栋半竣工的别墅前停了下来。“这里的主人是‘手稿保护与价值评估协会’的会员。”海达拉告诉我。他让每件事都保持着一份朦胧感，不直接挑明，他将这作为对参与救援成员的一种保护。“这些人仍然处于危险之中。”他早先时候这样对我说。

海达拉让我在一间储物棚旁边等待，他自己单独进了房间。我研究着散落在泥泞地上破碎的物件，一辆生锈的单车、一台丢弃的戴尔电脑，心里想着，即使在马里较为繁华的角落里——尽管这样的角落也很少，一切似乎都被忽视，一切似乎都在衰败。几分钟后，海达拉拿着钥匙从房子里走出来。他打开储藏室，开了灯，将我叫进房间。十几英尺高的木制和金属箱子整齐地排列在一起，大约有四或五排，从地板堆到天花板，塞满了这个散发着霉味、被手电筒灯光照亮的空间。海达拉告诉我，这只是二十六处手稿收藏地之一，里头包括他自己的手稿。上千卷手稿在这个十五英尺长、八英尺宽的房间里找到了一个避难所，还有另外二十五个手稿收藏地散落在巴马科各处。它们躲过了马格里布“基地”组织的掠夺，并通过公路或水路，经过马里军队的检查站，逃过土匪，躲避法军的攻击直升机才到达这些避难所。

这次私运行动也为海达拉他们系统性地描述和记录这些手稿

提供了机会。在廷巴克图将手稿进行打包装箱的时候，海达拉、杜尔和其他小组成员们已经初步完成了手写的数据库，将手稿的名称、所有者、主题以及具体出处都一一做了记录，之后他们将这些手写信息输入了电脑中。1996 年，当亨利 · 路易斯 · 盖茨和安德鲁 · 梅隆基金会捐款修建海达拉家族纪念图书馆的时候，他们就要求海达拉做这样的工作。但是一直等到廷巴克图的手稿处于生死存亡的关键时刻，这项工作才最终得以完成。艾米莉 · 布雷迪称这项编目工作“能将这些知识整合起来，把破烂的纸张变成有意义的东西，这是务实的第一步”，这份手稿编目第一次向手稿拥有者和外部世界展示了廷巴克图学术成就的深度和广度。海达拉已经向德国格尔达 · 汉高基金会申请到了两千五百万美元捐款，以便他能够为全部的三十七万七千份手稿建立一个复杂的电子目录，并且准备执行一个雄心勃勃的手稿修复和保护计划。“阿卜杜勒·卡迪尔 · 海达拉现在才第一次知道他拥有多伟大的东西，这让他自己都感到震惊。”布雷迪这样告诉我。

我呼吸着房间里陈旧的空气。海达拉打开一个装饰华丽的箱子，在箱子里面，一大堆纸张发黄、页面破碎、皮革封面正在腐烂的手稿一层一层叠放在中间，没有任何保护层和填充物。“湿气和雨水加速毁坏了许多手稿，”海达拉告诉我，“我们应该尽快将它们运回到廷巴克图。”廷巴克图干燥的空气可以起到防止真菌腐蚀的作用，尽管随着时间的推移，他家乡的干燥气候也是有害的，可能会导致未加保护的书页变得脆弱和破碎。“我们已经可以看到……霉菌、粉菌和真菌爬上了纸页和皮革封面。”两个月以前，艾米莉·布雷迪在接受Reddit的采访中这样表示。当时，她希望借着那个机会募捐到十万美元用于保存在巴马科的手稿，如购买除湿剂和更多箱子等。

大家纷纷猜测这些散落各处的手稿什么时候才会回到廷巴克图。法国军队于2013年2月和3月横扫北部，解放了廷巴克图和加奥，杀死了阿布·扎伊德，并将圣战分子赶进撒哈拉沙漠。暴力事件急剧减少，8月份马里进行新总统选举，长期担任反对党领导人的前国会议长易卜拉欣·布巴卡尔·凯塔获得胜利，马里重新走上了民主之路。联合国也批准了一支主要从西非派出的一千六百人的维和部队来稳定北部局势。法军继续追逐这些臭名昭著的圣战者，其中包括那个被称为“红胡子”的奥马尔·乌尔德·哈玛哈，他是贝尔摩塔尔的副手，也就是那晚在廷巴克图恐吓穆罕默德·杜尔的人。在我访问的几个月后，这个恐怖分子在马里东北部的一次法国空袭中丧生。

但是零星的恐怖袭击仍在马里北部继续发生，至少有六名西方人质仍然被困在撒哈拉沙漠的某个环境恶劣的角落。这些人面临未卜的命运，全然取决于这些绑架者的心情和他们在欧洲的政府是否愿意继续交付大笔赎金来换取他们的自由。美国国务院和一些观察家认为，向圣战分子支付赎金只会助长他们的力量和气势，让他们有机会绑架更多的人质，换取更高昂的赎金。2013年7月，马格里布“基地”组织开枪打死了菲利普·凡尔顿，他是2011年3月在洪博里一家酒店被掳走的两名法国地质学家之一，被该恐怖组织指控为间谍。2013年11月，马格里布“基地”组织释放了他们于2010年在尼日尔一座铀矿厂绑架的四名法国人。据说，为了换回这四名人质，法国政府支付了三千二百万美元，是有史以来支付给恐怖组织数额最高的赎金。这笔支出大致相当于法军在“薮猫行动”前十天在军事行动上的所有花销。凡尔顿的商业合伙人塞尔日·拉扎热维克是最后一名被释放的法国人质。他于2014年12月被释放，同时法国释放了四名伊斯兰武装分子，以此作为交换条件，其中包括两名参与绑架的马格里布“基地”组织成员。2015年4月，法国特种部队解救了三年半前在廷巴克图宾馆里被劫持的荷兰人质。但是跟这个荷兰人一起被绑架的南非和瑞典人质仍在马格里布“基地”组织手中。

尽管圣战极端分子的行动能力被急剧削弱，但他们还能时不时地绑架那些不小心闯进他们地盘的西方人。2013年11月，也就是我在雨季拜访海达拉的三个月之后，与伊亚德·阿格·加利有关联的马格里布极端分子在基达尔这个持续动荡不安的中心地带绑架了两名法国电台记者。法军发动吉普车和直升机展开追缉。绑架者的汽车在城北八英里处抛锚，他们残忍地割断了两名记者的喉咙，并在射杀他们后抛弃尸体，逃入沙漠。

两个月后，我从巴马科前往基达尔。我与非军方工程师、法国军官、联合国士兵，以及来自塞内加尔、几内亚和布基纳法索的警察特遣队，搭乘着联合国租赁来的安托诺夫喷气式飞机抵达目的地。自从法国记者被谋杀以来，我是第一个到访此地的记者。帮我安排行程的联合国工作人员告诉我，这里仍然非常危险，我只能停留二十四小时，每次离开联合国的院子时，必须乘坐装甲车，或者由戴着蓝盔的士兵护送。一下飞机，迎面扑来令人炫目的阳光和像是从高温炉里喷出来的热气。我看到六辆迷彩卡车上满载着身穿长袍的维和部队成员，他们个个手持重机枪，保护我们的飞机不受攻击。热风在鼓动，砂砾随风飞扬。在远方，灌木丛形成一片海洋，黑色的山丘也形成一条忽隐忽现的线，那里就是伊弗哈斯山，是圣战士和法国远征部队进行激战的地方。“一些恐怖分子已经回到了那里。”一名法国上校告诉我，他熄灭手上的香烟，等待登上前往巴马科的飞机。

基达尔是个麻烦之地，国际社会的雄伟志向与马里的现实在此不断冲突，这里也是世俗图阿雷格武装分子的老巢，他们仍然希望在这里建立独立的“阿扎瓦德”；而马格里布“基地”组织也将其视为老家，想尽一切办法渗透进老百姓，以让圣战分子保持一线生机。去年夏天，一小队联合国维和部队先行抵达这里，但他们不愿意与任何一个组织扯上关系。

“几乎没有谁能控制住这里。”一名几内亚中尉告诉我。当时我们乘坐着一辆联合国装甲车，在来自多哥的警察的陪同下巡视了市区。安全小组在第二天早上看到我安然无恙时，很明显舒了一口气。2014 年 5 月，在我访问当地的三个月之后，图阿雷格反叛分子袭击了政府办公大楼，杀死了数十名士兵，并劫持了三十名人质，以此“宣战”。基达尔的暴力事件蔓延至整个撒哈拉沙漠，使该地区一直处于动荡之中。

2014 年 2 月，结束疲惫不堪的基达尔之行几天后，我驱车从巴马科一路向北，路上到处是车辙，一半是柏油马路，一半是泥泞的土路。我大概行驶了五个小时，只为一窥马里复兴的迹象：尼日尔河上的庆典——一场为期四天的音乐会将在南部小镇塞古的一艘驳船上举行。这座南方小城从未受到武装分子的控制。由于北部发生了火箭攻击、伏击、自杀性爆炸和绑架事件，历史更为悠久、名气更大的廷巴克图沙漠音乐节在2014年1月连续两年被取消。但是，音乐艺术家曼尼·安萨尔被邀请到了尼日尔河畔的舞台上，他带着一个多数成员是图阿雷格族流亡者的音乐团体来到这里，以庆祝战后的“文化多元和国家统一”，这也是这个音乐会的主题。

黄昏时分，安萨尔和我在等待音乐会开始的时候沿着河岸散步。1893年12月，也正是在这段河岸，法军指挥官艾蒂安·博尼耶带领法军和塞内加尔步兵登上炮艇，开往廷巴克图。法国军队后来埋伏并杀死了发动大屠杀的恩古纳，即安萨尔的曾曾祖父，结束了图阿雷格族人在廷巴克图周围的叛乱活动。我们若有所思地站在整齐的田地边缘，一名渔夫站在他的独木舟上，在暮光之中撑着船篙，渡过尼日尔河平静如镜的河面。数千年以来，这条河滋养了马里殖民时期之前不断交迭的帝国，延续着这里的生命。但它也成为战场和必争之地，如今一片歌舞升平的河岸，曾多次发生撕裂马里这个国家的暴力事件。

当我们返回音乐会现场时，表演已经如火如荼地展开了。联合国维和部队人员，身穿迷彩服、头戴红色贝雷帽的马里将军，西方游客和当地居民坐满了座位，连过道上都挤满了人。我在舞台附近的贵宾室中坐下，而音乐家安萨尔则在过道上招呼各国的大使和来自欧洲及美国的音乐人士，他在法语、英语和塔玛舍克语之间流畅自然地转换。然后，灯光亮了起来，人称“北方夜莺”的凯拉·阿尔比闪亮登场。

只见她穿着一袭绿色长袍，镶嵌着闪闪发光的亮片，头戴金币装饰的皇冠，银色的手镯在手臂上叮当清脆地作响。她舞动着身躯，前后摇摆，庄重地起舞，歌声撩人。2012 年夏天，马格里布“基地”组织的武装分子曾砸烂阿尔比的吉他和她的录音棚，并威胁说，如果再让他们逮到，就要割断她的喉咙。她被吓得从廷巴克图跑到了巴马科。此时，她向观众伸出双臂，任凭情感沦陷。“我为那些从来没有拿起武器反抗自己国家的图阿雷格族人唱歌。”阿尔比表示。人群中掌声雷动，纷纷对她表示赞许。在这个被战争和占领撕裂的国家，这是一种和解的姿态，是对和平团结的呼吁和祈求。

晚上 10 点，来自基达尔的图阿雷格族吉他手艾哈迈德·凯迪登上舞台进行表演，而当年他的吉他也被伊亚德·阿格·加利的手下给烧毁。他嘹亮的吉他声和催眠般的哀号就像是一种反抗。凯迪穿着博博长袍，头戴图阿雷格族特色长巾，与他的阿曼纳尔乐队成员用塔玛舍克语歌唱着美丽的沙漠、漫无边际的天空和高耸入云的沙丘，也歌唱了同伴相聚的欢乐、失去和流亡的痛苦。他们那一唱一和的歌声和悠长的吉他声萦绕在舞台上，将孤独、忧郁和向往的情感推向高潮。凌晨 1 点左右，一百名兴高采烈的观众爬上舞台，聚集在凯迪周围。而此时，凯迪的吉他独奏划破了长空。穿着蓝色长袍、戴着白色时髦围巾的安萨尔与在场的音乐家们纷纷起舞、拥抱，尽情地沉浸在当下的音乐和氛围之中，忘记了一切烦忧。在塞古的这个舞台上，流亡者们聚集在一起，这象征着他们战胜了马格里布“基地”组织——这群宣誓要在他们自封的哈里发政权里消灭一切艺术、欢乐与所有自然事物的暴徒。

然而这个场面是苦乐参半的。我回想起 2008 年访问沙漠音乐节的时候，当时正是音乐节人气的巅峰，八千余名听众来到埃萨卡纳，其中四分之一是西方人士。穿着冲锋衣的游客们塞满了廷巴克图沙土飞扬的街道，翘首以盼，沉浸在一种大胆冒险的氛围中。在一片绿洲之中，白色的帆布帐篷和传统的游牧民居像是被拼接在一起，肆虐的狂风在白色沙丘上留下痕迹，简陋的羊舍散落在这片白色之上。当时的景象是那么宏伟壮观，令人难忘。那天酷热难耐，我与一群澳大利亚年轻人一起用餐——我与他们一起在非洲进行了为期数月的长途跋涉，午夜之前，我在帐篷里睡着了。但是两个小时之后，我在睡梦中被一阵吉他声吵醒。之后，我爬上了五十英尺高的沙丘，眺望着灯火辉煌的舞台。随后就这样躺在凉爽的沙地上，看着满天的繁星，一边听着塔里温乐队的主唱——易卜拉欣·阿格·哈比卜催眠似的歌声和吉他声，让它们荡涤着我的身心。

如今，六年以后，我不知道沙漠音乐节是否会再次在埃萨卡纳的沙丘上重燃灯火。穆赫塔尔·贝尔摩塔尔在混乱不安的利比亚建立了一个新的基地，圣战分子在该国许多地区都占据了上风。2015 年 6 月 13 日，两架美国 F-15 战斗机在利比亚沿海城市阿季达比亚朝正在集会的圣战分子投下了五百磅的炸弹，据称杀死了贝尔摩塔尔和他的六名手下。但是，圣战组织发言人却一直坚称炸弹并未打中贝尔摩塔尔，法军称他为“抓不住的人”，而且多年来，也曾多次误传他的死讯。但到目前为止，还没有DNA证据可以证明他已经死亡。与此同时，伊亚德·阿格·加利正躲在沙漠深处，一边交涉和谈判，希望以释放手中的西方人质为条件来免除他发动战争的罪行。据说他藏身于廷扎瓦腾绿洲这块位于阿尔及利亚和马里交界处的无人区。美国国务院已将加利列为“特别认定全球恐怖主义分子”——但法国和阿尔及利亚特种部队并没有表现出多大的热情来追捕他。尽管他曾投身圣战，让他的同胞受尽苦难，但在图阿雷格族人中，他的影响力依然很大。人们也一致认为，武装游牧民和政府之间的任何协议，如果没有他的同意，就无法达成。“伊亚德作为一个政治人物还是不错的。”加利的前密友安萨尔向我保证说。

贝尔纳·巴雷拉将军告诉我，如果不对马格里布“基地”组织及其同伙进行持续且密切的监视，并对其施加军事压力，这个地区、整个欧洲以及世界上的其他地方就会一直处于威胁之中。“我不认为圣战组织有进行重组的能力。”当我与巴雷拉将军在他位于巴黎的巴黎高等战争学院办公室里见面时，他这样对我说。1751年，路易十五在这里建立了一个庞大的军事中心，专门训练五百名“绅士”从事军事工作，并作为拿破仑·波拿巴为海军生涯做准备的军事学校而闻名。巴雷拉接着说：“他们能够进行小型作战，用火箭杀害当地无辜百姓，进行恐怖袭击。我们必须继续追捕他们，因为恐怖主义很可能渗入法国。这可不只是马里的问题，也是整个西方世界的问题。”

然而，到了 2015 年，国际社会的注意力开始转向别处。2015 年 9 月下旬，在我访问巴雷拉的十六个月后，检察官向海牙国际刑事法院移交了一名曾经在廷巴克图担任“道德警察”的“伊斯兰卫士”成员。这名前圣战分子艾哈迈德·法奇·马哈迪是个师范学院毕业的学生，在伊亚德·阿格·加利的激进伊斯兰运动中变成了狂热分子，他被指控于 2012 年指挥了对十座苏菲派神龛和一座苏菲派清真寺的破坏行动。检察官声称，他作为“伊斯兰警察”的头目，掌握着极大的权力。诸多人权团体，以及很多廷巴克图居民对他被捕的消息表示欣慰。与此同时，法国军队的撤退，马里军队的持续衰弱，以及非洲维和部队未能及时填补这些空缺，都让恐怖分子有机会重新集结。最终，攻击愈演愈烈，混乱达到顶峰，2015 年 11 月 20 日，巴马科的雷迪森蓝色酒店遭到包围，最终导致十九人死亡。

2014 年 2 月，我和海达拉再次见面。也就是我造访基达尔、参加尼日尔河上音乐节的那段时间，自从法国干预成功后，海达拉去了廷巴克图两次，当时，他刚从廷巴克图返回，整个人欢欣鼓舞。他得知廷巴克图城里的四十五家图书馆已经全部重新开放，有些在外避难的图书馆所有者也已返城。海达拉正考虑举家搬回廷巴克图，但在安全上仍然有所顾虑，圣战分子还驻扎在城外不远处的沙丘中，而且海达拉显然习惯了在一个相对国际化的城市居住的优势。他和他的大老婆在巴马科的一家私人医院找了心理医生，他们五岁的儿子在身体和精神方面得到明显的改善。“我们在廷巴克图时，连一个可以治疗他的专家都找不到。”海达拉告诉我。现在，他可以坐起来，说出不少话，还能和朋友一起玩。“这让我感到欣慰。我终于松了一口气，但这真的很不容易。”他告诉我。

因为战乱，海达拉的大家族被分散到各地，过着穷困潦倒的生活。如今，这一大家子都依赖海达拉的经济支援。他给一大家子人购买鞋子、衣物、粮食，以及宗教活动需用到的绵羊和山羊，还帮助支付十几个侄子和侄女的学费。“我年轻时，赚了很多钱，因为我工作非常努力，但现在都花光了。我有这么多的亲人要养，我全都花在他们身上了。”他告诉我。当时我们坐在我下榻的那家苏丹别墅靠近尼日尔河的河畔花园里。黄昏时分，我们一面喝着可乐，一面欣赏着法哈德国王悬索桥上的天空变成琥珀色和紫色。这座桥是二十年前沙特阿拉伯政府送来的礼物。河畔有不少高楼，熠熠生辉，其中有一座高达二十层楼的银行建筑，很明显其设计灵感来自杰内大清真寺。这是属于卡扎菲的旅馆，但未竣工。河流蜿蜒地穿过杂草丛生的岛屿及两岸的蔬菜和稻田。男人、女人和孩子们用锄头刨着土。巴马科是该地区成长速度最快的城市之一，过去十年里人口翻了一番，达到一百多万，但即使在首都的中心地带，也仍然保留着非洲大村落的感觉。“我每个月都会向廷巴克图汇款，每个月我也得向巴马科汇款，不堪重负。”海达拉继续说道。另外廷巴克图城里还有四十五名图书馆所有者也依赖于他。“我现在的愿望是在廷巴克图将这些图书馆恢复原状，我才可以将所有的手稿交还给当初托付给我的家庭，”他说，“这样我的内心才会获得一份安宁。”

冬季的雨季很短暂，在雨天来临之前，福特基金会、克劳斯王子基金会和瑞士驻马里合作发展办公室已经给海达拉资助了数千美元，他将巴马科周围的手稿进行了重新安置：搬迁到十处较高的地方，每个新地方都采用了坚固的结构，充分防水，而且还配备了除湿机，以防止手稿腐烂。现在这个项目已经竣工了。第二天，我从酒店乘坐出租车出发，一路上经过许多建到一半的混凝土建筑，混乱交织的电话线和电线，马里航空、Orange 电信和艾滋病预防的广告牌，最后来到尘土飞扬的主街道上，在一座四层高的商业大楼前下了车。海达拉在顶楼的阳台上向我挥手。我爬上楼梯，在一个大型储藏室找到了他——这是他为手稿找到的一间装备有空调的新储藏室，这样的储藏室还有好多间，可以防止手稿在巴马科这炼狱般的气候下进一步损坏。一名年轻的助手拉出一个金属箱子，将它轻轻地放在我和海达拉的旁边。

海达拉跪在走廊的地毯上，打开了箱子，轻轻从手稿堆中取出一卷，翻看着。这本厚重的手稿已有五百年的历史，山羊皮封面呈黑褐色，整个手稿保存得很好。我的脑海中闪现出这样一幅场景：在 16 世纪廷巴克图大学一间昏暗的工作室里，一名穿着长袍的抄写员，正拿着鹅毛笔，伸进一个装着墨水的皮袋中，蘸了蘸墨水，然后凑上前在亚麻纸上写字。海达拉将手稿平放在他的腿上，这卷名为“Waffayat Al Ayan Libnu Halakan”的手稿颇负盛名，相当于中世纪的《大英百科全书》，最初由 13 世纪中期一个名叫伊本·哈利坎的库尔德人所写，记录了10到12世纪伟大的伊斯兰学者乌理玛的生平。这卷简要的传记按照字母顺序排列，一排排阿拉伯文用黑色墨水书写而成，中间很有规律地分布着一行行红色、蓝色和金色的字。“抄写员每次要开始一个新的章节时，他就更换一下墨水的颜色，”他说，“主体部分由同一位抄写员负责，因为全部字体需要保持一致，所以可能需要他花上六到七个月的时间才能完成。”

不过，实际上，海达拉手中的这卷手稿是由多人协作完成的。数世纪以来，许多学者都在伊本·哈利坎创作的这本书的空白处用极小的阿拉伯语做满注释。伊本·哈利坎曾在大马士革学习过，但大部分时间都生活在开罗。海达拉轻轻地用手摩挲着这些看似潦草的字迹，并对不同墨水的质感和笔迹的变化做了一番评说。手稿中的许多原始纸张已经破损,破损处小心地补上了新的碎片。因此，手稿看起来像是各种破布的拼贴，拼成一件被反复修补的心爱的衣服。“注意它被破坏、被修复，再被破坏、又被重新修复，这样总共反反复复了多少次。”他说，“伟大的知识分子非常看重这样的作品。每一个注释都注有明确的日期，还标有作者的姓名。”一条又一条的注释，是按照犹太法典的方式来写成的，学者们认真研读对方的论点，辩论法律和伦理学的重要论点，这样的对话延续了好几百年。“这些评论者从作品中选取一段话，之后就法理学提出自己的观点，”他指着一群挤在边缘的阿拉伯文说道，“这本书有好几个手抄版本。”其中包括一本由廷巴克图最杰出的学者艾哈迈德·巴巴为他自己的图书馆抄录的。“最大的区别在于这些注解。”

那时的百科全书就如互联网到来之前的聊天室，对话可以持续数百年。这样的百科全书在廷巴克图的黄金时代盛极一时，反映出当时人们渴望让来自廷巴克图、埃及以及世界其他地方的伊斯兰智慧保持连贯性和秩序，能一脉相承下去；也反映了他们想要让那些竭尽全力扩展人类知识范围的伟大智者能够获得肯定，甚至流芳百世的美好憧憬。这些手稿是中世纪伊斯兰世界的《名人录》，在当时可是了不起的成就，考虑到在那个时候，伊斯兰世界远比想象中的要广大，且各处又没有像现今这样紧密相连在一起，要编纂一部分散各处的学者传记是多么费时又耗力的工作啊！廷巴克图这座城市的学术活力和持久的精神生活，在这份原始的手稿与数百年来不断增加的注释里得到印证。海达拉虔诚恭敬地翻阅着手稿，然后轻轻地将它放回箱子里书堆的上方。他曾经将这卷手稿从廷巴克图的圣战分子手中抢救过来，如今即将从巴马科这处阴暗潮湿的地下室里将它再次拯救。他关上箱子，上了锁，向助手招了招手，示意将其放回储藏室。这卷手稿还有最后一段旅程要走——回到廷巴克图，但什么时候才能启程，甚至连海达拉自己都还不确定。

致谢

如果没有《史密森尼》杂志编辑们的全力支持，本书可能永远不会与读者见面。2006年冬季，我前往廷巴克图撰写寻找和恢复手稿的故事，又在接下来的八年里，再次受《史密森尼》的邀请去马里拜访了两次。一次是在2008年1月，我在马里待了两周，为写一篇关于艺术品走私的长文做一些实地研究，第二次是2013年8月，我再次前往马里，去记录阿卜杜勒·卡迪尔·海达拉手稿救援项目的进展情况。这些旅行激起了我对这个陌生而美丽的国家的好奇和迷恋，也因此为本书的写作奠定了基础。在此我特别感激《史密森尼》的凯里·温弗里、迈克尔·卡鲁索、特里·蒙梅尼，尤其是我的编辑兼好友凯瑟琳·伯克，感谢她放任我沉迷于流浪之旅长达十年之久，并不断鼓励我完成这本书。还有对莫莉·罗伯茨、杰夫·坎帕尼亚、诺娜·耶茨、布鲁斯·哈撒韦、杰西·罗兹、布里安·沃利也一并感谢。《史密森尼》所有编辑对我的支持，我都铭记在心。

2013年1月，罗伯特·西尔弗斯派我去马里为《纽约书评》

准备文章，当时，法国驱赶激进分子的“薮猫行动”刚开始不久。这是一次至关重要的旅程，我得以用最直接的方式跟美国人介绍马里正在经历的苦难。国家研究所的埃丝特·卡普兰为2013年1月的这次旅程提供了资金。在接下来的一年里，《纽约书评》还派我去了基达尔和廷巴克图，继续为我提供那个专栏版面，让我继续撰写有关马里的报告，并帮助我在这个领域不断发展专长。我还要感谢《纽约书评》的休·埃金，在整个项目的进展之中，他对我的鼓励从来没有停止过。我也很感激位于华盛顿普利策危机报告中心的乔恩·索耶和汤姆·亨德利资助我于2014年1月和2月前往马里北部，并在他们的网站上发表了我的大量报道和摄影作品。

在过去的十年里，《纽约时报》的编辑斯图尔特·埃姆里希和苏珊娜·麦克尼尔发表了数篇旅行作品，让我有机会了解马里的音乐和文化。《阿特维斯杂志》（*The Atavist Magazine*）的埃文·拉特利夫和凯蒂娅·巴奇科帮助我了解曼尼·安萨尔和伊亚德·阿格·加利的关系，并最终写成了《沙漠蓝调》这篇报道，见刊于2015年5月。该报道揭开了许多新的细节，让这本书的叙述更加充实丰富。《国家地理》杂志的奥利弗·佩恩和维多利亚·克拉克也为我对手稿故事的研究提供了很好的报道机会和资金资助。

我也衷心感激巴马科古纳探险旅游公司（Toguna Adventure Tours）的老朋友卡伦·克拉布斯，自2006年以来，她一直为我安排我的马里之旅，有好几次旅行还是在马里整个国家处于非常动荡的时期。卡伦向我介绍了很多重要的资源，帮助我安排陪同人员和翻译，提供关于该地区非常精确的安全状况和政治局势的判断，并带我体验了巴马科活力四射的夜生活。2013 年的一个晚上，也正是我在巴马科与她共进晚餐的时候，我才认真地考虑要写一本关于马里的书，付梓之前，她一直是本书最为重要的宣传者。马里最著名的记者阿达姆 · 蒂亚姆跟我分享了他关于圣战分子占领马里北部的报道，以及他在廷巴克图和加奥等地的联络人名单。2013 年 1 月，在卡伦牵线搭桥下，我第一次见到了曼尼 · 安萨尔。安萨尔后来成为我了解马里音乐节相关重要消息的来源，包括马里音乐、塔里温乐队、图阿雷格文化和历史，以及他曾经最为亲密的朋友伊亚德 · 阿格 · 加利的生平。2013 年以及 2014 年，我们在奥斯陆、柏林、巴马科和塞古等地多次见面，曼尼总是慷慨地贡献出他的时间，并愿意分享很多关于往事的记忆，有些存在他心里多年，显然是痛苦不堪的。我在廷巴克图的导游阿齐马·阿格·阿里 · 穆罕默德为我打开了这个城市里每个秘密角落的大门。穆罕默德 · 杜尔，这个至今还是无名英雄的图书管理员跟我非常细致地分享了很多故事。音乐学家和塔里温乐队研究专家安迪 · 摩根也跟我分享了他对该乐队的了解以及图阿雷格族的历史。

另一个我需要隆重感谢的人是阿卜杜勒 · 卡迪尔 · 海达拉。2006 年，我与他首次相见。一直到 2014 年 1 月，我回到马里准备着手写这本书时，我们一直保持不间断的联系。先后在巴马科和布鲁塞尔，海达拉共花了二十个小时，跟我分享他的人生故事。他对我非常有耐心，帮我打开了一扇通往另一个世界的大门，他跟我分享他对伊斯兰教、廷巴克图社会、桑海文化，当然还有廷巴克图黄金时代伊斯兰手稿天才等的见解。

在巴黎，我的老友兼同事、久负盛名的《华盛顿邮报》前驻外记者乔恩·兰德尔介绍我认识了他在法国国防部的熟人，让我有机会结识参与了“薮猫行动”的最为关键的军官们。他们帮助我重现了这场还不太为世人所知但又至关重要的打击马里北部沙漠圣战组织的行动。感谢皮埃尔·培尔、贝尔纳·巴雷拉、拉斐尔·乌多·丹维尔，以及法军第二步兵团奥弗涅军团的上校布鲁诺·贝尔，他在克莱蒙费朗营地接待了我，将我介绍给他的军团，并与我一起吃了一顿很长的午餐，享用了很多法国葡萄酒和香槟。维维恩·瓦尔特和杰弗里·舍费尔在塞夫尔巴比伦的公寓里款待了我，并对我撰写本书表现出极大的友谊和热情。此外，我还要感谢巴黎乔治·蓬皮杜艺术中心国家图书馆的工作人员协助我查找重要的档案资料。

在美国，前驻马里大使薇姬·赫德尔斯顿也多次帮助我，通过见面或打电话、发邮件等方式回答我就美国如何应对萨赫勒地区日益增长的圣战威胁的问题。前大使吉莉安·米洛瓦诺维奇，前上将查克·沃尔德和国防部前武官威廉·曼提普利也都慷慨地献出了他们的时间。亨利·路易斯·盖茨与我分享了他与阿卜杜勒·卡迪尔·海达拉会面时鼓舞人心，但有时又令人非常恼火的细节。

我还要感谢斯科特·约翰逊、珍妮特·赖特曼、李·史密斯、凯瑟琳·休斯、鲍勃·德罗金和弗朗姬·德罗金、基思·里奇伯格、妮科尔·高埃特、尤希吉特·巴塔查尔吉、克利夫顿·温斯、迈克尔·基梅尔曼，以及在伦敦的亚历克斯·佩里，他为我的叙事提供了鼓励和建议；也感谢我父亲理查德·哈默以及我的继母阿琳·哈默，我的母亲尼娜·哈默以及我的继父米切尔·科特，他们都给了我源源不断的支持和鼓励。西蒙与舒斯特出版社的普丽西拉·佩因顿，还有能干的助理编辑梅甘·霍根、索菲娅·希门尼斯以及乔纳森·埃文斯都尽心竭力地帮助修改书稿，并最终想出这个精彩的书名*。他们的工作热情也深深地感染着我，重新点燃了我对这本书的兴趣。我的代理人弗利普·布罗菲一如既往地支持着我。

而在柏林，保罗·霍克诺斯、马克·西蒙、山姆·勒文贝格以及梅利莎·埃迪一直用他们的友谊支持着我，给我建议，并陪我享用了许多愉悦的晚餐，进行愉快的交谈。安妮特·克雷默全心全意照顾着她的外孙汤姆，为我减轻了很多家庭负担，使我能够旅行并写作。我的儿子们——麦克斯、尼科和汤姆让我一直有饱满的精神能够投入工作。最后，我要郑重感谢我的伴侣，考杜拉·克雷默，感谢她在本书成形过程中给予我矢志不渝的承诺、支持和爱，感谢她在出色地从事高挑战性工作的同时，还能成为一个三岁孩子的伟大母亲。她也是一个“极品”，从这个词最好的含义上来说。**

* 本书的英文原名是 The Bad-Ass Librarians of Timbuktu，意为“廷巴克图的‘极品’图书馆员”。

** 此处作者沿用了原书名中的“Bad-Ass”一词来形容自己的妻子。“Bad-Ass”为英文俚语，有多重含义，可以理解为卑鄙、粗俗，又可理解为出色、完美。

图书在版编目（CIP）数据

廷巴克图 /（美）约书亚·哈默著；吴娟娟译 .
-- 上海：文汇出版社，2020.1
ISBN 978-7-5496-2979-4

I. ①廷… II. ①约… ②吴… III. ①纪实文学—美国—现代 IV. ① I712.55

中国版本图书馆 CIP 数据核字（2019）第 262127 号

版权登记图字 09-2019-771

廷巴克图

作　　者／〔美〕约书亚·哈默
译　　者／吴娟娟
责任编辑／何　璟
特邀编辑／郑科鹏　蔡笑
装帧设计／吴绮虹　纪喆铭
出　　版／**文匯**出版社
上海市威海路 755 号
（邮政编码 200041）
发　　行／新经典发行有限公司
电　　话／010-68423599　邮　　箱／editor@readinglife.com
印刷装订／河北鹏润印刷有限公司
版　　次／2020 年 1 月第 1 版
印　　次／2020 年 1 月第 1 次印刷
开　　本／880×1230　1/32
印　　张／9
字　　数／160 千

ISBN 978-7-5496-2979-4
定　　价／68.00 元